黑日

BLACK SUN　[美]丽贝卡·罗霍斯(Rebecca Roanhorse)——— 著
露可小溪——————————————— 译

重庆出版集团　重庆出版社

BLACK SUN

Original English Language edition Copyright © 2020 by Rebecca Roanhorse
All Rights Reserved.
Published by arrangement with the original publisher, Saga Press,
An imprint of Simon & Schuster, Inc.
Simplified Chinese Translation copyright © 2023 by Chongqing Publishing House
ByCHONGQING PUBLISHING & MEDIA CO., LTD.

版贸核渝字(2021)第43号

图书在版编目(CIP)数据

黑日 / (美)丽贝卡·罗霍斯著;露可小溪译. —重庆:重庆出版社,2023.3
ISBN 978-7-229-16873-5

Ⅰ.①黑… Ⅱ.①丽… ②露… Ⅲ.①长篇小说—美国—现代 Ⅳ.①I712.45

中国版本图书馆CIP数据核字(2022)第104694号

黑日
HEI RI

[美]丽贝卡·罗霍斯 著
露可小溪 译

责任编辑:邹 禾 唐弋淄 王靓婷
装帧设计:冰糖珠子
封面图案设计:罗 烜
责任校对:陈 琨

重庆出版集团 出版
重庆出版社

重庆市南岸区南滨路162号1幢 邮政编码:400061 http://www.cqph.com
重庆出版社艺术设计有限公司 制版
重庆豪森印务有限公司 印刷
重庆出版集团图书发行有限公司 发行
E-MAIL:fxchu@cqph.com 邮购电话:023-61520646
全国新华书店经销

开本:890mm×1230mm 1/32 印张:11.25 字数:260千
2023年3月第1版 2023年3月第1次印刷
ISBN 978-7-229-16873-5
定价:72.00元

如有印装质量问题,请向本集团图书发行有限公司调换:023-61520678

版权所有 侵权必究

献给得克萨斯州那个
一直做着史诗大梦的孩子

你是替代者,替代特洛克·纳瓦克①,
此地与彼地的领主。
你是座席[他统治的王座],你是
他的长笛[他说话的喉舌]
他通过你发声,
他让你做他的唇,他的口,他的耳……
他还让你做他的牙,他的爪,
因你是他的野兽,你是他的食人者,
你是他的审判员。

——《佛罗伦萨手抄本》②,第六册,42R

---

① 阿兹特克文明的神。
② 贝尔纳迪诺·德·萨阿贡修士所著的《新西班牙诸物志》,是一部介绍墨西哥中部人文信息的百科全书式作品,俗称《佛罗伦萨手抄本》。

CHAPTER 1

奥布雷吉山脉
太阳历 315 年
（连珠日 10 年前）

> 噢，太阳！你投下残酷的阴影
> 焦黑了皮肉，和羽毛的色泽
> 你已遗忘仁慈了吗？
>
> ——摘自《刀兵之夜哀歌集》

今日他将成神。母亲这样告诉他。

"喝了。"她递来一个杯子，吩咐道。细长的杯子里盛满乳白色的液体。他嗅了嗅，闻出了橙花的味儿，它们长在窗外的藤蔓上，花心有蜜。不过他还闻到另一种味儿，来自她种在庭院花园里、散发泥土腥甜气息的钟形花，那个花园他是不能进去玩耍的。他知道药汤里还有他分辨不出的东西，神秘的东西，来自母亲挂在颈上的皮囊，它们染白了她的指尖，也染白了他的舌头。

"快喝，塞拉皮欧。"她摸了一下他的脸颊，"冷了更好喝。这次我加了不少糖，你喝下去会容易多了。"

提到此前的呕吐，他难堪地红了脸。她当时告诫过，早晨的药汤得一口气喝下去，但他犹豫不决，抿了一小口，结果吐了些乳白色的污物。这一次他决心证明自己不是个胆小的孩子。

他双手颤抖着捧起杯子，在母亲的注视下，送到唇边。药汤冰冷，而且正如她所保证的，比早上甜多了。

"喝光，"因为喉咙在抗拒，他正准备放下杯子，她厉声命令道，"不然不能止疼。"

他强行咽下去，仰头喝掉了药汤。他的肚子开始抗议，但他忍住了。十秒过去，又是十秒。他得意地递回空杯子。

"我的小神真勇敢。"她提起嘴角，面露微笑，令他感到幸福。

她把杯子放在身边的桌上，那里还有一堆棉绳，晚些她会把他捆起来。他看了一眼绳子，还有骨针和肠线。她都会用在他身上。

尽管房间里寒气逼人，但汗水依然浸湿了发际线，将他的黑色发卷粘在头皮上。他确实勇敢，跟任何一个十二岁男孩一样勇敢，但看到骨针的时候，他还是希望麻药快点起效。

母亲注意到了他的担忧，拍拍肩膀以示安慰。"祖先们为你骄傲，我的儿子。现在……笑一笑。"

他笑了，露出牙齿。她端起一个小小的陶碗，把一根手指伸进碗里。拿出来的时候，手指变成了红色。她示意他贴近。他靠了过去，她把染料擦在他牙齿上。染料没有味道，但他无法克制地想起母亲把虫子磨碎、加入坚果奶里做成染料的一幕。有一滴落在她的大腿上，犹如鲜血。她皱着眉头，用手掌揩掉。

她穿着一条朴素的黑色紧身裙，强壮的棕色胳膊裸露在外，长长的裙摆扫过脚边的石地。她齐腰长的黑发披在后背。乌鸦羽毛制成的衣领黑如午夜，羽毛尖儿染成红色，就像他牙齿上的染料。

"你父亲还以为他能禁止我穿这条裙子。"她的语气很平静，

但男孩听得出言语间丝丝缕缕的痛苦、失落和悲伤留下的裂痕，"你父亲不理解，这是我的祖先以及他们的祖先世代保留的传统。他不能阻止一个食腐鸦女人穿戴纪念鸦神的服饰，尤其是今天这样神圣的日子。"

"他害怕。"男孩不假思索地脱口而出。一定是因为麻药，让他管不住舌头。不然他永远不敢说出这种话。

母亲眨了眨眼，显然对他的洞察力感到惊讶，然后她耸了耸肩。

"也许吧，"她表示同意，"奥布雷吉人害怕很多他们不理解的东西。来，别动，等我弄完。"

她动作很快，把他的牙齿染成深红色，好像满口鲜血。她微微一笑。她的牙齿也一样。父亲害怕她这个样子是正常的，男孩心想。她看起来凶狠而又强大。神的侍女。

"你的后背感觉如何？"她把盛着染料的碗放回桌上，问道。

"还好。"他撒谎。当天拂晓，她在他背上刻下了黑翰。她把他从床上叫醒，喂他喝下第一杯麻药，告诉他时候到了。他顺从地翻身趴在床上，她便开始了。

她用的是一种特别的刀子，他从未见过，既细又薄，而且锋利异常。她一边操作一边跟他说话，说如果他生活在自家的氏族，将有一位可亲的舅舅或者表亲为他文上黑翰，要花费数月乃至数年之久，但现在没时间了，必须由她来动手，今天就得完成。她一边讲述伟大鸦神的故事，一边画下弯曲的线条——代表乌鸦的翅膀——横跨肩部，延伸到两侧的肌肉。也许是因为麻药的量不足，他感到一阵像是把手伸进火中的烧灼。但他忍着剧痛，只是轻轻呜咽。接着，她让他坐起来，在他喉咙底下刻上乌鸦的头骨，鸟嘴向下延伸到胸前，犹如贴在皮肤上的坠饰。痛感十倍于刻翅膀的时候,他之所以不叫,只是因为害怕突然挪动,可能导致她不小心割了他的喉咙。他知道母亲的族人文身是为了永远纪念失去的东西,他为拥有黑翰感到自豪,不过眼泪依然滑落脸颊。

她完成后,审视着自己的作品。"现在等你回家他们就能认出你了,哪怕你看起来很像奥布雷吉人。"

她话中带刺,特别是以他们的视角提到他。这种说法他确实经常听到,孩子们也取笑他不太像这个或者太像那个。

"奥布雷吉人不好吗?"他借着麻药的劲儿斗胆发问。奥布雷吉是他所知的唯一的家。他早就清楚母亲是外来者——她来自一个名叫托瓦的遥远城市,属于一个自称食腐鸦的族群。但他父亲是奥布雷吉人,是一位领主。他们生活的地方是父亲的祖居,劳工们耕种的也是他的家族土地。男孩甚至得到了一个奥布雷吉名字。他还遗传了父亲族人的卷发和略显苍白的皮肤,尽管他细狭的眼睛、大嘴和宽阔的脸颊来自母亲。

"当然不是,儿子,"她不满地回答,"这里的生活,这个地方——"她比画着周围冰冷的石墙,其上悬挂着无数织锦,外面的山峦积雪覆盖,放眼望去尽是奥布雷吉的领地。"能保护你的安全,直到你可以回到托瓦。"

谁要伤害我?他很想问,但嘴上却说:"什么时候去?"

她叹了口气,双手按着大腿。"我不是天空塔的守望者,"她摇着头说,"但我想不会很久了。"

"一个月?一年?"他问。不会很久可以代表任何时间长度。

"我们没有被遗忘。"她信誓旦旦地说道,脸色有所缓和。她撩开落在他额前的一缕乱发。她乌黑的眼睛充满爱意,从头到脚地温暖了他。她现在的模样也许会令父亲感到害怕,但在他看

来，她很漂亮。

阴影爬过地板，她转头回望，下午的光线变得奇怪。

"是时候了。"她站起身来，伸出手，兴奋得满脸红光，"你准备好了吗？"

他年龄不小了，不能像婴儿似的抓着她的手，但他对接下来的事情怕得要命，所以把手贴在母亲的掌心里，握得紧紧的，以寻求安慰。她牵着他来到外面的石头露台，季末的风吹冷了他赤裸的皮肤。

景色赏心悦目。从这里他们可以望见山谷，那里依然残留着深秋的金色和深红。更远处雄踞着参差不齐的高山，积雪不曾消融。他在这里度过了很多个下午，观察鹰隼在山谷边缘的村庄上盘旋，或者把砂石扔下山崖，看它们在峭壁上摔得粉碎。这个地方承载着温馨的回忆，美好的思绪。

"天色很阴。"母亲焦躁不安，依然握着他的手，"不过你瞧，我们准备的时候还是起了变化。"她笑了，露出血色的牙齿。

她说得没错。他看到天空放晴，破碎的太阳终于现身，伏在群山之上，犹如一颗暗淡的水球。在它的旁边，一片黑暗缓缓逼近。

男孩警惕地瞪大眼睛。妈妈告诉过他，今天鸦神要来，但他不清楚它的面目有多可怕。

"看着太阳，塞拉皮欧，"她的声音很轻很轻，"我要你看着太阳。"

他照做了，看着它渐渐消失，恐惧越来越强烈。

"妈妈？"他慌了，尖厉的嗓音和惊恐的语气令他很是懊恼。

"不要挪开视线！"她警告。

他当然不会。他已经忍受过她的刀子和麻药，很快他还要忍受骨针。他能对付太阳。

但他的眼睛开始流泪,感觉刺痛。

"坚持。"她喃喃低语,抓紧他的手。

他的眼睛疼得厉害,但母亲用指甲扒开他柔嫩的眼皮,确保他睁着眼睛。指甲刮过眼球,他大喊一声,本能地弯腰,而非故意为之。她死死地拽着他,双臂犹如钳子,手指捏着他的下巴。

"你必须看着!"她喊道。于是他看着鸦神吃掉太阳。

等到那里只剩一圈颤动的橙色火光围绕着一个黑洞,母亲放开了他。

他揉了揉刺痛的眼睛,但母亲拍开了他的双手。"你一直表现得很勇敢,"她说,"现在也不准害怕。"

想到接下来的事情,他的脊背冒起一股寒意。母亲似乎没有注意到。

"快,"她催促他进屋,"趁着鸦神统治整个世界。"

她把他按在一把高背椅上坐下。他的手脚变得沉重,脑袋晕乎乎的,毫无疑问是那杯麻药的效果。激涌而来的恐惧化作轻柔而惊恐的低吟。

她将他的双脚捆在椅腿上,棉绳缠绕他的身体,直到他动弹不得。绳子刺痛了伤口未愈的黑翰。

"别睁眼。"她提醒。

他照做了,片刻之后,某个湿乎乎的东西顺着睫毛的根部按压。触感冰冷,皮肤失去知觉。他感觉眼皮重若千钧,似乎再也睁不开了。

"听我说,"母亲说,"人的眼睛会撒谎。你必须学会不要光用这个有缺陷的器官看世界。"

"那怎么看呢?"

"你会学到的,这个能帮上忙。"他感觉到她把什么东西塞进兜里。是一个袋子,类似她挂在颈上的皮囊。他动一动手指就能摸到,感受其中细密的粉末。"藏好了,不到万不得已不要使用。"

"我怎么知道什么时候是万不得已?"他担忧地问。他不想辜负她。

"你会学到的,塞拉皮欧,"她的语气温和而又坚定,"一旦你学到了,你必须回到托瓦。在那里你将再次睁开眼睛,成为神。你听懂了吗?"

他没有听懂,不是很懂,但他给出了肯定的回答。

"你跟我一起去吗?"他问。

她呼吸急促,这个声音比她今天所做的任何事情都要可怕。

"妈妈?"

"嘘,塞拉皮欧。你提了太多问题。现在沉默是你最好的伙伴。"

骨针刺破了他的眼皮,但只有隐约的感觉。他能感觉到眼皮被缝上了,丝线一提一拽,穿透他的皮肤。此前没能冒头的恐惧汹涌澎湃,让他在椅子上扭动,让他后背的伤口牵扯疼痛,然而棉绳把他捆得很紧,麻药使得肌肉保持松弛。

突然响起的叩门声把两人都吓了一跳。

"开门!"有人大喊,洪亮的声音震动墙壁,"你敢碰那个孩子,我就要了你的脑袋,我说到做到!"

是父亲。男孩很想冲他大喊,让他知道自己没事。告诉他鸦神的意志必须服从,告诉他这也是自己的意愿,母亲绝不会伤害自己。

她继续操作,不理会父亲的威胁。"就快好了。"

"萨娅，求你了！"父亲的哀号声震耳欲聋。

"他哭了吗？"男孩关切地问。

"嘘。"他左眼的眼角被扯紧，她打上了最后一个结。

她的嘴唇贴了贴他的额头，手指温柔地抚过他的头发。

"身在异乡，跟一个异乡人生下的孩子。"她喃喃道，塞拉皮欧知道她在自言自语，"我做了必要的一切。包括这个。"

包括这个指的是他今天遭受的一切，他知道。他破天荒地产生了一丝疑虑。

"谁，妈妈？谁要你做的？"他还有很多事不明白，母亲从未说过。

她清了清嗓子，他感觉到母亲起身时带动的空气。"我现在得走了，塞拉皮欧。你还要继续，但我要回祖先那里了。"

"不要丢下我！"

她低头在他耳边轻语。一个神秘的名字。他真正的名字。他浑身颤抖。

然后她走开了，脚步声飞快地朝着敞开的露台而去。她在跑。跑向何处？露台的尽头是开阔的天空。

他知道她跑是为了飞翔。

"妈妈！"他尖叫，"不要！"

他拼命睁眼，但被缝线阻止，眼皮根本动不了。他企图动手，但被棉绳捆得死死的，麻药让他失去了正常的时间概念。

"儿子！"父亲高呼。有什么巨大的东西撞击门板，木头碎裂了。门板轰然倒塌。

"妈妈！"塞拉皮欧大喊，"回来！"

然而他的乞求无济于事。母亲不在了。

CHAPTER 2

奎科拉城
太阳历 325 年
(连珠日 20 天前)

  离了水的滞克在酒里游泳。

——滞克谚语

  大清早出摊的水果贩子走在奎科拉的街道上，叫卖当天的果酿，吆喝声格外响亮。他们的喊声穿透大街小巷，飘过普通市民茅草覆顶、形似椭圆的简陋屋宅，传到商贾领主们的奢华楼宇。它们绕过镇守四面大金字塔的豹头石柱，越过在黎明前的黑暗中空无一人的、古旧庄严的圆形广场。它们穿过墓地、集市和礼堂，翻过城墙，充斥着整个清晨的空气。最后，连刚才还有幸昏迷不醒的夏拉也听见了。

  "来人啊，叫他们闭嘴。"她咕哝着，脸颊贴在冰冷的泥土上，"吵得我头疼。"她等待片刻，发现无人搭理，于是又说了一遍，嗓门大了些。

  作为回答，有人一脚踢中她的肋部。力道不重，但足以让她哼哼着睁开一只眼睛，看是谁踢的。

  "闭嘴。"踢她的人说。对方是一个瘦得皮包骨的女人，年龄是她的两倍，左边脸颊皮肉牵扯，脖子上有一道丑陋的伤疤，

"你比他们还吵。"

"——才没有。"夏拉恶狠狠地瞪着陌生人,口齿含混不清。她唇上沾有泥土。她抬起手擦掉了。擦完后,她才仔细打量身处的房间:黑暗潮湿的墙壁,一扇木头百叶门挡在入口处。地上躺着很多女人,浑身散发着体臭和仙人掌啤酒发酵了的气味,寒冷中有几个幸运儿缩在破旧的棉毯底下。黑暗的角落里有人低声啜泣。

"见鬼,"她叹着气说,"我又进监狱了。"

皮包骨的女人,也就是踢她的人,发出咯咯的笑声。她嘴里的牙齿不全。少了两颗门牙和一颗下牙。不知道它们是烂掉了还是被她卖掉了。她看样子是有可能卖掉牙齿的人。

"这里不是商贾领主的宅子,"女人咧嘴笑道,"可以肯定。"

"那就感谢各路小神。"她谢得真心诚意。她不喜欢商贾领主。事实上,正是因为她替一位商贾领主干活,才沦落到这步境地,诚然是兜了个圈子的。如果佩什大人没有欺骗她,她就不会把他扔进海里。她没有留在原地观望他是否获救,而是躲到了悬崖边的一家酒馆,样子破破烂烂的,不是佩什大人那种人经常出入的地方。受骗外加倒霉实在糟心,她决定借酒浇愁。无论如何她都会喝酒的,但找个好说法并无害处。

她疲惫地坐了起来。起来得太快,导致她头晕目眩,好说法的代价。夏拉双手抱头,让周遭的世界恢复稳定。指关节处的皮肤扯得生疼,她看了看右手,发现手指肿胀发红。她肯定揍过人,然而,以奎科拉城所有的可可起誓,她想不起来揍了谁。缺牙的女人笑得更欢了。

夏拉甩了甩疼得要命的手,不理会那个笑嘻嘻的狱友,爬了起来。她在身上摸来摸去,检查少了什么。当然了,她的匕首。

还有小钱包,同样不意外。不过衣服还在,脚上的便鞋还在,她提醒自己要心存感激。有一两次她夜晚喝得酩酊大醉,醒来后身上什么都没剩。

她跨过睡在周围的人,偶尔踩到一只手或是踢到后背也懒得道歉。大多数女人都没有察觉到,依然沉睡不醒,要么就是醉得不省人事。夏拉舔着因干燥而开裂的嘴唇。她不介意马上喝一杯。不行,她告诉自己。我们不是刚刚想明白正是因为喝酒你才落到这步境地的吗?别再喝了。也别再跟商贾领主打交道了。

她随即删除了第二条,但她清楚无论哪个决定她都坚持不了多久。毕竟,她是水手,水手得依靠商贾领主和酒精活下去。

她走到百叶门前,试了试能不能打开。失败后,她把脸贴在缝隙处,窥视着拂晓时分的黑暗。她面前是一个院子。天色昏暗,细节模糊,对面的屋子像一块方形石板,中间的空地像一个空洞。左右两边是一排排牢房,但她不清楚里面有没有关人。无论如何,似乎只有她一个人醒了。当然,还有那个笑话她的女人。

她还能听见水果贩子的叫卖声,但已是似有若无,渐渐远去。而充满耳朵里的是风吹过棕榈树的沙沙声和喳喳雉在巢里醒来时的熟悉叫声。空气中弥漫不散的是木瓜果肉的馨香,纺锤状晚来香的芬芳,其中最为明显的,是大海的咸味。

大海。

想到这个,她舒服多了。在海上的日子是最快乐的。陆地上的诸多问题,包括监狱和领主,都不存在。如果她能回到一艘船上,一切都将回归正轨。

不过首先她必须离开这里。

"看守!"她大喊着,眯起眼睛盯着黑暗。什么人都看不到,但这里肯定有看守。她重重地掌击门板。门板一动不动。她又喊了一声,但回答她的只有鸟鸣和风声。她需要闹出动静,引起注意。她身上什么都没有,除了衣服——有一条扯开了类似裙子的黑裤子,因为奎科拉的女人在社交时更倾向于裙子,还有一件针织收腰连衣裙,以及一条带穗的围巾,搭在屁股后面。这些东西都闹不起动静来。

她一边想着,一边跺了跺脚。这个解决方案太简单了,她不禁翻了个白眼。她把左脚滑出便鞋,然后捡起这只皮底的鞋子。她拿着鞋子插到板条当中,发出了令人满意的拍打声。

"看守!"她又喊了一声,这次伴随着皮革拍打板条的声音。

背后传来愤怒的牢骚声,但她没有停手,反而敲得更响了。

终于,一个人影从隔着两扇门的墙脚处出现了。身穿看守制服的女人大摇大摆地来了,一副不慌不忙的样子。夏拉加大了拍打板条的力度,催促女人快些响应。看守的面孔在昏暗的光线中进入视野,恼怒使得她的眼睛眯得很小,嘴巴更小。等靠近了,她大吼一声,出手的速度犹如毒蛇捕猎,把夏拉的鞋子抽了过去。"你干什么?"

"我在吸引你的注意,"夏拉扬起下巴说,"我准备好出去了。"

看守嗤笑一声。"你不能出去。"

夏拉皱起眉头。"你什么意思?我已经清醒了。我不会惹麻烦。你可以放我走了。"

看守咧开嘴,露出幸灾乐祸的笑容。"你得待在里面,等图皮雷决定如何处置你。"

"如何处置我?"焦虑顺着夏拉的脊背滑落。她对昨晚的记忆太模糊了。她以为自己是醉卧在街上然后被送到这里醒酒。她倒

也不是引以为荣,但这不是她的第一次,也不太可能是最后一次。然而看守的言下之意似乎是,她的情况远不止在公共场合醉酒和一次不光彩的殴斗。兴许是佩什告发了她。她强压内心的惊慌。

"你必须放我出去,"她决定虚张声势赌一把,"有船在等我。"

看守发出断断续续的笑声。"噢,有船?这么说来,你是水手?不,不,你是船长?等等,你就是商贾领主本人!七大家族之一。"她放声大笑。

夏拉面红耳赤。这话听来确实荒唐可笑,但事实往往是荒唐可笑的。"是船长,"夏拉拿腔拿调地说,"要是我不在港口做出海的准备,我的领主一定会发火。你会后悔的!"

"那我铁定会后悔了,在此之前……"她把夏拉的鞋塞在腋下,转身走开。

"喂!"她大喊,"把我的便鞋还给我!"

"等图皮雷来了你就能拿回你的鞋,"看守脚步不停,扭头说道,"还有,给我安静点,否则你就等着挨揍吧!"

夏拉目送她融入阴影之中。她打了个寒战,终于感觉到凉意。她缩着身子凑向前去,寻求一丝温暖。然而这里没有温暖。她最后放弃了,拖着沉重的脚步回到横七竖八睡觉的女人当中,那只光脚是她深陷麻烦的唯一证明。她在墙边找了个空位,瘫坐在地,抱着膝盖,垂着头,除了等待,她无事可做。

她没等多久。

不出一个钟头,牢房外的响动吸引她抬起头来,试图看个清楚。有几个刚刚还在睡觉的女人也醒了，她们走到那扇门前看情况。不知道她们看到了什么，全都慌慌张张地跑回来，倒在地上装睡，毫无疑问是在逃避即将发生的事情。夏拉无所畏惧地抻长脖子。她唯一担心的是不能回到船上。

一个男人出现了。他中等年纪，长得强壮厚实，头发酷似一只黑碗，扣在碗底的脸上有一对冷厉的眸子和一副肉乎乎的双下巴。他所佩的饰带表明他是图皮雷，监狱的总管。夏拉的心沉了下去。此人看样子不是善茬。

随后，另一个男人走进视野。一个英俊的家伙，身材高大，体格强健，既不像缺牙的女人那么瘦，也不像图皮雷那么壮。一头黑发留得很长，束成贵族式样的高髻，优雅的银线穿插其间。他缠着一条齐膝的白色腰布，披着一块单肩披肩，展现出肌肉发达、精心雕琢的体形。布料是粗布，没有刺绣和花纹，不合时下的潮流。服饰所表现的端庄与克制却被他脖子上的翡翠项圈，以及耳朵与手腕上昂贵的珠宝破坏了。即使身处破烂的监狱，他依旧容光焕发，浑身散发着魅力和信心。还有，最重要的，财大气粗。

绝对是一位商贾领主，很可能是贵族公子，要猜的话，应该来自七大家族之一。

夏拉讨厌他这么有胆。

似乎察觉到了她的目光，很可能是厌恶的情绪，正在与图皮雷低声交谈的领主抬眼看过来。两人四目相对，然后他微微一笑。但那是毒蛇的微笑，不知道其中暗藏毒牙和毒液的人甚至会被打动。

"就是她。"商贾领主朝着她的方向略一点头，说道。

她想避开他的目光，但更想出去，而他似乎是获得自由的机

会。她昂首而立,尽可能拂去身上在监狱里沾染的尘土,竭尽全力让自己显得格格不入。

图皮雷皱起眉头,看了看夏拉,又收回视线。"罪行很严重,巴拉姆大人,"他低声说,语气充满焦虑,"我不能睁一只眼闭一只眼。毕竟,这是一个法律面前人人平等的社会,无论贵族还是平民。"

"那是当然,"巴拉姆大人回答,"你只是尽你的职责。不过也许我可以替你扫清障碍。"他把什么东西塞进图皮雷手中,夏拉看不清。

壮实的汉子攥紧了手中的东西。

巴拉姆两眼放光,对图皮雷施加全部的影响力。"我理解你的担心,"他紧紧地握着对方的双手,"我会惩罚她的。但如果她已经为我效力,那么罚做奴役就没有必要了。"

"她犯下的罪不是判罚奴役的问题,大人,"图皮雷唾沫飞溅,"是死刑。"

夏拉哽住了。海水母亲啊,她把佩什扔进海里不是真的要杀他。他不会游泳不是她的错。

"醉酒,"图皮雷接着说,"公开猥亵,私闯民宅。还有通奸,她被指控与一个女——"

噢,没提佩什,完全没提佩什。

她慢慢地想起来了。她真切地回忆起如何抵达那家吵闹的酒馆,喝的第一杯酒都历历在目。还有第二杯酒,茴芹在舌尖的刺痛。然后是一个女人,她长发上的花环,她裸露在连衣裙外的香肩。她们一起欢笑,跳舞,还有……七层地狱啊。她完全想起来了。她们去了女人的家里,一切都那么顺利,直到她的丈夫回家。夏拉隐约记得自己打了那个男人的脸,这就解释了手上的伤，不过那是因为他挡着房门，冲她大喊大叫。其余的记忆模糊不清。肯定是他害她被捕了。如今她落到这个地步。面临死刑。

她应该害怕图皮雷和他的法律，以及不公正的判决，但她并不害怕。她熟悉奎科拉的规则。一位领主对她感兴趣，也就意味着她咸鱼翻身了。可是翻成什么样了呢？富人不可能注意到她这种人，除非有所图谋。

两人谈妥了交易，看守奉命打开牢门，招呼夏拉出去。

她正要说什么，巴拉姆大人，那位不请自来的救命恩人，投来凌厉的目光。他瞪大眼睛，盯了她好一会儿。她挑衅地扬起下巴。他的目光落在她脚上。

"她的另一只鞋呢？"他问。

女看守不情不愿地走上前，递了过来，嘀嘀咕咕地解释着原因，夏拉强压着出口恶气的冲动。

很快，他带着她离开了牢房所在的院子，她深深地舒了口气。她自由了。

她考虑过立刻逃跑，但还不清楚这是什么地方。附近的景色很是陌生，就是典型的乡村。鸡蛋和玉米饼的气味弥漫在空气中，她千真万确闻到了柑橘贩子的货物，尽管一个都没看见。她的肚子咕咕直叫。想不起上次吃东西是什么时候了，她已经饿得前胸贴后背。但她硬是忍住了。要吃东西，就得求这个巴拉姆掏钱，她不愿意。除非她搞清楚他的意图。

"你——"她开口道。

"你害我到库哈兰来了。"巴拉姆打断了她的话。他嗓音悦耳，轻言细语，似在对朋友打趣。"我不喜欢库哈兰。"

"你是谁？还有，库哈兰是什么玩意儿？"

他抬手示意周围。"这就是库哈兰，我们位于城外的一片小

村落。你不记得你是怎么来的吗?"他的表情显示他很清楚答案是否定的,她不禁脸颊发烫。"来这里算你走运,"他说,"我不知道贿赂城里的官员有没有贿赂乡村的这么简单。"他翘起嘴角。"她肯定非常漂亮。"

夏拉的脸颊更热了。"是的。"她斗胆答道。

"我们都会为漂亮女人做傻事。"他会意地叹了口气。

她忍着没有反驳。她根本不相信身边的这个男人会为漂亮女人或者漂亮男人做傻事。巴拉姆大人看样子过于克制,不会屈服于肉欲这类原始冲动。

"你是不是不知道这种情爱在本地是禁忌?"他语气平静。

夏拉啐了一口。"偌大一座城市,居然还有那么多思想保守的伪君子。"

"啊,可惜我们不在城里。"他叹了口气,似乎不堪重负,"不过就算在城里……"他没有说完,但夏拉知道答案。"跟你的家乡不一样?"他的语气是真诚的,"对渧克来说?"

"你的人呢?"她换了个话题。无论是她的家乡,还是她的爱人,统统与他无关。

他歪着头。"什么人?"

"仆人,轿子。我以为你这样的领主不长脚。"

他笑了。"我喜欢步行,对于晨间散步来说,库哈兰不算太远。"

撒谎。他独自前来,十有八九是因为不希望任何人知道他来了这里。可是为什么呢?她还是不知道他为何来找她,以及他是如何找到她的。

"你还没有告诉我你是谁。"

"我叫巴拉姆。七大家族的巴拉姆大人,奎科拉的商贾领主,新月海的主事,白豹的继承者。"

他们全都有类似的一堆头衔,对她来说,他的头衔跟以前听过的一样没什么意义。"我应该表现得很在意吗?"

"啊,我希望能给你留下深刻的印象,"他干巴巴地说,"这样可以节省我们的时间。"他又露出那种微笑,也许他从未停止过微笑。"话说回来,我知道你是谁。"他停下脚步,与她四目相对,明确地传达他的意思,"你的身份。"

他当然知道。他大老远跑到他讨厌的地方,把她从监狱里救出来。他当然知道她的身份。

"你想要什么,大人……是猫大人吗?"她问,"富人从来不找我说话,除非他们有所图。而且他们不可能为此贿赂图皮雷。"

"我们不妨从相互尊重开始,"他语气温和,"不过似乎不可能。"

"相当不可能。"她决定不兜圈子了,"你要知道,我不卖骨头。"

巴拉姆吓了一跳。"骨头?"

她观察着对方,判断他是否在装模作样。他说他知道她的身份,也就意味着他知道她是渧克。有人收集渧克的骨头,当作带来好运的护身符。一根指骨也许能为你带来好天气或是强风。据说,抓到一个渧克,把她的喉骨剔出来,能保证在深海区有好收成。她摩挲着左手缺失了一个指节的小指。失去一截指头只能怪她自己。她当时喝了太多酒,错信了一个男人,一个漂亮男人,他的眼睛如同春雨滋润后潮湿的土地,双手滑进了她两腿之间,令她……算了,不提了。如今她腰间总是别着一把匕首,应该足以对付那些寻宝的坏蛋。匕首就在昨晚搞丢了,不是无意中落在某处就是被监狱搜去了。算了,也许这样更好。她不怎么喜欢匕

首。她带着匕首主要起威慑作用，如果再次遭遇危险，有可能失去身体的一部分，她将以歌唱来解决麻烦。前提是她脑子清醒，唱得出来。匕首可以吓阻对方，但如果他们发现你试图以歌声施放魔法，他们势必会起杀心。

"难道是眼球？"她的语气带有挑衅的意味，"你之前就盯着我看。"

有些滞克的眼球是最明亮的海水的水晶蓝，有些是狂风骤起的风暴灰，但她的最为罕见：万华镜般的宝石色，犹如在浅水里千变万化的光线。她忘了在哪个港口有个男人对她说过，托瓦的贵族专门收集她这种滞克的眼球，当成珠宝戴在手指上。她当即歌唱，让那个混蛋睡着了。除了不能及时醒来到码头上集合，他毫发无伤。当然，他丢了活儿，拿不到薪水。小小的惩罚。活该。

"不要骨头，不要眼球，"巴拉姆夸张地浑身抖了一抖，"我有活儿派给你，船长。我听说你需要活儿。"

"佩什大人。你是通过他找到我的？"

他点点头。

领主之间当然会通气。也就意味着她的活儿随时都有可能保不住。不仅仅因为她是个危险的滞克，还是个脾气火暴的滞克。

"什么货物？"

"人。"

"奴隶？"她摇了摇头。她虽说处境艰难，但也不至于到那种程度。"我不贩人。"

"不是奴隶。"他扮了个鬼脸，似乎反感这种做法，但她不信。奎科拉的领主在奴隶贸易上可不清白。

"那么，是谁？"

他晃动一根手指。"你应该问运到哪里。"

他避而不答,她权且放过了这个问题。"运到哪里?"她问。

"托瓦。"

她从未去过那里,但她知道。人人都知道。那个地方号称是陆地宝石、圣城和天创之城,是一座云雾缭绕的悬崖城市,传说是天创氏族的诞生地,太阳祭司和守望者的家园,他们的责任是循章就法,于混乱中建立秩序。正如奎科拉是贸易之都,霍卡伊亚是军事中心,托瓦是梅里迪恩大陆的宗教心脏。

她在脑子里勾画着梅里迪恩的地图。这块大陆有着新月形的峻峭海岸线,奎科拉位于C形的底端,作为托瓦的门户,托瓦谢希河口位于C形的左上角,而位于C形顶部的霍卡伊亚与奎科拉一南一北相互平行。大陆上还有其他城市与村寨,但论规模和实力,都难以匹敌这三座镶嵌在新月边缘的大城市。

"路途遥远,"她说,"而且这个时节出海非常危险。谁都知道新月海深秋的风暴有多么可怕,号称毁船者。浪头有高个子的三倍高,大风从天上扑下来,还有雨,倾盆大雨。"

到托瓦可以走陆路,但最快的路线是坐海船绕过新月,然后靠驳船逆流而上或者步行。现在是贸易淡季,大多数海船已经回了码头,或者在近海岸跑短途。她跟佩什大人不堪回首的那次出行原本是她今年跑的最后一趟。

"你必须在二十天内抵达。"

"二十天?没门。这个时节根本不可能。算上坏运气和坏天气,三十天更有可能,而且前提是你能找到一个没脑子的船长愿意接活儿。"

"但是可以做到?"

"我刚说了不可能。"

"但如果大海平静,天气又好,我那位没脑子的船长还很勇敢,敢走远海而非近海岸呢?"

骨头和漂亮眼球是另一码事,这才是她的威力所在,而她也明白了他为何找来。"我的歌不是这样用的。我对天气无能为力。"

"但你可以让大海平静,据说你的种族从不惧怕远海。"

"我的种族?"她以鄙夷的语气强调了一遍,但巴拉姆不为所动。

"当然是指滞克。"

她翻了个大白眼。人家根本不想学,你又何必费心教?

"必须在二十天内,"他斩钉截铁地说,"不然就别谈了。"

他们穿过城墙,进入奎科拉的城区。这里熟悉多了。走在长长的大道上,夏拉认得两边是七大家族的宅邸,道路的终点是码头,最后抵达大海。

"你出什么价?"

"一条船,满额的货物和水手,"他说,"只要你继续为我干活。这条船所获取的贸易收益一成归你,外加基本生活费,还有我宅邸的一间房,供你在港期间使用。不过,如果你在到期之前就不再为我效力,船归我,你拿到的报酬都要没收。"

"期限是多久?"

"十二年。"

十二年。无论受制于哪位领主,十二年都不算短。不过,只要领主的船和货达到理想的水平,她可以在十二年内积累相当的财富。她可以三十九岁退休,成为一个富裕的女人。不用为了活儿争得头破血流,不用对另一位领主卑躬屈膝,也不用说服某个疑虑重重的水手,她本人比眼球和一截小手指更有价值。

"我怎么知道你不是佩什那种混账?"

他微微一笑。"噢,我也是混账,但我讲信义。为我干活,你不会后悔的。"

"所以我为你干活,十二年后你给我一笔钱财。"

"你自己挣的。"他说。

"如果我在期限之前离开呢?"

"你什么都拿不到。"

她咬着皲裂的下嘴唇。"我会被解雇吗?"

"除非有品行问题。"

她大笑一声。一抹隐隐的微笑,真诚的微笑,牵起他的嘴角。

"两成。"她继续要价。

他停下脚步,她只能跟着站定。大道上熙攘的行人不得不绕过他们,犹如绕岛而过的流水,谁也不敢挑衅七大家族的领主。即使他要站在路中央跟一个穿着长裤、隐隐散发酒精和尿骚味儿的女人说话,那也是他的特权。

"我以为,船长,"他以就事论事的语气说,"有任何一件活儿能让你离开奎科拉一阵子,你都会感激不尽。时间也许能让某个图皮雷忘记你犯下的死罪。不要以为再找一条船很容易,在你对佩什做了那种事情之后。你知道,他气得要命。这就是你被扔进监狱的原因,别的都不值一提。"

"一成半。"

"一成二,如果你还要讨价还价,那就八个点。"

他等待回答,见她不作声,便说:"那么,我们成交了。"

"还有一件事。"

见他紧抿嘴唇,她飞快地说完:"洗个澡,我身上臭了。"

他松了口气。"码头附近有个澡堂。可以安排,但你动作要快。"

快没问题,只要能洗。"还要新衣服。"

"船长,我看起来像是洗衣妇吗?"

她望着周围的货摊。大多数衣服都是先订再做,需要几周时间才能交货。"那我就在澡堂里洗身上的衣服。"她让步了。没时间晾干衣服了,不过在船上她习惯了大部分时间都是湿漉漉的。

"现在,告诉我要带谁去托瓦。"她说。

"一个奥布雷吉男人,"他轻声说,"瞎子。身上有伤疤。据我所知,来自某种信仰的折磨。人畜无害。"最后几个字他说得很快,仿佛在掩饰什么。

"通常,"夏拉小心翼翼地说,"当一个人被描述为人畜无害时,他的真面目都是恶棍。"

巴拉姆的目光投向她,乌黑的眸子忽然收缩,令她感到窒息。她本能地准备歌唱,就像别人准备拔刀一样。她腰间没有匕首,但即使有,她的歌也会先唱出来。

巴拉姆眯起眼睛,若有所思。似乎他知道她已是蓄势待发。似乎他承认了这一点。须臾,他转身背对她,继续走向码头。

"但愿你错了,船长,"他扭头说道,"这样对我俩都好。"

CHAPTER 3

托瓦城(郊狼之喉)
太阳历325年
(连珠日当天)

  特此声明,凡签署该协议的伟大族群,每年需从各自的领地选送四名年龄为十二岁的孩童前来托瓦城侍奉太阳祭司,并在天空塔居住不少于十六年,期满后可自行回家;另,若孩童被指任为会首,则需继续侍奉十六年;再另,若孩童被指任为太阳祭司,则需侍奉终生。

——《关于守望者的补充声明》

霍卡伊亚协议的签署

及太阳祭司的授职,太阳历元年

  娜兰帕没有死,虽然女巫扎塔娅以为她死了。她的手脚动弹不得,眼皮也睁不开,气若游丝,但她能听见,更多的是感觉到身上发生的一切。

  她感觉到了学徒们的手,两个女孩用力地将她从河里拖出来,气喘吁吁。她听见扎塔娅命令她们生火,然后她吸入了女巫从火堆上扇过来的烟子。温热而黏稠的鲜血滴在胸脯上,吓得她无声地尖叫,随后扎塔娅命令学徒把鲜血均匀地涂抹在娜兰帕仰卧的身体上。女巫给她盖了一条毯子,然后撬开她的嘴巴,在舌

底塞了一块岩盐,娜兰帕流出了泪水,但没有人察觉到。

娜兰帕也有过童年。早在她成为祭司、学习解读黄道和统御天创女王之前,她穷得要命,生活在人称郊狼之喉的托瓦贫民窟。在夜幕尚未降临,赌博、观光和寻欢作乐的人尚未涌入狼喉之前,娜兰帕常常来到安静的街上,坐在最西边的高处,目光越过家园与富庶邻居之间的遥远距离。她一边眺望整个城市,一边做着梦。梦见自己穿过蛛网般的吊桥,在峡谷吹来的和煦微风中摇摆,随意地来回于各个地区,而不是只能困在自己的家园。梦见自己探索宽阔的街道和宏伟的砖砌大宅,四五层楼高的那种,不是她母亲那样作为仆人,而是作为栖身其中的主人。而最大胆的梦,是成为位于欧扎的天空塔的学者。

她当年十岁,未来尚不明朗。她还不知道自己贫穷,而穷人到天空塔只能当仆人,也不知道只要你曾经贫穷,哪怕后来不再贫穷,人们依然因此厌恶你。

她记得一个夏夜,她跟家人围坐在与邻居共用的灶火边,说她想要学习星星的知识。在天创区,富贵子弟在巨大的公共露台上吃饭,那里的厨房烹饪出的餐食可供应成百上千人,但是在狼喉,人们在街上的小火坑里烘烤玉米粉,或是把整个玉米穗埋在热灰里焖上一整夜。

听到她的话,母亲和父亲神秘兮兮地交换了眼神,父亲点了点头。

"你今晚说到星星可真是太巧了,娜拉,"母亲兴奋地提高嗓门,"我对我服侍的主母说了,她记得你,知道你很聪明,悟性好,她答应赞助你去天空塔。"

娜兰帕头晕目眩。"我要去当学者祭司了?"她知道塔里还能学习其他领域的知识——医疗、文书和历史,甚至死亡的艺术

——但她一直以来最想要学习的是日月星辰的移动。

父亲笑了。"噢,不是,小丫头。他们才不会允许你在那里学习。你是去干活的。你去侍奉祭司。给他们做饭,洗法衣,打扫地板。"

她的心失望地沉了下去。

"不过……"母亲久久地看了父亲一眼,"如果你注意听,也许你能学到东西。一个仆人要是能做到安安静静,就能通过观察学到很多东西。"

"那我就安安静静,"她真心实意地发誓,"我什么都要学会!"

"这不公平,"弟弟丹纳欧奇抗议道,"为什么是她去不是我去?"

"要是能成为天创子弟,谁还想去当祭司啊?"另一个兄弟阿克反问。

娜兰帕咬着嘴唇。成为天创的一员确实令人兴奋。水凫是她最喜欢的一族,她母亲服侍的正是该族的主母。他们统治着最接近狼喉的提提迪区。从分隔二者的狭长山谷望去,她能看到弯曲的崖壁,巨大的天蓝色旗子垂落在砖土建筑的侧面,周围爬满翠绿的藤蔓和星芒花绚丽的卷须。她甚至能看到树。树!狼喉没有树。提提迪是一座花园,有着梦幻般的绿色和生机,还有一道瀑布从其中飞落,犹如活的街道,继而汇入底下那条将托瓦城一分为二的河流。每当母亲讲起提提迪,她都觉得那是人间仙境,只能耳闻,永远不能踏足。不过现在……

"你想成为哪个氏族的人,阿克?"她问。

"除了金雕,谁还有别的想法吗?"丹纳欧奇插嘴,"大家都知道他们是四个氏族里最强大的。"

"我们又不是去打仗!"阿克反驳。

"等我们去打仗的时候,你想骑在水虫子背上吗?"他扬起尖尖的下巴,"我要骑着老鹰,往你身上拉屎!"

"不要水鼋,要羽蛇!"

"没区别。"

阿克扑向弟弟,但并没有动真格的,被丹纳欧奇轻松地躲开了。

"怎么说到打仗了?"他们的父亲发怒了,语气有几分粗鲁,"托瓦不会打仗。自从祭司把我们统一起来,我们已经享受了三百年的和平。"

"想打仗的是阿克。我要统治!"丹纳欧奇一脸自命不凡的样子,娜兰帕付之一笑。

"托瓦的男孩子是不能统治的,"阿克反驳,"再说了,你能统治的只有阴沟。你和那只拉屎的鸟。我要跟富贵子弟们去霍卡伊亚的军事学院,我要在那里学习战斗。"

"够了!"他们的父亲咕哝道,"你们两个完全是一派胡言。我的儿子都是傻瓜吗?做梦当领主和战士?你们能在矿上或是东边的田里找到工作就算走运了。"他哼了一声。"军事学院不是对你这种人开放的,阿克。如果打起仗来,你就是炮灰,有可能更惨,被未曾受太阳祭司启蒙的异族抓去,成为祭坛上的祭品。至于你,欧奇……"他的目光转向年幼的男孩,"阿克说得对。你唯一能统治的地方就是狼喉这里,而这里除了垃圾没有什么值得统治的。"

"杰马,"母亲斥责自己的丈夫,"他们还是孩子。"

"他们不小了,不能胡说八道。"他挨个儿瞪着孩子们,"记好了。你们不是天创子弟,永远也成不了。趁早不要有这种想法，不然一辈子都要吃苦。"

父亲发了一通脾气后，家里陷入沉默。母亲一言不发，但从她的牙关和眼神里，娜兰帕看得出来她并不赞同。

"等我去了欧扎的天空塔，我会请你们都来看我，"娜兰帕试图打圆场，"你可以骑在鹰上，欧奇。你骑羽蛇吧，阿克。不过不是去打仗。就是好玩！"

"我说了，别再说蠢话，"父亲嘟囔着，疲倦多于愤怒，"你也一样，娜拉。别说了。"

当然，她没有实现对兄弟们许下的承诺。不仅仅是因为只有领主才有资格乘骑天创氏族的巨兽，精挑细选之后还需经过多年训练才能成为骑手，还因为娜兰帕离开家去欧扎不是当仆人那么简单，尽管她当过仆人；也不是做辅祭那么简单，尽管她做过辅祭；而是成为了享有至高荣誉的太阳祭司……那个时候，她的哥哥死了，弟弟在精神上也死了。她不确定父母最后的命运，但估计他们也死了。她从未回去打听清楚。

因为父亲的话是对的。事实上，无论她多么热爱这个城市，这个城市都不爱她。对它来说，一个出身狼喉的穷苦女孩没什么用处；被年迈的、古怪的太阳祭司注意到的聪明仆人有一点点用处；观星能力惊世骇俗、出人意料从会中同窗脱颖而出的辅祭有更大的用处；而一个年轻的、怀抱理想的太阳祭司才有最大的用处，她以为能改变自己热爱的城市，到头来却只是树敌无数。

一次又一次，托瓦迫使她赢得尊重，而她每一次都做到了。她安慰自己，她这样做并非为荣誉，也不为力量，而是为一个最糟糕的理由。

信仰。信仰这个她称之为家的地方。

然而，当她躺在女巫的毯子底下，饱受童年回忆和荒唐幻想的折磨，鲜血在她身上干涸，岩盐烧灼她的口腔时，她心想，如今信仰也救不了我。

CHAPTER 4

托瓦城
太阳历 325 年
（连珠日 20 天前）

  特此声明，天地间一切道路交汇于托瓦天空塔。特此声明，天空塔守望者以维持吾等之上与之下的平衡为神圣要务。其负责研究日月运行之道及其启示；其负责雨水之普降、玉米之生长；其负责提升理性与科学，致力于推翻残酷的旧神。假若其不能胜任，众所周知战争必将再次降临，民众必将遭受苦痛。但守望者的苦痛至为深重，因为他们最先死去。

       ——《关于守望者的职责》
        霍卡伊亚协议的签署
      及太阳祭司的授职，太阳历元年

  娜兰帕强迫祭司们于日出时分在通往奥多的桥下集合，没有一个人乐意。她听见了牢骚和污言秽语，对这次集会来说很不体面。有人抱怨没有热乎乎的早餐，没有吃上热乎乎的早餐，他们如何步行到城市的另一头？她恨不得打他们耳光。至少冲他们吼两声，让他们打起精神来。避静从明天开始，为期二十日的斋戒和苦修，为在冬至迎接太阳回归做好准备。那些辅祭不吃早餐都会抱怨，还以为自己能熬过避静吗？

"太阳愿意回到这些牢骚满腹的人面前才是奇迹呢。"她轻声说道,身边最近的同伴能听到,其他人都听不见。

平心而论,清晨确实寒冷刺骨,表明冬至近在眼前。祭司和辅祭们的法衣外都披着毛皮斗篷,还穿了羊毛裤。他们甚至将便鞋换成了硬皮靴。尽管如此,娜兰帕毫不怀疑等今天结束,他们全都会冻得像天空塔顶上悬垂的冰锥。

但这也不是抱怨的理由。苦难自带高贵,苦难磨砺品格,至少她希望是这样。她认为大家很快就能领悟到。

"这次游行是好主意,娜兰帕。"海山温和地说道,他来到位于队伍最前头的娜兰帕身边,"希望天创氏族在避静日中有好的表现。"

"你的面具,海山。"娜兰帕提醒老祭司。至少他愿意尝试。他是塔迪撒——历史档案会的会首,他确实是德高望重的学者,但也常常忘记琐细的事情。

"噢!"海山拍了拍长袍的口袋,神色格外焦虑,最后他把手伸进大熊皮斗篷里,拿出一张黑色面具,额头处和脸颊处有很多星星状的孔洞。他略为尴尬地微微一笑,将其戴在脸上。

她匆匆瞥了一眼另外两个祭司同伴,艾芭,医疗会西济的会首,还有伊克坦,刀兵会希悠的会首。两人都戴好了面具等待着,艾芭身着白色斗篷以及与之匹配的裙子和毛皮,伊克坦戴着纯红面具,一身长裙,色如落日,艳似鲜血。

娜兰帕是神谕会哈韦的会首。她的面具是太阳,跟她穿在黎明色皮衬斗篷里面的束腰裙是同样的亮黄色。面具以金箔长条拼接而成,搭配金属捶打的纤细条须,横跨整个肩膀。一直以来,她戴着面具备感荣耀,但今天还有几分忧惧。

"我还是不明白我们为什么要这样做。"艾芭凑近了对伊克坦低语，但娜兰帕能听到她的话。艾芭很年轻，是他们四人当中最年轻的。去年春天，她的导师意外去世，于是她晋升为会首。娜兰帕在几个月后因为同样的原因晋升了，但她至少比这个女孩年长十五岁。这意味着比她多了至少十几年的经验，尽管艾芭晋升的时间更早。

"我们这样做是让全城都看到祭司还在这里。"娜兰帕目视前方，说道。她没有回头去看，况且隔着面具也看不见什么，但她相信身后的艾芭露出了凶狠的表情。

"他们知道我们在这里，娜拉。"年轻的女人回答，语气有几分恼怒，"他们不是缴税吗？不是在圣日献上祭品吗？不是派年轻人跨越梅里迪恩大陆前来受训成为祭司吗？"

"他们对此心怀怨恨。"此刻她转头面对另一个祭司，"我想要他们看看，我们并非枯萎在塔里的苍老祷告者，我们是城里活生生的一部分。我们平易近人。我们有同情心。"

"噢，"海山忧心忡忡地说，"这样明智吗？我是说，太激进了，娜兰帕。祭司们从未在城里这样游行过。是人们来找我们，而不是反过来。老实说，旧的体系运转得很好。"

"你刚才说这是个好主意，海山。"娜兰帕温柔地提醒他。

"噢，是的。好吧，一次晨间散步。其余的，我不敢说。"

"我敢，"艾芭冻得牙齿打战，"我要说，没问题的事情为什么要改变？"

可是已经有问题了！娜兰帕很想反驳。还有，为何协议的条款规定得清清楚楚，但每年送来的辅祭越来越少？为何请他们为生死婚嫁绘制星图的人越来越少了？为何有传言说底层城区存在未经许可的魔法？根除不尽的旧神狂信徒死灰复燃？为何天创氏族的精英们似乎不愿意跟祭司打交道，就连他们表达尊敬也是

有一搭没一搭,甚至只为了私利?

"我们表决过,艾芭,"她说,"你同意了。"

年轻的女人愤愤不平。"那是几周前的事了,我当时不知道有这么冷。"她冲着娜兰帕歪脑袋,尽管有面具的掩护,这个姿态也有几分狡黠,"说实话,我是一时心血来潮才同意的,娜拉。甚至可以说,是纵容你的想法。其实我一直觉得这次游行是个糟糕的主意。"

"你这样想并不奇怪,"娜兰帕语气平静,不上西济的当,"不过现在打退堂鼓已经来不及了。瞧,鼓声响了,烟雾起了。"

艾芭恨恨地咕哝着什么,娜兰帕听不清。她也不予理会。无论艾芭现在说什么,都是她赢了,她只要庆祝胜利就好。召集各会的祭司们在城里游行不是一件容易的事情,她决定及时享受胜利的喜悦。鼓手,也就是那个一身浅蓝晨曦色的女人,敲响节奏,向前走去。她身边的男人,衣服是同样的蓝色,点燃雪松木,让它冒起烟来。两人带队前进时,娜兰帕松了口气。

四位祭司跟着鼓声和烟雾并排前进,他们身后是各自的辅祭,每列四十八人,犹如陨星的尾迹。

他们过了桥,进入奥多,娜兰帕惊叹于心爱城市的风光。拂晓时分的托瓦有着值得一看的美景。陡峭的悬崖云遮雾绕,著名的网状吊桥结了一层霜,晨光照得万物闪闪发光,美轮美奂,超凡脱俗。她知道背后的六层天空塔傲然耸立,永远保持警惕,它坐落在一处独立的台地上,仅靠桥梁与其他城区相接。那里生活着祭司、辅祭和一小群仆人。塔里有收藏地图和卷轴的藏书室,供大家共同进餐的露台,以及,位于顶层、敞开在夜空底下的圆形大天文台。

是家,她心想。是她热爱的家园,尽管她并非任何时候都确信自己属于那里。有关狼喉的议论,让她自惭形秽。她在内心深处提醒自己,她是有史以来唯一一位非天创氏族出身的太阳祭司。虽然天空塔欢迎协议所涉各地的孩子,但按照传统,各大会首均来自托瓦的天创氏族。导师基图埃指定她为继承者时引起了不小的争议。然而除了传统,并无条例禁止,于是众人只能勉为其难地接受了事实。

鉴于这种情况,明智的做法就是低调行事,完全遵循旧例,安稳度过任期。但她不认为祭司们有趁虚而入为所欲为的资格。基图埃不行使实权,仅仅满足于形式,导致这个职位应有的权力被其他几个会瓜分。不幸的是,没有一个会与塔外的世界保持紧密联系。娜兰帕还是辅祭的时候就观察到,祭司与城市的脱节日益严重。对于统一大陆的强权组织来说,这种趋势实在令人遗憾。她决不束手待毙,在任期之内坐视她热爱的祭司被一步步削权夺利。

她转身背对道路,发现一个辅祭死死地抓着桥上的栏杆。辅祭的膝盖是僵硬的,拼死与摇晃的吊桥角力,不愿随之移动。

那人会害到自己的,娜兰帕心想。

"继续走。"她低声吩咐海山,然后放慢脚步,让其他祭司走过去。

"你去哪里?"海山担忧地问道。

"我很快就跟上来。就是……"她示意他继续前行,他照做了。老好人海山。至少她永远都能信赖他服从命令的能力。艾芭盯着她,当然很是好奇,伊克坦则没有理会她,但她知道彼的目光也在自己身上。她来到辅祭身边,那人抬起头,惊奇地看着来人。

"太、太、太阳祭司?"辅祭吞吞吐吐地从颤动的齿间挤出几

个字，吓得面无血色。尽管天气寒冷，那人的太阳穴处却有一条细细的汗水。

"桥很结实，"娜兰帕安慰对方，"我们不会掉下去的。"

"噢，是的。我、我知道。托瓦的建筑师举世无双。可、可是……这么多人同时过桥。"辅祭回头看去，"真的可以一起过去吗？我是说，再伟大的东西也会出差错。"

"这些桥绝不会出差错。"娜兰帕信誓旦旦地说。她不知道这一论断的对错，但目前的情况不容许她模棱两可。她打量着辅祭。那人头发卷曲、眼睛很大，应该来自大陆南部，但人们迁徙频繁。通婚也很随意。最好别妄自猜测，即便这个辅祭大胆地质疑了托瓦的建筑质量。

"你的家乡是哪里？"娜兰帕问。

"抱歉，太阳祭司。我来自一个小村庄，您肯定没听说过。在南边，挨着托瓦谢希河的一条支流，我们称为小瑟都，'小老头'的意思，因为它是弯曲的。"辅祭脸红了，似乎因为说了方言而感到难为情，"我打算学习医术，把它带回村子。"

"你叫什么名字？"

"夸亚。"

"难能可贵，夸亚。不是所有人都愿意永远留在塔里。你知道'瑟都'很像托瓦语里的'塞都'吗？"

"是的，太阳祭司。我们之间没有那么大的差异，不过……"那人犹豫片刻，又匆忙说下去，"我一直都理解不了你们托瓦人的生活方式。我的家在平原上，那里方便多了。我们脚底有一条完美的大河，"那人说话时不看脚下。"为什么不把城市建在那里呢？"

"以前建在那里，至少历史学家是这样说的。提提迪现在还有一些古老的住宅尚在使用。"狼喉也一样,但她没有说,"但我想,我们的祖先把城市建在悬崖之间,是为了保护我们,抵御你们,"娜兰帕露出耐心的微笑。"我们是农民,平原上的南方人袭击农民。此外,我们希望更接近天空。"她抬手示意周围。

辅祭惊慌失措,低低地叫了一声。"我很抱歉。我是说,关于袭击的事。"

"放心,一切都过去了。"话虽如此,她却记得父亲痛骂平原人是没有开化的盗贼。古老的偏见难以消除,哪怕在一座完成统一的城市里。

辅祭貌似半信半疑。

"别忘了在天空塔里,我们观察天空。我们的职责是研究天空的规律,以在大地上复制。"

"但那是哈韦会,"辅祭反驳,"我只是西济。"

"医疗者难道不也是观察天空以理解患者的疾病吗?"

"是的,当然,"夸亚慌忙表示赞同,"我只是说——"

他们踏上奥多的地面时,桥梁停止了摇晃。夸亚长舒一口气。娜兰帕拍着那人的胳膊以示安慰,那人释然地冲她点头。今天仅剩五座桥需要过了,她希望辅祭能熬过去。

"一切都好吗?"她回到队伍前面的祭司们身边时,海山问道。娜兰帕知道他有多么讨厌节外生枝。

"好得很,"她笃定地说,"只是一个辅祭需要转移注意力。"

海山皱起眉头,望向她此前所在的位置。"那是艾芭的辅祭。你应该让艾芭去安抚。"

"没事了,海山。会与会只是职责的划分,而非心的区隔。我看到一个辅祭需要帮助,仅此而已。"

"可是——"

"好了,我愿意安抚谁就安抚谁。现在,集中精神。我们正式进入奥多了。"

奥多这个地方阴郁而怪诞。它是托瓦城内最古老的天创氏族生活区,也是食腐鸦氏族的家园。食腐鸦是云中之城的原住氏族之一,但他们的统治地位早已是过眼云烟。如今其他氏族瓜分了城里的大部分统治权,而奥多被接纳的同时,也常常得到同情。其今日的处境就是违抗守望者的下场,各方都引以为戒。无论从什么角度说,奥多似乎都处在城中,但又被隔绝在外。被接纳,却不受爱戴,娜兰帕太熟悉这种境况了。

下了桥之后,他们所在的位置比大路矮了两层楼的高度,还要爬上一段严重破损的狭窄石阶,才能进入真正的城区。他们爬到顶头,便看见了食腐鸦的家园。这片城区以早期建筑所使用的柔软火山岩闻名。食腐鸦最先占据高崖的时候,便开凿了原始的建筑样式,在大路上行进的途中,娜兰帕依然能看到到处都有古老的建筑零星隐于巷尾,或者藏在现代建筑之间。如今的家园大多以不规整的砖石搭建而成,仿造火山岩的样子,但石头是从托瓦城外运来的。现在的家园不怎么使用木头,木头要么被烧黑以搭配青砖,要么被漆成明亮的绯红色,用于更奢华的家园和店铺门面。到处都有乌鸦的图案,独特的乌鸦头骨被绣在悬于墙壁的旗子上,雕刻在门廊上方的门楣上。

人们站在他们黑色的屋子外,于街道两边目送他们经过。大多数人身着改良的托瓦常服。不论什么性别,他们都穿着线织裙子,也有男性缠着长及腿肚子的腰布,冬天有绑腿,气温高的季节则没有。很多人佩着各种带子以表明他们在氏族里的地位,尤其是富有的人。绳带最为常见,其次是皮革和毛皮所制的,以精心装饰过的居多,再次是主母和大家族成员身上的裙带,以及黑色羽毛或黑色豹皮制成的披风，黝黑闪亮，光彩夺目。天气寒冷刺骨，所以大多数人外罩毛皮或皮革斗篷。有些人敢于忍受严寒，把乌鸦氏族文在皮肤上的黑翰暴露在外。

"黑屋子和黑脸，"海山在她身边嘀咕，声音很低，只有四个祭司能听见，"这可不是今天的好兆头。"

"当然是好兆头，"娜兰帕纠正道，声音同样很低，"我们的祖先不是教导过，天地万物都是二元性的存在吗，学者先生？地对天，夏对冬？在氏族当中，金雕的明亮必须由食腐鸦的阴影来平衡？羽蛇的火对水鼋的水？"

"正是，"他顺从地叹了口气，"但我还是觉得奥多叫人不舒服。"

"他们不喜欢看到我们来这里。"艾芭说。

她说的当然没错。两人说的都对。

"你们觉得意外吗？"娜兰帕问，"他们因为刀兵之夜怪罪我们。这是我们必须弥合的另一处伤口。"

"我不需要弥合什么伤口，"艾芭不满地说，"刀兵之夜发生的时候还没有我呢，我不需要负责。我不知道他们为什么恨我。"

"那时候也没有我们，"娜兰帕说，"海山除外，他还是个孩子。不过无论有没有，我们都背负着责任。"我们全都从中受益，她心想，不过这种有争议的言论还是不说为好。

当时的祭司们认为刀兵之夜必不可少，对付奥多愈来愈多的异教徒就该快刀斩乱麻。刀兵之夜是基图埃的前任做的决定，娜兰帕猜测，也是基图埃极力削减他这个位置的权力的原因之一。他从未对娜兰帕承认过，但不难看出来。年轻时的经历令他终生难以释怀。成百上千人死在希悠手下。他们是托瓦的民众，属于神圣氏族的天创子弟。然而，他们却被祭司当成敌人，毫不留情

地屠杀。刀兵之夜是这座城市溃烂的伤口,心脏上的病变,从各个方面改变了托瓦,影响持续至今。

然而事实是丑陋的,暴行获得了预期的效果。食腐鸦受到沉重打击,整个氏族一蹶不振,旧神崇拜转入地下。至少,直到最近才出现异教死灰复燃的流言。

"啊,到了!前面就是大宅,"海山说话时,他们来到一条通向南边的宽阔大路上,"看看氏族的主母是否欢迎我们。"

第一个考验,娜兰帕心想。假若食腐鸦不出来迎接我们的队伍,那将是羞辱,也是与我们为敌的明确信号。不过令娜兰帕如释重负的是,食腐鸦的主母就候在前方。

亚特莉扎个子高挑,瘦得惊人。她身穿黑色豹皮紧身长裙,肩披优雅曳地的晶亮鸦羽斗篷,脖子周围是一圈稀有的红鹦鹉羽毛织就的衣领,托着一张富贵庄严的面孔。她的头发散披于身后,装饰的云母片反射着清晨的阳光。有那么一会儿,娜兰帕察觉到天创氏族的古老压迫感在胸中悸动。望着这样一个女人,你如何不会想到她是人上之人,来自另一个世界,或许,来自天上的星星?

但你是被选中的,娜兰帕提醒自己。天创氏族也许都是女王,但基图埃相信你是守望者的未来。没有你,就没有和平,女王们的统治就会崩溃。别忘了!

然而这是很难记住的,甚至可说痛苦。她能感觉到祭司们都在评判她。海山担心她打破了既有的秩序,艾芭不加掩饰的轻蔑言行,还有伊克坦……好吧,伊克坦是她的朋友,不会评判她,但她有时候也会好奇彼是否认为她心有余而力不足,只是不愿意说出来。

几句欢迎和荣幸之类的客套话交换过后,娜兰帕自认为应对得不错,于是队伍再次出发,前往邻近的城区。

他们迫不及待地过了通向坎恩的短桥,将奥多的黑屋子和黑脸抛在身后。

这时候太阳已经升起,彻底驱散了冰霜,于是有了一个凉爽而非严寒的清晨。仿佛察觉到西边的邻居并未热情地迎接祭司队伍,坎恩区的住民和羽蛇氏族纷纷出动。他们甫一下桥,聚集的人群中就响起热烈的欢呼声。海山满意地哼哼着,艾芭笑了,高兴得很。娜兰帕深受触动,向祭司同伴们点头致意。也许现在他们终于相信她的做法不那么愚蠢了。

她转而望向伊克坦,彼戴着面具一言不发。周围的市民高喊着支持祭司的口号,有的挥动绿色丝带,有的踩着游行队伍的鼓点跳舞,绑在膝盖处的小铃铛叮当作响。如果说在奥多的游行是一场葬礼,此刻则是狂欢。

"过头了。"伊克坦在她身边耳语。她吓了一跳。彼鲜少公开说话。

"什么?"她的声音压过喧闹的歌声和欢呼声。

"避静是严肃的日子,不该欢庆。食腐鸦的反应确实有点没意思,但行为更妥当。他们在做什么?"

她耸耸肩,对彼的说法感到恼火。"也许他们只是很高兴见到我们,感激我们所做的一切。"

"我们做了什么,娜拉?"

"基图埃在进入天空塔之前不是羽蛇出身吗?"她打算以众所周知的事实作证,但立刻意识到伊克坦不买账。

"我们进塔之后就该抛下这种关系,"彼嗓音低沉,"我们不能偏袒我们出身的氏族,他们也不能记住我们。否则就会招致腐败。我们的职责在于天空,不是吗?天和人不一样,天是永恒不

变的,不可亵渎的。"最后一个词带着嘲讽的语气。

"不要扫兴,伊克坦。拜托了。"她早已习惯彼冷嘲热讽的态度,但今天形势大好。她难道不能享受一小会儿吗?

她的视线从彼身上移开,欢欣鼓舞地投向人群,然而面对氏族的问候,快乐有所消减,此前的担忧又回来了。

羽蛇的主母离开他们的大宅,来到路当中迎候他们。她的名字是佩娅娜。她也很优雅,跟之前的亚特莉扎一样,但佩娅娜更有活力,有食腐鸦的主母缺乏的生机。她身上的衣服有着色彩斑斓的羽蛇鳞片,随着她的举动,犹如鲜活的皮肤上下起伏。她披着一件亮绿色的袍子,夹杂着红色和黄色的蓝色羽毛编织其间。她的头发在顶上盘成两个角,耳垂悬吊的翡翠犹如绿色火焰。

娜兰帕和佩娅娜礼节性地相互致意之后,队伍离开了坎恩。很快他们来到了通向太阳岩的桥上。

"我们不走完这个城区吗?"艾芭问。

"坎恩是托瓦最大的区,一直到崖壁那里,"不等娜兰帕回答,海山接过话头,"没必要全部走一遍。那得花上大半天时间!我们要是从那里过河,就会进入东部城区的北半边,全是农田。当然不需要走那边。而且从那边返回天创区的唯一一条路就是狼喉。"他夸张地打了个寒战。

"我们从太阳岩这里经托瓦谢希去提提迪,"娜兰帕解释,"然后在提提迪和塞伊游行,日落时返回欧扎。"她不理会海山对狼喉的侮辱。

太阳岩是一座两百英尺高的独立台地,位于城中央。台地周围是奔流的托瓦谢希河,赋予托瓦生命的大动脉。太阳岩不归任何氏族管辖,仅在举办仪式和召开代言人议会的日子才有人来。

其间的桥梁是他们游行途中最长也最平稳的。娜兰帕不知道那位来自南方低地的辅祭是否顺利通过,但她没有过问。她开始感到疲惫了,准备休息。也许她可以脱下靴子揉揉脚,只要艾芭不在身边批评她举止不雅。

目睹了奥多和坎恩的壮阔景观之后,太阳岩似乎格外荒凉。下桥后走二十步,地势下降,出现一个露天的巨大圆环,是从地里挖出来的。它的形状类似氏族大宅的圆形大厅,但完全向星星敞开,更像天空塔顶层的天文台。长凳排列在四周陡峭的阶梯上,他们走进东边的入口时,娜兰帕发布了休息的指示。

她听见身后的辅祭们松了口气。她走下通往圆形会场的台阶,众人也跟了过来,队伍顺着长凳散开,纷纷找仆人们要水喝。

一群随队的仆人提着装满玉米饼、鹿肉和水壶的篮子,开始分发午餐。娜兰帕看到击鼓带队的女人揉搓着手掌,从一个身披棕色仆袍的女孩手里接过水壶。

另一个身披棕袍的仆人靠近了娜兰帕,她心不在焉地把手伸进对方递来的篮子。她完全没看到他从袖子里抽出来的刀,直到黑曜石打造的刀刃寒光一闪,冲着胸口而来。她大喊一声,然而为时已晚。

突然她被人猛地一推,从石凳上翻了下去。她的脑袋撞到了后面的长凳,震得五脏六腑都在晃动。她什么都看不清,本能地扑打着,极力抵挡即将袭来的武器和人。但她什么都没碰到,等她缓过劲儿来观察情况的时候,她才意识到推她的是伊克坦。

彼在她刚才的位置上。

彼的刀子深深地插进棕衣仆人的脖子。

娜兰帕除了大口喘气,什么也做不了。

直到有人尖叫起来,是一个辅祭。娜兰帕慌忙爬起来。有人

伸手扶她。她起身时,伊克坦把刺杀未遂的刺客放到地上。

"搜。"希悠喊了一声,娜兰帕过了一会儿才明白彼是在命令刀兵会的两个辅祭。其他仆人纷纷丢下篮子,举起双手,以示无辜,未来的希悠来回走动,熟练地在篮子里翻找,搜查武器。

"天空和星星啊,"艾芭抓着娜兰帕的胳膊,轻声问,"你还好吧?"

娜兰帕扒着自己的面具,扯了下来。一般不会在公共场合取下面具,但她呼吸不畅,况且此处没有外人,只有自己人。不,不光是自己人。已经有人渗透进了他们的组织,企图谋害她的性命。

"他是谁?"她大喊着,跨过死者,走向伊克坦。

"你不该这么快就杀死他,"海山走过来,喃喃说,"现在我们没法问出他的身份了。"

"还有他为什么这样做!"艾芭在娜兰帕身后低声说。

娜兰帕回头看着女孩。她也摘了面具,激动得面红耳赤。娜兰帕恨不得扇她一耳光,但很快打消了念头。艾芭很年轻,她提醒自己,也很愚蠢,尽管位高权重。

"没必要问。"伊克坦淡淡地说,语气不慌不忙。彼刚刚杀死了一个男人,救了她的命,却已经平静下来,仿佛他们还在悠闲地散步。希悠俯身撕开男人的袍子,露出死者的下半截脖子和胸脯。

娜兰帕一时间喘不过气。

那个记号刻进了皮肤,染成了红色,是他们早上都见过的,在旗子上,在门楣上:食腐鸦的头骨。

CHAPTER 5

托瓦城
太阳历 325 年
(连珠日 20 天前)

于万事万物中寻找章法。

——《太阳祭司手册》

　　余下的环城游行完成得浑浑噩噩。提提迪区的市民身着蓝衣，态度拘谨，塞伊的情况差不多，只不过服色是金色，作为标志的鹰替代了昆虫。娜兰帕根本不在乎。当天是祭司们赢得尊敬、宣示地位与权力的日子。她的权力，也是太阳祭司在天空塔重掌大权的起始。然而此刻娜兰帕的脉搏难以平息，她已是惊弓之鸟，不断地扫视人群，搜寻企图置她于死地的人。
　　伊克坦带着一个希悠辅祭留在太阳岩调查刺客身份。另一个希悠戴上伊克坦的红色面具，代替彼继续游行。
　　"这样明智吗？"伊克坦提议时，海山问，"根据传统，我们——"
　　"不会在自己的城市里遭遇谋杀吗？"彼被逗乐了。
　　学者哑口无言，娜兰帕把朋友拉到一边，私底下交谈。
　　"你有什么想法？"她问彼。
　　"我认为你应该当心，不要妄下判断。"

她皱起眉头。"什么意思？"

"就是字面意思。让我带人去干活，我会在月上中天之前去房间找你，告诉你我的发现。"

"伊克坦……"她顿住了。她感到头晕目眩，摇摇欲坠。她清楚自己的改革措施不受保守人士的欢迎，食腐鸦也确实不怎么待见天空塔，但至于刺杀吗？她对未来的设想从未涉及这种事情。

她强行做了个深呼吸。她不该表现得害怕，但应该谨慎。"你觉得我还能安全地游行吗？"

伊克坦歪着头打量她。黑色的眸子紧盯着她，观察得她都脸红了。"能。"

她挺起胸膛。"那好。我会走完的。"

于是她走完了。不过，当最后一座桥进入视野，沐浴在落日而非旭日的光芒中，踏上返回欧扎的归途时，她几欲落泪。她庆幸自己又戴上了面具，有它遮挡面目，遮挡惊恐不安的表情，她深感欣慰。

按照传统，天空塔的大门于日落时分象征性地关闭，代表避静开始，祭司们在冬至日之前与世隔绝。娜兰帕从未如此高兴地听到厚重的木门关闭的声响。整整二十天，外界将被隔离在外，跃跃欲试的刺客们也将随之被阻隔。

"好充实的一天！"海山在她身后喊道，吓得她差点跌了一跤。天空啊，她必须保持冷静。"等到月上中天，我们在主祭会议上商讨避静细节可好？"他问。

她环顾来来去去的人群。气氛格外紧张，她险些被刺杀一事对塔内的人来说超出了他们的承受能力。"当然可以。我建议在此之前我们都去好好休息，以最佳状态出席主祭会议。"

45

海山点点头，是啊是啊地答应着，人群开始缓慢散开，返回各自的房间，或是去露台吃上最后一顿饭菜，因为避静开始后餐食将限量配给。娜兰帕要求他们发誓对太阳岩发生的事情守口如瓶，但流言毫无疑问是会传开的。

她招呼一个路过的仆人，要求送一杯她喜欢的浓茶到房间里。她知道应该趁还有机会吃点东西，但她没有胃口。

等仆人离开，她拾阶而上，来到四楼的房间。到了门口她才想起来，没有提前确认是否有人埋伏，她忽然不想进去了。理智告诉她，没人胆敢入侵天空塔。她在这里很安全。

但是……

不！她绝不退缩。她打开房门，壮着胆子进去，吓得差点晕厥。

伊克坦像猫一样慵懒地坐在她床边的长凳上。

"好夸张。"彼咕哝道。

"天空啊！"她按着胸口。"天空啊！"她再次骂道，"你吓死我了，伊克坦。别再这样了。"

彼耸耸肩，显然不以为意。"你年轻又健康，你的心脏肯定承受得住。"

"你不知道我的心脏能承受什么。"她被彼轻蔑的态度激怒了，反唇相讥。她说完就后悔了。

伊克坦挑起眉毛。

"我不是这个意思，"她叹了口气，"但这也是事实。"两人在做辅祭时一度相恋，这种事情在祭司当中并不少见，大多数进塔的人都深受青春期的折磨。但他们的情感大体上就是两个笨拙的年轻人彼此探索身体，不知如何是好。当伊克坦晋升为刀兵会祭司，娜兰帕因为自身的各种原因结束了这段感情。对于她的选

择，伊克坦二话不说便接受了，从未表达过自己的想法。意外的是，两人还是朋友。她喜欢彼，一直都喜欢，但她得承认，彼生来就具备当杀手的品质，也令她深感不安。

"告诉我你发现了什么。"她说。

伊克坦正要开口，门外传来叩击声。彼从长凳上起身，不知从哪里抽出一把刀，动作快得她看不清。

"不，住手！"她抬手阻止，"没事，我要了茶，只是一个仆人。"

"之前企图杀你的不也是仆人吗？"

她闻言一愣，瞪大眼睛。"但那个不是真正的仆人。"她反驳道。她估计刺客是在他们经过奥多的路上混进来的。她从未想过刺客一直潜伏在塔里。"他真的是我们的人吗？"

礼貌的叩门声再次传来，伊克坦打开了门，悄悄地把刀子收进袖口。门口的仆人是娜兰帕认识的女孩，端着一个托盘走进来，代茶冬青的气味弥漫着整个房间。她走到桌前放下托盘。

"谢谢，蒂娅。"娜兰帕说。蒂娅鞠了一躬便离开了，丝毫没有发现伊克坦有一刀穿她喉咙的打算。忙碌一天的疲惫感袭来，娜兰帕摩挲着额头。伊克坦给她倒了一杯茶，抬手伸来，动作快得堪比亮出刀子。

彼就是这样，刚刚准备实施暴力，转头又出人意料地表达关切，她只能接受，对彼的在场怀抱欢喜。

伊克坦回到长凳上落座。"太阳岩那里的仆人不是我们的人，"彼接着说下去，仿佛对话不曾中断，"他毫无疑问看起来像是食腐鸦的人。"

"听你的意思，你不确定。"她抿了一口茶，"还有谁有乌鸦那么希望太阳祭司死呢？也许是另一个氏族？也许是希望架空太

47

阳祭司的革新派,或者是把我当成好心办坏事的平民代表的守旧派,或者是我完全没有想到的人。看不惯守望者的某个外邦城市?告诉我敌人是谁,伊克坦,至少让我知道谁打算在我背后捅刀子。"她轻声说,但放下茶杯的双手在颤抖。

"也许你已经树敌无数,娜拉。也许只有一个敌人。我还不知道。"

彼是对的。她想得太远了。"那么你知道什么?"

"那个男人咽喉之下的黑翰很新,食腐鸦在他们的孩子进入青春期或稍晚一点就动手画了。而且,图案通常很多。后背有,胳膊上也有。"

"是的,我知道。"她想到当天早上在亚特莉扎身上看到的复杂图案,"那些记号是在公开纪念他们在刀兵之夜失去的亲人,所以他们永远不会忘记。"她受到了刺激,包括所有的守望者,尤其是希悠,但他们能做什么呢?当年的祭司们犯下残酷的暴行,他们现在能做的就是容忍食腐鸦表达悲痛之情。

"这个男人将近二十五岁,估算可能有偏差,但他的黑翰画上去最多几个月。而且只有一个。"

"这么说他来自别处,最近才改信鸦神的?"

"有可能。"

"也就是说流言属实,狂信徒的势力在壮大。"祭司们知道崇拜食腐鸦旧神的狂信徒依然存在,但普遍认为那些狂信徒在等待他们的神重生,除非发生那种不可能的事情,否则他们一般而言只是令人讨厌,不存在危险。

伊克坦说:"我一直盯着狂信徒,他们只是举办集会,向一个死了的神祈祷,时不时喂一喂饥饿的孤儿。他们构不成威胁。"

"刺客的血还沾在你袖子上,你就这么说?"

伊克坦抬起胳膊。彼的红袍袖口有一块污渍,颜色比其余部分更深,而且硬邦邦的。彼兴味索然地耸耸肩。"我还是相信,他的背后主使企图让我们认为他是食腐鸦。假如他成功了,就会引发强烈的反响,谁都不会相信狂信徒是无辜的。"

娜兰帕闭上眼睛。既然伊克坦认为此事另有隐情,那么她必须仔细考虑。倒不是说她太天真,不过……好吧,也许她就是太天真。她成为会首的时日不长,还没有像伊克坦那样披上一层愤世嫉俗的外衣。

"基图埃给我留了个烂摊子,"她喃喃自语,"太阳祭司手中无权,狂信徒势头正劲,各会貌合神离。但即便是他也预见不到这种事。"

"娜拉。"

"什么?"她依然闭着眼睛,下巴抵在胸前。

"此前发生过。"彼的语气很平静,却令她天旋地转。她抬起头,瞪大眼睛,心跳突然加速,仿佛危险就在房间里,就在她身边。

"什么?"

"总之,有过一个。我解决了。"

"你……"她双手护着腹部,似乎有一股刚刚燃起的怒火在肚子里翻腾,"你怎么不告诉我?"

"我当时觉得没必要告诉你。"

"伊克坦,"她心烦意乱,尽可能不失态,"食腐鸦吗?"

沉默。

"你今天还让我从奥多走?"

"如果我认为你有危险,我会——"

"但我就是有危险!"她深吸一口气。

"我当时不确定。"

"你现在确定了？"

彼耸耸肩，只是一侧肩膀微微抬高，其表达的疑惑却是前所未见的强烈。伊克坦也许嘴上不愿意承认，但今天的刺杀着实让彼感到紧张了。

娜兰帕的语气冷静而平和，却饱含失望。"我知道他们都认为我应该当个摆设，但我觉得你不是那样想的。我不是孩子，还要你对我保密。希悠，我非常需要你相信我。"

彼一言未发，彼的脸，那张漂亮得要命的面孔，无动于衷。

"去吧。"她疲惫不堪地说。

"你需要我。"

"我当然需要你。"她叹道，心头有几分恼怒，因为彼逼着她亲口承认，还因为此话再真实不过，"但现在我需要思考。还要睡觉。我已经三十六个小时没睡了，月上中天之时我们还有主祭会议。我要如何劝说守望者认真对待我？依我看，连你都需要我费一番口舌。"

伊克坦从长凳上起身，走向房门。彼停下脚步，扶着门框。"这件事也交给我来处理，娜兰帕。不是劝说的问题，而是责任。是我的责任，不是你的。"

她想要默许，但她做不到。彼一直带给她安全感，但保护和宠溺不是一回事，凡事都瞒着她，只能使她感到无力。有件事她必须知道。"你不相信我能够胜任，是因为我们……我们的过去……所以你不告诉我真实想法吗？"

彼茫然地歪着头，额头上浮现条条细纹。"你所做的事情之中，没有一件让我认为你不能履行职责。"

"是的，可是……"她按着脖子，深感懊恼。好吧，也许彼

并未因为过去的亲密关系而看轻她,但必然有什么原因,导致彼把她当成孩子。或许是她太钻牛角尖了,被情绪牵着鼻子走。"还有别人知道第一次刺杀的事情吗?"

"只有我自己的辅祭。"

"所以他们知道而我不知道?"

"我解释过了——"

她举起手来。"不,伊克坦。每次你有事情瞒着我,都在损害我的权威,而我在努力地一点点地重建权威,尽管基图埃留下来的回旋余地很小。你明白吗?"

"当然,"彼咕哝道,"还有别的事吗?"彼语气如常,但娜兰帕隐隐察觉到一丝不悦。

"没了。"她疲惫地打了个手势,示意曾经的爱人、今日的贴身刀兵离开,"跟我商量之前,凡事都别轻举妄动。你能保证做到吗?那么我们主祭会议上见。"

"天上群星为证,我不会错过的,"彼说,这一次她明显察觉到轻蔑的口吻,"真的。"

CHAPTER 6

奎科拉城

太阳历 325 年

(连珠日 20 天前)

奎科拉的水手是梅里迪恩大陆上最优秀的,也因之闻名于世。我曾在环新月海的旅行中有机会搭乘过十几艘不同的船只,从未怀疑过他们的体力和耐力,还有船长的能力。正是依靠他们的努力,奎科拉日益富有,地位举足轻重,全世界的财富都流向他们的金库。奎科拉的水手是他们真正意义上的最伟大的资产。

——《受奎科拉七大商贾领主委托撰写的旅行报告》
朱提克著,来自巴拉施的旅行者

起初一切顺利。

巴拉姆带她从城市来到码头,找到了他许诺的澡堂。她本想在蒸汽里多享受一会儿,但他强调过时间紧迫,于是她刮掉皮肤上的污垢,用丝兰和碾碎的薰衣草清洗了长发,还洗了衣服并将之摊在滚烫的石头上去除潮气,最后差不多能穿了。至少她身上没了在监狱里关押一夜的气味。

码头从海滩延伸到入海口。周围是干硬的芦苇铺成的小道,犹如一座座桥梁越过渐深的海水;可以容纳二十人以上的平底长船停泊在水中,拴在宽敞的木造码头上。船员们拖上岸的货物

中，有成捆的亮蓝色和红色的绿咬鹃羽毛、大桶的深棕色蜂蜜和成堆的盐以及松绿石，这是一年当中的最后一次买卖了。欢笑声和劳作声充满了空气，夏拉终于放松下来。这是她的地盘，她的同胞。甚至比身处涕克当中时更有家的感觉。贸易，劳动，海洋的气味。她属于这里。

他们走向一条相当不错的船。船大约有一百五十步长、二十步宽，中间覆以芦苇编织的大篷子，供水手和货物躲避远海的阳光和风。有人影在船上来来去去，固定货物，做启航的准备。凭着经验以及涕克的视力，她数清了单侧船桨的数量，以此估算船员的人数。至少二十人，不过这条船可以容纳五十人。她咧嘴笑了。这是条大船。她已经可以预见到托瓦之行结束后可以做的事了。有了这样的船，她能够往返运送相当多的货物，十二年的时间可以堆金积玉。

然后她见到了水手们，真是活见鬼了。

"他们是佩什的人。"她看清楚了那些干活的人，对巴拉姆咕哝道。好吧，并非全都是。不过二十人当中有五六张熟悉的面孔，在上次运货时与她同行。

巴拉姆露出了整个上午丝毫未变的微笑。"就跟你一样，他们最近都没有活儿，仓促之中，我也只能找到这些愿意上船的。我不得不为雇佣他们支付一大笔钱，不过他们可以胜任，而且你也清楚，他们有经验。他们知道去托瓦的航线……"

"……近海岸的航线，"她打断了他的话，"我们说过走远海。"

"是的。"

"他们不会喜欢的。"她扬起下巴，示意一个身着白色劳工衫的矮壮男人，"看到他了吗？那是卡洛。我不相信他，也不相信他担保的任何人。"她下意识地用拇指摩挲缺损的指节。她倒不觉得那些人会伤害她,为了她的骨头或者别的什么抓她。毕竟,仅仅几天前她跟他们一起出过海,他们没有找她的麻烦。除了最后一天,佩什来到码头,指责她毁坏了货物。她费力地解释说,绿咬鹃羽毛脱毛、蜂蜜腐坏、盐受潮都不是她的错。船进水了,任何一条船都迟早会进水,而她未能及时发现,没能挽救货物。但她敢肯定有人为因素。在惠查,船上多了一个新人,是卡洛的朋友,卡洛为他担保,但是那人与她对视时做了个驱邪的手势。她选择了无视,相信卡洛不会让危险人物上船,她内心深处依然相信人们会抛开成见,以干活为重。她错了。

她完全没有发现问题,直到佩什上船检查货物,看到一片狼藉。她本可以找借口,指责新来的船员蓄意搞破坏。但她甚至没有机会考虑这件事。佩什已经打定了主意。他就看了一眼她的脸,准确地说,她的眼睛,便宣布她是有一半涕克血统的婊子。净搞破坏,不干好事。

"我破坏自己的货物意义何在?"她难以置信。

"涕克做各种事情的意义何在?"他反唇相讥,"半人类也就是半畜生,谁知道你这种畜生为什么做各种事情?怨恨?歹心?嫉妒?"

"嫉妒?"她开怀大笑,毫不掩饰戏弄佩什大人的意图。如今回想起来,也许她不该那样。佩什打了她一耳光,指节刮过她的脸颊,而她让他见识了半涕克婊子的能耐。

他掉进了二十英尺外的海港,先是大声呼救,接着大声喊人抓她。她又招来一个浪头,从他脑袋上浇下去,灌进他的喉咙,正好让他闭嘴。但她无意杀人,于是让海浪把他推向浅水区。她丢下了船,丢下了货物,以及报酬,去找了一家酒馆和一个漂亮

女人,最终,进了监狱。

然后是巴拉姆大人。然后是这里。

巴拉姆招手示意卡洛,大副扔掉正在盘绕的绳索,缓步而来。他个头不高,跟夏拉差不多,但有她两倍宽,经常干活的胳膊肌肉鼓胀。他头发乌黑,在后脑勺简单盘了一个高高的发髻。一块白色头巾裹着宽阔的额头,他擦去眼睛上的汗水,夏拉觉得有几分感伤的意味。在她看来,他总是很悲伤,仿佛生活从来不如人意,世道不公令他痛心疾首。卡洛也许没有直接搞破坏,但她坚信是他的熟人干的,因此他也需要承担部分责任。

"我的朋友,让我付了大价钱的朋友,"巴拉姆对大副说,"你认识我们的船长,是吧?不会有什么问题,对吧?"

卡洛那对幼犬般的眸子转向她,耸了耸肩。"她是个好船长,对于一个……"

夏拉冷哼一声,抄起胳膊。"对于一个女人来说?对于一个滞克来说?"她问,"说完啊,卡洛。"

他瞪了她一会儿,垂下视线。"女人不该在船上。老一辈说的。她们阴气重,风暴喜欢找上门来。不过,你不是女人吧?也许是母的,但不是女人。"

"海水母亲啊,你背地里就是这样议论我的?说我不是人?"她双手握拳,召唤她的歌。歌应约而来,犹如从漩涡深处升起的黑色水流,在她的舌尖蓄势待发。她忽然想到,使用歌的力量,也许反而证实了他的说法,不过那一刻她不在乎。

"好了,好了,"巴拉姆盯着她,警告道,"没必要这样。"

她闻言看着他,再次惊讶于他对于魔法召唤的感知力。他露出千篇一律的微笑。巴拉姆大人绝不简单,她不确定他是巫师还是占卜师,那种对魔法敏感的人。

卡洛不是那种人,他似乎没有注意到自己差点激怒了她。"无意冒犯,"他漠然地耸了耸肩,"陈述事实而已。我之前跟你出过海,不是吗?也许鱼女在海上比女人强。不要往坏的方面想。"

"啊,这就行啦!"巴拉姆笑容满面,"不是辱骂。是恭维……从某个方面来说。那么……"

"但是你朋友……"她忘了他的名字,总以惠查代称,因为他是从那里上船的,"他破坏了佩什的船,你知道是他干的。害我损失了报酬,还坏了名声。"

"啊。"卡洛叹了口气,"他很差劲,也害我损失了报酬,因为是以我的名义担保的。我们把他给办了。"

夏拉没料到对方承认了过错,她的气消了一大半。她让歌原封不动地顺着喉咙滑下去,但没有完全收回,以防万一。

"这就行啦,"巴拉姆愉快地鼓掌,"皆大欢喜,你们的损失将在新的任务中得到补偿,这次航行可以按我们的计划继续了。"

"也许还不行,"卡洛波澜不惊的嗓音有所上扬,"好像有人来了。"他扬起下巴示意夏拉身后的码头。

她和巴拉姆同时转身。怒气冲冲大步而来的,正是佩什大人。他领着十几个持矛带盾的士兵,而他身边正在搓手的,是夏拉刚刚离开的那座监狱的图皮雷。佩什身着腰布、短裙以及与之匹配的披肩,类似巴拉姆的那种,但佩什的短裙和披肩边缘呈锯齿状,染成了红色,装饰着精美的金圈。他戴着羽毛制成的头饰,低低地压在额头上,遮挡了耳朵。顶上是鲜红和鲜黄的羽毛。脖颈、手臂乃至脚踝都佩有珠宝,闪闪发光。这是赤裸裸的炫富,夏拉认定对方是在弥补其他方面的缺失。

"七层地狱啊,"巴拉姆咕哝道,这是夏拉第一次听到谈吐文

雅的他说脏话,"他肯定派人跟踪我去了库哈兰。"他忍俊不禁。"真是一条狡猾的老狗。"他转头对夏拉和卡洛说,"我建议你们上船准备出发。而且动作要快。"

卡洛干脆利洛地点点头,快步回到手下当中,大声下令。

"你呢?"夏拉问。

巴拉姆扬起精心修饰的眉毛,疑惑地看着她。"我?你担心我?"

"你只有活得够久才能支付我的报酬。"

他神色释然,仿佛她的关心令他不适,冷言冷语才是他更熟悉的方式。"你活得可比我悬乎多了,滞克夏拉。我能应付佩什。"

她打算反驳说,佩什带着全副武装的手下,巴拉姆仅凭一张嘴难以脱身,尤其是他还贿赂了图皮雷,但她又想起这位新的主子并不简单。在与佩什相处的不长的时间里,她很清楚对方几斤几两。乏善可陈的佩什不是巴拉姆的对手,加上图皮雷和一群家丁也不行。

"那么,好运。"她说,见巴拉姆不接话,她转身爬上架在码头和船之间的跳板,落到船里。

"把那玩意收了,"巴拉姆指着她刚刚踩过的跳板,扭头喊道,"要是佩什的人找你麻烦,他们非得下水不可。"

她遵照指示,把身后的跳板拉到船上。

"好了。"巴拉姆摆正了帅气的肩膀,"把那个奥布雷吉人送到托瓦去,夏拉船长。我就指望你了。这是我欠了多年的人情,必须履行的承诺,我期待你为我办妥此事。"

"货物呢?"她看到堆在船中央芦苇篷子底下的货,"盐和羽毛,可可和翡翠?"

"当然是替我赚钱的,但我最关心的是那个奥布雷吉人。"

"为什么?"她问道,不过巴拉姆已经大步走开,迎向快要登上码头的佩什。

要不是把歌留在喉咙深处,她不会察觉到那只鸟儿正在注视她。小家伙太有灵性了,太专注了。不正常。她响亮地吹了一声口哨,歌透过她的气息发出人类听不见的高音,企图驱走它。

结果,一个画面在她眼前闪过。一张面孔。年轻男人的面孔,面带微笑。牙齿染红了,喉咙底部的皮肤上刻着类似鸟儿头骨的图案。他的头发黑如乌鸦的翅膀,衬托着英俊的脸庞。他眼睛上系着一块布,但他抬起头来,似乎能看到她。然后他不见了。

奇怪。看见幻象不属于她的天赋,而且她不认识这个男人。但问题可以暂时搁置。她有更紧急的事情需要担心。

卡洛早就在催促水手们行动,他们已经各就各位,每边十人拿起船桨,卡洛在船首负责监督和指引。她走过船中央,路过罩有芦苇篷子的船舱,来到举桨的人当中。一路上的交谈声渐次平息。她能感到众人的目光,听到低声念叨的"船长",她发现自己在水手当中挺有名气,而且不全是坏的一面。等她到了船尾,双手掌舵,她露出微笑。

她最后看了一眼海岸,瞥见了佩什。他看样子气急败坏,跺着脚大喊大叫,听不清说了什么。巴拉姆张开双臂,挡在佩什和家丁们面前,她只需要知道这个就够了。

"全体放桨!"她大喊,水手们整齐划一地把船桨伸进水里,"两声号子起……出发!"

"开桨!"卡洛在船首高喊,船身动了,"一、二、一、二。"

水手们异口同声地回应着他的号子。"一、二。"一遍又

一遍。

"很好,稳住。"她说。

岸上传来愤怒的喧闹声,但她不予理会。他们已经动身了,在桨手的努力下,船轻巧地滑过水面,奎科拉在身后越来越小,她也越来越不在意。等离得够远了,她会正式向船员作自我介绍,宣布即将制定航线,转去远海。不过最重要的是,对于一个从监狱开始的早晨来说,这个结果还不赖。

她笑了,笑得响亮且骄傲,船桨上飞溅的咸水打湿了她的脸。也许身为涕克终究是幸运的。

CHAPTER 7

奎科拉城

太阳历 325 年

(连珠日 20 天前)

  乌鸦成群结队地绕着大宅,给人以同心协力、公平竞争的印象。我注意到它们会与同类乃至异类通力合作以达目的。但要当心,乌鸦也是骗子,只要有可能,它就会抢占大部分利益。

      ——摘自《乌鸦观察》,萨娅著,时十三岁

  塞拉皮欧于日出前来到奎科拉港口。巴拉姆大人非要提前带他上船,拂晓时分他被人叫醒,吃了不熟悉的食物作为早餐,然后来到了港口。

  塞拉皮欧不介意。他刚从奥布雷吉过来,到奎科拉两天而已,但为了登上前往托瓦的船,他已经等了十年,这个陌生的城市弥漫着黑柯巴树脂的香味,还有血味、热石头味、劳工的汗味,以及野心的酸臭味。

  其实,他的旅程从他双目失明的那天就开始了。那天也是他母亲死去的日子。两件事都发生在日食下,他的旅程也将于短短二十天后在同样的天空下结束——从奥布雷吉算起,十年时间,距离遥不可计。

  失去母亲后的十年间,他在奥布雷吉过得不轻松。很多时候

父亲善意地忽视他,但也缓解不了导师们的恶意对待。母亲死后,他没有尝过爱的滋味。

但他拥有别人所不具备的东西,如有可能,他愿意用来交换爱。他心意已定。

"身负命运之人无所畏惧。"他对自己低语。

他对巴拉姆大人说过同样的话。带他从奥布雷吉来奎科拉的朝圣者将他丢在巴拉姆家门口,领主询问了他的经历和导师,当然,还有他母亲。塞拉皮欧拣了能说的告诉对方,其余的避而不谈。他觉得巴拉姆不是真的想知道他不堪回首的童年或者为了那一刻所忍受的一切。说白了,病态的好奇心并不针对痛苦的来源,而是痛苦本身。但塞拉皮欧不以为意。二十天后,他童年时期的痛苦都无所谓了。

不过首先他必须去托瓦。

巴拉姆带他上船一个钟头后,他听见船员来了。他们整个早晨都在忙活,拖着大件物品走过木头甲板,检查船身,个个步伐沉重、声音洪亮。他听到一个水手打听"棚里的祭司",口音浓重且陌生,但同伴立刻制止,说"那是巴拉姆的事,与我们无关"。塞拉皮欧判断自己就是棚里的祭司,对这一称呼大皱眉头。不过除此以外,整个早晨都很舒适。没人打扰他,而且有他们作伴是好事。此前陪同他的那些朝圣者都发过静默誓言。

大约正午时分,除了水手们关于开船的玩笑,他听到了别的声音。码头上有人对峙,提高了嗓门在争执什么。他听出其中一个是巴拉姆大人。

塞拉皮欧有些担心,扯出挂在脖子上的小小皮囊,打了开来。他舔了一下食指的指腹,然后伸进去。星粉沾在他潮湿的皮肤上,发出银尘的色泽,犹如破碎的光。他把手指贴到舌头上,将其舔干净。味道微苦，辛辣，刺激。

效果立竿见影。黑色的光灌满了他的身体，在血管里奔腾，开启他的心智，就像夜晚的花朝着月亮盛开。他释放了意识，寻找一个愿意接纳的宿主。乌鸦从树枝上飞起，冲上天空，最后，塞拉皮欧居高临下，可以俯瞰一切。

底下是他的船和船员。他们全都停下了手里的活儿，面朝陆地，看着码头。他们或靠着直立的桨，或坐在栏杆上，仿佛在看戏。

塞拉皮欧催促鸟儿向前飞去。

有人站在那儿争吵，其中有巴拉姆大人。别人他都不认识。有一个胖子，尽管天气宜人，汗水还是浸湿了他的编织衬衫，一条官员佩带紧紧束在腰部。另一个男人赤裸胸膛，珠光宝气，一条灰白发辫从短头巾底下露出来。从装束可见他非常富有，但其他方面乏善可陈。

乌鸦朝着船飞回来。然后塞拉皮欧看到了她。她相貌出众，头发是梅子色，浓密的发卷垂到腰际。她的皮肤黝黑光滑，宽宽的脸庞充满魅力，但嘴巴抿成一条细线，似乎怒不可遏，而且有什么东西在她体内激涌搏动，伴随着能量、创伤和等待。它是如此真实而鲜活，他甚至能听见。就像是回荡在贝壳里的歌声，那是一位导师从沿海旅行归来后送他的礼物，又像是夏季雨后的虹彩，在他成长的山谷间交织。

他让宿主绕着圈接近对方，希望看个仔细。

女人转过身，仰头看着他的乌鸦。塞拉皮欧瞥见了她的眼睛。巩膜是白色的，但虹膜色彩缤纷，就像各种颜料在一个罐子里调和。沛克，他心想，像是从童话故事里走出来的，然后她打了一声尖厉的嗯哨。

他的乌鸦闻声而惊,报以尖厉的嘎嘎声。乌鸦拍打黑羽,发出惊慌的鸣叫,随即塞拉皮欧被驱赶出宿主的身体。他仰面翻在椅子上,气喘吁吁。他捂着耳朵。那里湿漉漉。他轻轻地抹了少许液体,放到舌尖。血。不知怎的,她不光把他驱离了乌鸦,还顺藤摸瓜,让他流血了。

他笑了,随即惊讶地屏住呼吸。他从未有过这样的感觉。

他逼迫自己缓缓吸气,但意识依旧活跃。她是如何做到的?如何把他驱离宿主的?知道答案很有用处,哪怕只是为了防止以后发生同样的事情。

他牵起袍衫,擦净了脸,又整了整蒙眼的布条,布条背后的眼皮被缝得死死的。

喊声骤起,但这次是警报解除的号令,人们把绳索拖上甲板,船桨伸进水里。船开始移动。星粉还残存在他的血管里,他考虑再找一只乌鸦,看着大船离开奎科拉,看清前方的道路,但他决定作罢。接下来他有足够的时间观察大海,认识船员。还有船长。

CHAPTER 8

奥布雷吉山脉
太阳历 317 年
(连珠日 8 年前)

据说乌鸦可以记住伤害过它们的人的面貌,而且绝不原谅。它们至死都会怨恨那些摧残过它们的人,而且将怨恨代代相传。它们就是这样生存的。

——摘自《乌鸦观察》,萨娅著,时十三岁

男孩盘腿坐在宽敞的石头露台上,纤弱的身体依偎在群鸦之中。他周围至少有十几只黑色大鸟,有的啄食,有的嘎嘎大叫,还有的摇头晃脑。有一只蹲在他枯瘦的膝盖上,还有一只立在他嶙峋的肩膀上。三只鸟儿在他伸长的手臂上争夺位置,抢吃他手心里的食物。

他对它们喃喃低语,细声细气地述说自己的孤单,为能够分享的食物太少、自己饥肠辘辘的事实而道歉,以及,轻声询问外面的广阔世界是什么样子。乌鸦们回答了,告诉他附近的山脉积雪越来越深,寒风吹透它们的巢穴,太阳无力,夜晚渐长。

他伸出闲着的手,一只胸脯宽阔、鸟喙残缺、羽毛光滑的大乌鸦,往男孩的掌上丢下了什么东西,在清晨的阳光下闪闪发光。男孩用拇指抚摸着,感受其形状和尺寸。他在手里掂量了几

回，然后面露微笑。他满意地将礼物放到当天早晨收到的一小堆宝贝里。

"总是这样吗？"他身后有人问道。

男孩闻言一凛，是个陌生人在说话。来看他的人不多。准确地说，除了父亲每周来一次，以及仆人和守在门外的卫兵，几乎没有人来看他。

"是的。"另一个人说。

男孩警惕起来，鼻孔翕张。这个声音很熟悉。

"他宁愿坐在外面跟鸟儿待在一起，"第二个人接着说，语气有几分无奈，"我考虑过禁止他这样做，自从——"

"不，不要禁止。什么都别做，"陌生人语速很快，"我要跟他谈谈。单独谈。"

"我不能让你单独跟这个……孩子谈话。"

这个孩子。而不是我儿子。塞拉皮欧攥紧了拳头，愤怒与羞耻在他心头交战。父亲一向都不管他。现在为何又要操心？

"马卡尔大人，"陌生人耐心地说，"我是来帮您儿子的。您不信任我吗？"

"我不是担心你会伤害他，"父亲压低声音，毫无疑问，他以为塞拉皮欧听不见，"我是担心他会伤害你。他……不大正常。"

"他只是个孩子。"

"十四岁，不小了。也许你不明白。失去视力不是他唯一的痛苦……"

"我都明白。现在，交给我吧。"

父亲犹豫片刻，然后说："我留一个卫兵守在门外。你有任何需要，喊他便是。等我处理完手头的事情就回来。"

"没有必要。"

"我……呃，如果你真的……"

"真的。"

然后是匆忙的脚步声，似乎父亲迫不及待地想要离开。于是陌生人与他独处了。

"你好，塞拉皮欧。"

一只乌鸦啄了啄他的手，他从口袋里又掏出满满一把面包屑，鸟儿快活地嘎嘎大叫。它的同胞们立刻围了上来，食物一眨眼就没了。

"你是谁？"男孩问。

"我是来帮你的。"

"我觉得你帮不了我。"

男人窃笑一声，笑声不大友善。他想象着那人站在通向露台的门廊处，倚着门框，打量他。塞拉皮欧感到紧张，导致鸟儿们也慌乱地扑扇着翅膀。

"你也是医师吗？"塞拉皮欧问，"要来戳我的眼睛？"

"噢，我不是来帮你重见光明的，"男人说，"我认为那样做只是浪费时间。你还是别抱那个希望了，孩子。"

塞拉皮欧歪着头，心生好奇。没人对他说过这样的话。如此直言不讳说出他的命运。以往都是一些客套话和虚情假意的安慰，最后无一不化作疑虑的咕哝声，说他母亲"毁了"他，她绝对是个怪物，云云。

"我不抱什么希望。"他轻声抗诉。

"你当然抱了希望，"那人不厌其烦地说，"生活就是一个又一个泡影般的希望。我们都盲目地寄予希望，直到我们接受教训。我也一样。"

"你要干什么？"

"我来这里,为你迎接命运做好准备。"

"我已经知道我的命运了。"他从口袋里掏出更多食物,鸟喙残缺的乌鸦落到手掌上。通过体重和饥饿时独特的叫声,他就知道是它。

陌生人顿了顿,塞拉皮欧知道他在斟酌词句。"说说看。"

"我注定重生为乌鸦。"

"然后呢?"

从来没有人问过他"然后呢?"他们只是当他脑子不正常,成天幻想着飞到天上以及逃避自身的缺陷。

"它们对我说话。"男孩说。

"一点儿都不意外,它们认识同类。它们告诉你什么?"

"大多都是乌鸦的事。关于愉快的猎场和飞翔的乐趣,还有家人和失去的东西。"

"关于最后一点,你肯定不陌生。"这是塞拉皮欧头一次从对方的语气里听出了同情。

他点点头。

"它们还告诉你什么?"

"我是它们的一员。就像它们伟大的祖先一样,我吞下了太阳的阴影。它们有时候管我叫祖父鸦,虽然我没有那么老。"

"祖先?"

他耸了耸满是疙瘩的肩膀。

"它们还管你叫什么,塞拉皮欧?"

他迟疑了。"当我的皮肤太冷时,是携夜者。有时候是噬日者,在我发火的时候。它们说我的身子是冷的,但我的怒火很热。"

"这些你都是从乌鸦那里知道的?"他语气惊诧,似乎感到意外。

"它们是我的朋友。我赢得了它们的信任。"

"你母亲怎么叫你?"

塞拉皮欧从坐着的石头上扭过身来,面对陌生人。"是我母亲派你来的吗?"他问。

"你母亲死了。"那人的语气冷淡无情,仅仅在陈述事实,"不过,是的,算是她派我来的。她安排我和另外两人在她的作品获得成功后过来。"

"你是说我,"塞拉皮欧说,"我是母亲的作品。"

"她对你说过什么?"

"说我会成为神。"

陌生人沉默的时间太久,塞拉皮欧差点以为他悄悄地离开了。

"你是个奇怪的孩子,"他终于开口了,"进来。我有东西给你。"

塞拉皮欧听到那人的脚步声回到房内。他本来不想理会对方要求他进去的命令,然而好奇心还是胜出了。他轻声对朋友们道别,起身拍掉手上和裤子上的残渣,轻车熟路地走向门内的长凳。他坐下来。

"拿着。"有东西放到他的膝盖上,塞拉皮欧将其抓在手中。手感是粗糙且厚实的树皮,长宽与他的手掌一样。他的另一只手掌覆在其上。

"树枝?"

"还有这个。"

膝盖上又多了一件东西。他拿起来,摸到了手柄和宽阔的刃,不怎么锋利,从尾到头越来越细。"刀子?"

"凿子。我要教你如何雕刻。"

"为什么?"

"只是工具,达成目的的手段。好了,上一次你用手是什么时候?"

"我刚刚用手拿起了凿子和木头。"

他的脸颊突然挨了一击。他大喊着,瘫在地上。外面的乌鸦嘎嘎直叫。他颤抖地抬手摸脸,手上沾有湿漉漉的血,薄薄的一块皮肤被剥掉了,不知道是什么武器干的。伤口裸露在空气中,阵阵刺疼。怒火在他胸口翻涌,一点儿都不冷,然后他张嘴准备召唤乌鸦朋友。

"叫它们来对付我,我也会打它们。我不想伤害它们,也不想伤害你,塞拉皮欧,但你要尊重我。懂了吗?"

塞拉皮欧咬紧牙关,打他是一回事,他不能拿朋友冒险。

"我们重新开始,"男人说,"木头和凿子。"

塞拉皮欧强忍泪水,极力忽略流血的脸颊。他掂了掂粗糙的木头和另一只手里的凿子,他考虑过把它们扔向对方。可是然后呢?他要跑到哪里才能避免挨打?还有他的鸟儿。男人有可能伤害他的鸟儿。

"不要自怨自艾了,"男人说,"我从这儿都能闻到你的可怜味儿。照我说的做,我们就能好好相处。我只会在你需要挨打的时候打你。说到底,我是个通情达理的人。"

塞拉皮欧没有回答。

急促的脚步声传来,塞拉皮欧知道对方又动手了。他向后退缩,男人抓住他的头发,把他拽得跪在地上。

"你说到命运,"他低声呵斥,"但不愿意受苦,又如何能实现?如果你害怕,你就去不了托瓦,塞拉皮欧。只要你愿意,我会使你意志坚强，磨炼你忍受痛苦的能力。还是说，你想要待在这个露台上，跟你看家的鸟儿一起腐朽？"

陌生人使劲摇晃他，他的脑袋前后摆荡，如风中的芦苇。"我愿意受苦！"塞拉皮欧惊惧地高声喊道。

那人放开了他，塞拉皮欧向前栽倒。他双膝跪地，喘着粗气，木头和凿子依然握在手中。

他听到那人走过去，坐在远端的长凳上。他的话音隔着一段距离传来。"给我描述木头。告诉我你的感觉。"

塞拉皮欧深吸一口气。他用力坐起身来，木头在指间转了一圈，贴在手掌上。"感觉很粗糙。"他不无担忧，尽可能以平静的语气回答。

"还有，"对方循循诱导，"集中精神。用你的手指和脑子。"

"粗糙，"塞拉皮欧重复了一遍，接着说，"坑坑洼洼。这里凸凹不平，左边，我拇指底下有节疤。"他用指甲刮了刮那个节疤。

"好多了，"男人说，"现在，感觉木头里存在的生物。就藏在里面，等你把它放出来。"衣衫沙沙作响，对方前倾身子，"你能做到吗，塞拉皮欧？你能找到木头里的生物吗？"

"能。"他用凿子沿着指甲抠出来的凹槽凿过去，在脑子里想象一只乌鸦。小脑袋，长鸟喙，鼓鼓的胸脯，有羽毛的翅膀。他把凿子楔进木头，结果一下子打滑，戳进了他的指甲缝。他疼得大叫一声，抽回手来，把手指塞进嘴里吮吸。

"让疼痛成为你的朋友，塞拉皮欧，"那人劝道，"学会欣赏它，就像你欣赏爱人。让它成为你最渴望的事。"

塞拉皮欧对爱人之间的事一无所知，不过他经常听见仆人在隔壁交媾。他只知道自己一点都不想要苦难和疼痛。这个男人就

是来教他这些的吗?他不想要,但如果这样做能成为母亲希望他成为的人,他可以忍受。

"现在,"他的导师说,"再描述一下木头。这次要用不同的词。"

塞拉皮欧照做了。

时间流逝。日落后,房间里变冷了,仆人们进来点亮壁灯,给他们送来晚餐。男人吃了饭,但要求塞拉皮欧继续干活,因为他还不配吃饭。

等入夜后仆人来为塞拉皮欧铺床时,男人才说:"我该走了。"

"你还来吗?"塞拉皮欧问,他也不知道自己希望此人留下还是再也不来。

"是的。我保证。"他抓住塞拉皮欧的肩膀,用力得让衬衫下纤细的骨头都痛得有些移位了,"下次我来,你可以喊我佩达。我们已经是朋友了。"

塞拉皮欧凭直觉知道这是谎话。佩达不喜欢他。他不清楚原因,但他非常确信,就像确信自己姓甚名谁一样。佩达应该是来履行很久以前对他母亲许下的承诺,他也许是来教他忍受疼痛,让他能够实现命运的,但他们绝不可能成为朋友。

新导师离开后,塞拉皮欧单手抚着脸颊,思考了许久。鲜血已经干涸成一道硬邦邦的血印,他将其揭了下来。

疼痛一度令他害怕,但他已经开始忽略了,就像佩达说的,让它成为朋友。

他继续雕刻木头,直至深夜。他缩在长凳上,睡着了。手里抓着乌鸦木雕的雏形。尚未完成,只是初具轮廓,但它已经诞生了。

CHAPTER 9

托瓦城
太阳历 325 年
(连珠日 19 天前)

  我对守望者祭司的观察结果是，他们如今徒有其表。守望者曾经把科学进步强加于人民，要求民众不再崇拜旧神，如今这种技术却已变得平庸无奇，有如鸡肋，实属时移世易的大讽刺。谁也不否认，他们曾经是梅里迪恩大陆的执牛耳者，使我等安享三个世纪的和平生活，但我怀疑他们的权力延续至今只是传统和怀旧心理使然。他们号称能解读天空，但他们的事业似乎主要为上层社会服务。他们预报雨水，然而一个聪慧的农民不也熟知土地的脾性吗？他们精明的目光也许会投向新月海的贸易城市，以图未来。新月海的城市要不要继续向太阳祭司上税，对七大领主来说是一个值得探讨的问题。

  ——《受奎科拉七大商贾领主委托撰写的旅行报告》
  朱提克著，来自巴拉施的旅行者

  主祭会议已经开始进入第二个钟头，娜兰帕发现伊克坦从东门溜了进来。彼贴着圆形房间的边缘，绕过医疗者们，加入了南边的希悠辅祭。彼找到石凳上的空位落座，行动悄无声息，犹如天黑后的影子。

要不是娜兰帕知道找什么,她也认不出彼,同样不会在海山冗长的避静演讲开始二十分钟后,发现那个坐在伊克坦位置上的人,那个戴着红色面具、长袍一股脑从头遮到脚的家伙,根本不是伊克坦。

替身,她心想,就像此前游行的后半段一样。替身就像伊克坦平常那样,纹丝不动地坐着,一言不发,伊克坦本就鲜少开口,所以除非此人说话,谁又会怀疑呢?她不禁好奇,伊克坦的这个花招要过多少次,有多少次众人都以为彼在,而彼其实不在。

她观察着伊克坦,真正的伊克坦混在出席会议的辅祭当中,乖乖地落座于假冒的祭司身后。

"我们将在冬至日结束避静,"海山说,"于黄昏时分在太阳岩集会。今年,冬至日将出现最为罕见的天文奇观。辞旧迎新的同时,大地、太阳和月亮将形成一线连珠。就在我们头顶上,我们将见证秩序的瓦解和复原。天上如此,托瓦也一样。我们将见证邪恶于黑暗中兴风作浪,而当太阳普照之时,它终被善良与光明击退。"

演讲激动人心,辅祭和祭司纷纷跺脚以表赞同。

彼刚才去哪儿了?她感到好奇。她明确告诉过彼,未经她的同意不要做任何事,不过相信伊克坦会以最狭义的方式理解她的要求。

"太阳祭司,请您在主祭会议上发言。"

好吧,也许是以小人之心度君子之腹了。也许彼去调查了,追踪某条线索。发生犯罪行为后不都是这样吗?或者,应该说犯罪未遂?

"太阳祭司?"

是谋杀未遂,要说的话。那可不是普通的罪行。

"娜兰帕!"

她眨了眨眼。所有人都盯着她。包括另外三位祭司(好吧,其中一个是伊克坦的替身)、辅祭,甚至守候在圆形房间边缘的仆人们。

她清了清喉咙,拼命回忆海山刚才说过的话,然而什么都想不起来。

"抱歉,"她说,"你可以再说一遍吗?"

海山面色一沉。"哪个部分?"

"啊……最后一部分就可以。"

海山面红耳赤,尴尬得很。"我……我想可以从——"

"娜拉,你不舒服吗?"艾芭倾身问道。

她坐在正对面,也就是环形席位的西边,漂亮的脸蛋写满关心。

娜兰帕对于艾芭喊她的昵称颇为恼火。她注意到那个女人以前也喊过,她绝对没有允许过对方使用那个名字。

"我……"她欲言又止。她本想拒绝艾芭的关心,纠正亲昵的称呼,但那不是她的做事方式——不以批评领导众人。她起身离座。"说真的,多谢你的关心,艾芭。既然你提到了,我也的确有事要在主祭会议上讨论。你们大多数人都知道,今天有人企图害我的性命。"

她故意顿了顿。没有一个人发出惊呼。瞧,流言的车轮已经转动了。"刺杀未遂的刺客身上有天创氏族之一的记号。"

人们依然没有反应,如此看来,他们肯定都知道她说的是哪一个氏族。

她接着说:"发生这种事情,是因为在很多人看来,我们变

成了面目模糊的官僚，不再是民众的公仆。绘制星图是我们的职责所在，但同时我们有另外的使命，依照上天的形制，把我们的世界塑造得更加美好。拨乱反正，改恶……"她看着海山，终于想起了他的话，"改恶从善。但这并不能仅凭祈祷就能简单地获取，而是要从实践当中得来。我们避静迎接太阳回归，固然很好，可是我们面对民众的那一面呢？医疗者不仅面对天创氏族，还要面对所有人，不是吗？天上的知识不是理应由普罗大众共享的吗？"

"有民间组织服务普罗大众，"海山说，"那是天创的职责——"

"难道不能成为我们的吗？我们为何拱手相让？"

"我们不干涉世俗的政治。"

"我说的不是干涉。"她攥紧拳头，深感挫败。在最需要的时候为何她不能更善辩呢？

"那你说的是什么？"艾芭问。

"我只是想……"我不希望我们变得无足轻重。

"娜拉……"艾芭站了起来，所有人的注意力转移到她身上。

听到这个可恶的昵称，娜兰帕皱起眉头。这个女人是故意为之吗？肯定是的。

"白天发生的状况动摇了你的心神，这情有可原，"医疗者继续说，"太可怕了！连我都心有余悸，尽管不是发生在我身上！"她顿了顿，回忆起不是发生在她身上的祸事，她精致的五官涨得通红。"如果你需要休息，我们完全可以在你缺席的情况下继续召开主祭会议。也许你的某个辅祭可以代你出席？埃切可以吗？"

娜兰帕瞥了一眼坐在右手边的这个名叫埃切的辅祭。他是她最青睐的学生之一，容貌英俊，虽然偶尔显得愚蠢，但他绘制的星图非常精确。她一直有意正式提名他为继任者,他是理所当然的选择。不过最近他常常迟到,上周还质疑了她对天气的预测。不算什么大事,但她确实感到意外。此刻她看见他冲着艾芭微笑,然后回头望着她,似在期待她同意西济的建议,近来他的反常行为一下子就解释得通了。

艾芭跟他睡过。娜兰帕看得出来,清晰得一如头顶的月亮。一般来说,这也不算什么事,但如果她施加的影响太大了,那可不行。

"没有这个必要,"她干脆地回绝,"我可以继续。我希望在场的诸位考虑我的——"

"可是娜拉,"艾芭打断了她的话,"鉴于这次针对你的袭击,我觉得此事不宜外传。"

娜兰帕的眉头拧成一团。"什么?"

"你不是提到了这个话题吗,关于改革、民众以及打破我们长久的惯例和神圣的传统?那么,有没有可能正是因此有人企图杀死你呢?如果真是那样,也许你应该辞去太阳祭司一职。明哲保身。"

娜兰帕眨巴着眼睛,大为震惊。艾芭刚刚建议她退位?把太阳祭司的职责交给别人,为了她自己好?太阳祭司一旦授职,效力终身。自行退位?前所未有。

"我不愿意承认这一点,"海山在北边的位置上发言,"不过艾芭的话也许有道理。"

娜兰帕惊讶地望向老人。"你觉得我为了我的改革计划应该去死?"

"上天啊,当然不是。我的意思是——"

"你在狼喉没有见不得人的关系吗?"艾芭冷不丁地插嘴。

娜兰帕转头面对女人，震惊化作恐慌。两个疑问在她脑中闪过。艾芭想做什么？她是如何知道的？"我不懂你的意思。"

"很遗憾，娜拉，"艾芭满脸同情，"我不是故意提起不愉快的回忆，提起你的艰难岁月，可是你的兄弟呢？还活着的那个？他在狼喉不是罪犯吗？你的另一个兄弟不是被杀了吗？我一开始没有想过，但有没有可能今天发生的事情……还有之前的……跟你的家人有关？"

艾芭知道前一次刺杀事件？她是不是在希悠辅祭当中有眼线？此刻竟然在主祭会议上公开说出来。伊克坦必须负责。

"我的两个兄弟都死了。"娜兰帕断然答道，极力掩饰内心的不平静。她的双手做不到，于是她抄起胳膊，把手收进长袍袖子里。

"得了，我们都知道那不是真的。"艾芭斩钉截铁地反驳。

"对我来说是真的。"她语气冰冷，不论她表现得多么平静，怒火已在胸口燃烧。提起她的家人？狼喉？太可恶了。过去的已经过去了，神职人员抛弃了亲情血脉，正如伊克坦昨天提醒她的。

"啊，也许我们偏离了目前的话题。"海山开口打圆场。

娜兰帕气不打一处来。噢，现在他们才偏离了话题？

"我不觉得——"娜兰帕张口欲言。

"我们在圆桌上都可以自由发言，不是吗？"艾芭提高嗓门，"我们在这里都是兄弟姐妹，没人是罪犯。"

"噢，去你的，艾芭！"她骂道。

"娜兰帕！"海山疾言厉色地警告。

娜兰帕强忍着没有尖叫出声。她明知道艾芭企图挑拨对抗的情绪，清楚得就像夏日的太阳。她了解艾芭，这个女人年纪轻轻、因循守旧,但这种人身攻击委实难以接受。

更糟的是,娜兰帕竟然被一个十九岁的年轻人算计了。是可忍孰不可忍。

她望向环状席位对面的伊克坦。真正的伊克坦隐在替身后面,隔着两排人。说话啊!她生气地想。然而,不是她要求彼不要干涉,让她打自己的仗吗?而且,如果彼此时发言,每个人都会知道彼欺骗了他们。不,她只能孤军奋战。她必须在泥足深陷之前挽回一点面子。

"我真诚地道歉,"她冲着艾芭颔首道,"看来今天的事情确实影响到我了。海山,如果今晚需要说的你都说完了,我们就结束这次会议,明天继续。"

东门处传来一阵骚乱,吸引了他们的注意。他们纷纷转过头,包括艾芭在内,都伸长脖子张望。

一个仆人,气喘吁吁,大汗淋漓,似乎是一路跑上来的。

"什么事?"娜兰帕不耐烦地大喊,懒得故作镇定。"你为什么打断主祭会议?"

"抱歉,太阳祭司,"女孩上气不接下气,"有消息。悲惨的消息!食腐鸦的主母,亚特莉扎主母!"

"嗯?"娜兰帕想起今天早些时候那个一袭黑衣的瘦削女人,端庄又阴郁。"她怎么了?"

仆人迟疑了。

"快说,孩子。"海山催促道。

"抱歉,带来了坏消息,"她说,"食腐鸦的亚特莉扎死了!"

CHAPTER 10

托瓦城
太阳历 325 年
(连珠日 19 天前)

  正如奎科拉赋予数字七以神圣力量,托瓦人看重数字四。这一点可以从天创氏族的个数——四个——以及守护者的四个祭司分会看出来。守望者的分会包括医疗者、刺杀者、史学家和神谕者,其中神谕者的地位最高。我听说神谕者被禁止预言他们自己的命运,但那似乎不可能。如果一种力量只能解读天意,不能解读自身,那有什么用呢?
      ——《受奎科拉七大商贾领主委托撰写的旅行报告》
      朱提克著,来自巴拉施的旅行者

  惊讶的低语在人群中扩散,就连艾芭也目瞪口呆。一位主母被人杀害?怎么可能,而且在有人企图刺杀太阳祭司的同一天发生?这绝对不是巧合。
  不过最令娜兰帕担忧的是食腐鸦一族出现的巨大空缺。他们的主母死了,四个民间领袖的席位空了一个出来。动荡的局面势必接踵而至。狂信徒会将其视为兴风作浪的信号,很有可能怪罪到天空塔头上。其他天创氏族必须行动,而且要快,要让民众相信一切如常,犯下罪行的凶手必将受到审判。

祭司们必须助以一臂之力。

"辅祭们可以离开了，"娜兰帕夺回了会议的控制权，"祭司们请留步。你也留下。"她对带来消息的仆人说。

散会花了一点时间，不过辅祭们还是从命了，充满疑虑的交谈声始终未能平息。海山走过来，艾芭也是，奇怪的是，艾芭没有反对娜兰帕再度掌控主祭会议。伊克坦也来了，彼趁着辅祭们离开的机会，悄悄地从替身手里接过面具，抓在手里，仿佛刚刚从脸上摘下来。

"她是怎么被害的？"娜兰帕问仆人。

"被——被害？"

"是的。谁杀了她？我们认识吗？"

"不——不，太阳祭司。我是说……不是。她不是被害的。"

娜兰帕瞪着仆人，瞠目结舌。"什么，你说什么？"

"食腐鸦的信使说她被发现死在床上。没人说她是被杀的。"

娜兰帕毫不掩饰地长舒一口气，感到一部分勇气也随之飞散。她是因为城里没有又冒出一个刺客而如释重负吗？或者，她当时相信亚特莉扎是遭人杀害的，她本可以说服祭司同僚，艾芭及其关于她家人含沙射影的言论实在过分，而此刻的结论令她失望？她发现两者都有。

"把你知道的一切告诉我们，"伊克坦对仆人说，"从头开始说。"

女孩响亮地咽了口唾沫，显然紧张不安，但还是结结巴巴地讲了起来。

娜兰帕似听非听。她知道自己应该集中注意力，可是说真的，如果那个女人确实在睡梦中死去，又有什么意义呢？全城都要哀悼，身为太阳祭司，她将带头哀悼。单是葬礼就需要花费几

天时间准备，还得为死者占卜星图，不过海山会找到合适的挽歌，还有她的门徒埃切，显然渴望趁机出人头地，好吧，到时候就给他安排很多活儿。

女孩轻声抽泣着，恢复了平静，艾芭同情地点点头，抱了抱她，陪她走到门外。

艾芭回来后，问道："我们要做什么？"她不安地搓着手，烦乱的表情如假包换。

"我们要准备葬礼。"娜兰帕说。

"可是避静——"海山刚开口就被打断了。

"哦，去他的避静，"伊克坦的恼怒毕露无遗，"为死去的女人苦修，为太阳苦修。有什么区别？"

"你这是亵渎！"海山惊呼。

"是的，没错。你要怎么样？"

"够了！"娜兰帕喊道，"你们两个都别说了。"她深吸一口气。"我们需要齐心协力。"她环顾围成一圈的祭司们，见无人反对，于是她接着说："我们四天后按规矩举行国葬。避静期间管理祭司的规则必须因势而变。"

"食腐鸦那边谁管事？"艾芭轻声问，"谁能保证他们不发生暴动？"

"她没有女儿吗？"伊克坦问。

"有一个儿子和一个女儿，"海山回答，"女儿就在奥多的大宅里，至于儿子，我听说在霍卡伊亚受训三年，准备成为她的护盾。"

"在军事学院？"娜兰帕好奇地问，"他也是骑行者吗？"

"是的，我想是的。"

那么，他是战争之人了，尽管几百年来把位于霍卡伊亚的学

81

校称为军事学院属于用词不当。那里依然教授战略和近身搏斗，不过已有一个世纪都不曾将大陆的年轻人训练为军中将领。按照霍卡伊亚协议的规定，天创氏族必须派一定数量的子弟进入军事学院，学习战争相关的知识，但主要是象征性的，因为自从三百多年前协议签订后，氏族之间就没有爆发过战争。学成归来的子弟成为武装护卫和保镖，人称护盾，保卫各自氏族的掌权主母。他们与其说是战士，更像是守卫，但普遍都认为他们不好对付。

"你要给那个女儿涂油，娜拉，"伊克坦说，"我们可以在葬礼后举行仪式。"

"时机不对，"海山抱怨道，"你对传统的无视已经惹来争议，娜兰帕。在冬至日之前的避静期间为新主母举行授职仪式，大家不会接受的。"

她揉着额头。授职新主母是太阳祭司最古老的职责之一。"你要我怎么做？"

"等到冬至日之后。"海山劝道。

"就让主母的位置空着？"艾芭反问，"让食腐鸦群龙无首？让代言人议会凑不齐四人？"

"只是暂时而已。"

"二十天，"艾芭反驳道，"代言人议会无法正常召开，某些派系会趁机扩大影响力。"

"十九天，"伊克坦不疼不痒地纠正她，"太阳即将升起。"

"即便我等着为新主母涂油，"娜兰帕说，"我们也不能确定是她女儿继位。到时候代言人议会有话要说。"

"上天会祝福她。"海山说。

"我们想要谁上位，就让上天祝福谁。"伊克坦说。

海山恼怒地吸了口气。"停止你的异端邪说，希悠！马上闭

嘴，不然就离开！"

"谁离开我说了算，"娜兰帕吼道，"你们休想临阵脱逃。但是说真的，伊克坦，不要再激怒他了。"

"我不过是建议祭司采取更直接的方式介入城市的统治。这不就是你一直以来寻求的吗，娜拉？置身事内？"

"不是那样的。我们的意见不重要。我们解释星星——"

"从我们的角度解释。这是一回事。"

"不是的。"

"如果代言人议会提议别人而不是她女儿来统治呢，嗯？那时候怎么办？你会看着你的星图否决她们的提议吗？"

她闻言一愣。她已经得罪了守旧势力，步步如履薄冰。她有胆公开惹恼她们吗？她张了张嘴准备回答，但脑子里一片空白。

"伊克坦的假设根本是诡辩，"海山不屑一顾，"议会绝不会提议食腐鸦不赞成的人选。何必要这样呢？"

"可万一她们选了呢？"伊克坦反问。

"不会的！"

两人继续斗嘴，伊克坦好斗得一反常态，而海山也是寸步不让。

娜兰帕用拇指和食指顺着太阳穴揉捏，抬头望向夜空。正如伊克坦所说，东方的地平线已经开始泛白。她需要会见几位氏族主母，告知她们举办葬礼事宜。她还要提出伊克坦的建议，让亚特莉扎的女儿立刻接母亲的班。那个方案确实是最合情合理的。还有，避静和冬至日结束后，等太阳回归、时机恰好的时候，如果代言人议会另有统治食腐鸦的人选，再统一讨论便是。

"海山，"她打断了男人的话，"你可以带着埃切准备葬礼吗？唱什么挽歌？仪式的流程？"

他眨了眨眼,对她的命令感到意外。"可以。"

"好。我打算召集代言人会议。"

"在太阳岩?"伊克坦问。

通常是在那里举行的,但是当天返回遇刺的地点,她可没什么兴趣。而且她有完美的借口。

"不,让她们来这里。我们已经避静了。她们不用避静,这次她们可以来找我们。"

"我跟你一起出席。"艾芭提议。

"不。"娜兰帕早已料到她有这样的要求,也想到了合适的回答。"今天是个糟心的日子,托瓦人民需要你们疗伤。我希望你带着辅祭去太阳岩接待他们。"

"什么?"她惊讶地瞪大眼睛,大得可笑。

"你听见我的话了。去照顾他们,艾芭。到民众当中去。在危难时刻安抚我们的城市。"

她抄着胳膊,像个耍脾气的孩子。"别说这种可笑的话。"

娜兰帕扬起眉毛。"照顾我们的民众很可笑吗?你刚才不是说需要有人安抚食腐鸦吗?"

艾芭的嘴巴张开又闭上。娜兰帕强忍笑意。

"好吧。"医疗祭司厉声应道。

"我跟你一起去见氏族主母。"伊克坦说。

娜兰帕摇头。"不。"

说出这个字很痛苦。她渴望有伊克坦陪着,彼在身边对她是一种慰藉,带一个希悠随行还可以明明白白地提醒各大氏族,太阳祭司不是省油的灯。她相信刺客是来自食腐鸦的狂信徒,但她不打算直接指控任何人,尤其是在他们的主母刚刚过世的时候。召开的会议应该重点讨论葬礼和继位事宜,而不是那次刺杀未遂

的事件。不过,也许她可以提出来一同讨论。

她闭上眼睛。她是否固执得不讲道理了?她相信伊克坦,她当然相信,但她不想表现得过于依赖彼。她需要独自完成这件事,也许是为了证明自己可以做到。

"我单独应付主母们。"她看着其他人,"你们都清楚自己的任务了。务必完成。"

她快要回到房间时,伊克坦追了上来。刚才她还是独自一人,彼忽然就在身边了。

"干得漂亮。"

"我还在想你什么时候出现,"她没有放慢脚步,"很意外你让我一个人走了这么远。"

"你不是一个人,我派了一个希悠看着你。"

她刚才是在打趣,然而事实让她喜怒交加。她不是不领情,但如果她在自家都有性命之虞……

"但你还是不能相信艾芭。"

"说实话,她同意去照顾民众,实在出乎我的意料。"

"我也一样,"伊克坦承认,"但她肯定发现有利可图,才那么轻易就同意了。"

她停下脚步,面对伊克坦。"她知道欧奇的事,你怎么看?"那个女孩提到她的兄弟,令她惊魂未定。艾芭是怎么发现他还活着的?娜兰帕在人前说的都是他死了,对她而言他确实死了。知道她有兄弟,那个兄弟不仅活着,还领导着狼喉最活跃的犯罪团伙的人只有一个,远在天边近在眼前。

"如果有人去打探,也不难发现。"伊克坦不屑一顾地说。彼继续往前走,她只好跟了上去。

两人来到她的房间门口。她停下脚步,倚着房门。"可是,这不是很奇怪吗?她居然知道?"她不相信伊克坦会把欧奇的事情告诉艾芭,但她同样也不相信自己与狼喉的关系、与唯一活着的亲人的关系,像伊克坦说的那么容易被人发现。娜兰帕当初把自己的过往抹得一干二净。如果真有人去调查出了什么,伊克坦早先的怀疑或许就是事实了——那次谋杀未遂与食腐鸦无关。但她今天走在奥多的街道上,能感觉他们的族人对祭司的恶意。能感觉到,能看到,而且明知道第二个刺客身上有黑翰,很难怀疑到狼喉那边去。以她的经验判断,最简单的答案常常是正确的。

"你在想什么,娜拉?"

她心不在焉地抬手捋了捋头发,手指绞着从发髻上散落的几绺发丝。"她今天在主祭会议上打败了我。我看起来傻得要命。"

"没那么糟。你扭转了局势。"

"她那种说话方式应该受到谴责。但如果我提出来,就会显得斤斤计较。也许应该计较。"

"那我们另想一个办法。"

她的烦恼化作惊慌。"我不喜欢听你这样说。"艾芭是个刺儿头,但她毕竟是堂堂祭司,毕竟是神职人员,"伊克坦,请告诉我你不是说……"

彼的表情带着邪性。"虽然我在你眼里是怪物,娜拉,但我可不是用谋杀解决所有问题的。"

"好吧,好吧,"她摆摆手,让彼息怒,"我道歉。你有什么建议……"

她忽然闭嘴,皱起眉头,发现了异样。伊克坦的脖子上有一道刮伤,位置很低,就在领子底下。伤口红通通的,很新鲜,主

祭会议之前还不存在。

"你的脖子怎么了?"她问。

彼歪着头,正好挡住了伤口。"没事。"

"看起来很疼。你清理过了吗?我房间里有水和柳树皮。"她站直了,"也许你应该——"

"我说了没事,娜拉。等这里的事情办完了我自会处理。"

疑虑突然爆发。"召开主祭会议的时候你去哪里了?我看到你来迟了。"

彼乌黑的眸子转向她。彼的目光永远那么直截了当,那么无所顾忌。她不禁颤抖起来。"别问。"

她畏缩了。尽管两人偶尔争吵,但从未这样喝令对方闭嘴。"你到底有什么事,我叫你不要轻举妄动,除非我——"

"与你无关,娜拉。"彼的语气多了几分激动,着重强调你,清晰地表达了彼的意图。

她难以置信地吸了口气。伊克坦有情人。彼当然有情人。彼聪明,性感,漂亮,危险。谁不会因为得到彼的关注而激动呢?但彼一直以来行事谨慎,从不让她发现。彼当然不会把脖子上爱的痕印暴露在大庭广众面前。嫉妒犹如一根尖刺,戳得透心凉,她不喜欢这种感觉。

"如果是埃切,我能理解。可是你?控制不住下半身?我以为你是个理智的人。"这是卑鄙的、赤裸裸的侮辱,话一出口她就后悔了。

伊克坦一言不发,盯着她身后的不远处,既不扭头回避,也不与她对视。

她知道对话结束了。

她懊恼地用肩膀顶开卧室的门。不等门完全打开,伊克坦就溜进去了。她跟着进去，看着彼仔细检查角落、厕所和挂长袍的衣龛。彼甚至摸了摸床垫的下方，不知道是检查什么。即使伊克坦正在生她的气——彼当然生气——也不会眼看着她置身于危险之中。等到确认屋子里没有埋伏的刺客之后，彼心满意足地走向门外。

彼一句道别的话都没有说，她情不自禁地喊了一声："伊克坦。"

彼走到半路，停下脚步。

她希望彼留下来，同床共眠，哪怕只有短短几个钟头不是孤单一人。她承认，她希望索取的对象，已是不可索取的故人。她无权提出要求，但是她渴望到无以复加。一直以来她都表现得那么坚强，而因为今天发生的意外，她真想展现软弱的一面，哪怕片刻也好。但她不会允许自己那样做。所以她最终勉强道了声"晚安"。

"天快亮了，娜兰帕。"

"是的。"她承认。

"我留一个希悠在你门口。你参加会议也要带着。我只有这么一点要求。为了你的人身安全，太阳祭司。"

不是因为爱，她心生酸楚。甚至不是因为友谊。而是因为你的职责所在，刀兵祭司。

"好的。我知道了。"为了鸡毛蒜皮的事而争执实在愚蠢，她忽然希望彼快些离开。

等彼走了，她又希望彼回来。

CHAPTER 11

新月海
太阳历 325 年
(连珠日 20 天前)

  只有愚蠢的滞克才在需要唱歌的时候说话。

——滞克谚语

  他们铆足劲儿,沿着海岸划了足足六个钟头之后,夏拉吩咐卡洛提桨,让船靠岸。
  "不远处有一片沙洲,"她说,"你知道吗?"
  "迷途飞蛾。我知道。"
  "我们停靠那里吃晚饭。让船员在岸上过一夜,趁着还有机会。"
  "趁着还有机会?"卡洛惊讶地问,"我们要去托瓦,巴拉姆大人说过。一路都在海岸线上。"
  她一时失言,恨不得踹自己一脚,不过也是时候让船员知道她去远海的打算了。
  "全体船员,卡洛,"她不理会他的疑问,"一个都别少。我有话对船员说。"她迈开脚步,又停了下来。"谁管厨房?"
  "帕图。你认识他。"
  "认识。"她承认。帕图作为水手太差劲了。他体力不行,又容易晕船,但厨艺非同一般。他没有滞克的感知力,却是识鱼的好手,不亚于夏拉。他曾经把西瓜和木瓜切块,加上新鲜的海鸟蛋,做了一道菜,直到现在,她每周都会回味一次。但他的要求很高。帕图非常抢手。"你是怎么劝说帕图上船的?"

"不是我。是巴拉姆大人。"

"啊。"看来那位猫大人可以用钱买到一切,不过这次她没什么可抱怨的。

卡洛开始发号施令,她去找帕图了。这条船很大,是她带过最大的一条,但走起来不大,至少找到帕图很容易,后者可怜兮兮地缩在芦苇篷子底下。

"我在休息。"她走过去时,他抢着解释道。如果说卡洛总是一副饱受生活折磨的丧气样儿,那么帕图就是一副受尽羞辱的倒霉蛋形象。此人溜肩大肚,生硬的刘海搭在脸上,眼睛太大,下巴太瘦。他跟其他人一样身着白裙和便鞋,但他身上还裹了一条厚重的毯子,似乎很冷。

"帕图,"她打了个招呼,"很高兴见到你。"

他苦不堪言地冲她点点头。

"晕船了?"

他摇头。"昨晚从胡鲁克坐船来。一路都在下雨。差点没把我们淹死,我们舀水都来不及。"他用胳膊捂着嘴,发出潮湿的咳嗽声。"不过……"他指着裹在身上的毯子,"没什么可担心的。我就是着凉了。"

夏拉眉头一皱。她不喜欢船上有病人,多好的厨子都不行。疾病的扩散防不胜防,在茫茫大海上,咳嗽最能捣进你的肺,让你吃不下东西。

"卡洛同意我上船,"看到她神色不悦,帕图慌忙说,"只是

因为淋雨而咳嗽,我对深海发誓。如果是大病,我就不拿佣金。我不要报酬。"

她稍微松了口气。他可能确实没有害大病。

"我们还有不到一个钟头就靠岸了,这边我记得有个沙洲还不错。"

帕图探身望向她身后的海岸线,盯着有限的地形研究了一会儿。"迷途飞蛾。是的,我知道,跟另一班船员从苏塔出来后在那里停过。沙子不错,浮木好生火,陆地中间有淡水。"

"没错。那么,你能给我们做饭吗?我希望今晚船员饱餐一顿。"

"巴拉姆大人提供的食物,我没有选择的余地。"他闷闷地说,"他说我们必须今天起航,没时间去集市了。"他停下来,潮湿的咳嗽声持续了好一阵子,夏拉等他咳完。"不过他给了我一张存货清单,我估计都是玉米。早上吃冷粥,也许晚饭可以做烤饼配点腌鱼。标准伙食。"他从腰间的袋子里掏出一张树皮纸,将其展开。纸上布满笔墨,有图画,配有凌乱的线条。夏拉看不懂奎科拉人的图画文字,于是等着帕图告诉她清单上有些什么。

男人叹了口气。"有玉米。"他看了夏拉一眼,那意思是果然不出所料,"可以做面饼和粥,当然了。不过还有水果。番木瓜、甜瓜和酸橙。腌鱼,也许不止一种。"他直起身子,眼睛瞪得越发大了。"醋泡禽肉、熟制麝香猪肉干、红树牡蛎……"他笑了,"我相信巴拉姆大人把私藏的食物给了我们。"

夏拉拍了拍兴致高昂的帕图。"很好,给我们做顿饭。一顿大餐。呃,也许不用特别丰盛,把不容易保存的食物做了。水果和牡蛎,对吧?单子上有没有巴切酒?"

帕图咧嘴一笑。"有更好的。一箱施塔本图。"

是茴香和蜂蜜酿的酒,她被关进监狱那晚就是喝多了这种酒。她内心很想畅饮一顿。但作为船长,理智占了上风。"啊,那个先放着。毕竟是第一天。"

"当然。"他站了起来,精神振奋,"我不如这就开始干活。卡洛快要靠岸了。"

夏拉闻言张望,其实她用不着看。她可以通过脚底船身的摇晃,水位降低时浪涌的变化,判断他们正在接近陆地。但她什么都没说,点头表示同意,然后迈步走向舵轮所在的位置。

她在一扇门外停步,这里是船上唯一的封闭空间。大多数货物都装在木箱里或者包在编织布袋里,堆在芦苇篷子底下,但还有这样一间狭小的舱房,不足十步见方。或许只够放一个凳子、一张床和一张写字桌。一般而言,这里是船长的住处,或者储存非常珍贵、不能暴露在海上的货物。对这趟航行来说,所谓珍贵的货物是一个人。在他们出海六个多钟头后,那人依然没有露脸。

夏拉心生好奇。巴拉姆说过,那人是瞎子,身上还有伤疤。某个虔诚的隐士。她猜想可能是一位老得皱巴巴的修士,来自奥布雷吉的某个秘密组织,她一点儿也不关心。她与宗教人士必然相处不来。他们的祈祷太沉闷了,又喜欢把自己的道德理念强加于人。而他们的宗教体系从来都容不下她,因为她可恶至极的渧克血统,她对酒的嗜好,以及她的性取向。她越想越恼火,总觉得里面的某个干瘪的奥布雷吉老头企图以他信仰的旧神之名逼她就范。最后她恨不得抛开对巴拉姆的许诺,把他扔下船去。

别想了!她告诉自己。他不是为了评判你而来的,他是你的乘客,你的活儿就是送他去托瓦。

她当然会做到,尽管她承认自己感到好奇。她在航行中没遇

到过多少奥布雷吉人。那个国度位于南部山脉的深处,既不盛产水手,也不大参与海上贸易。虽然她遇到过梅里迪恩大陆上数十个城市和地区的人,奥布雷吉对她来说依然是内陆的一个谜。

她打算去做个自我介绍,看看他住得舒适与否以及需要什么东西,态度专业,彬彬有礼。说到底,这是她的职责所在。

她伸手推门,但还来不及推开,卡洛响亮地喊了一声。她感觉船身轻轻地撞上了柔软的沙子。他们靠岸了。

她叹息着收回手。晚些再来找这个奥布雷吉人。

她最后一个下船,卡洛已经带着二十多个船员上了沙洲。这片坡度舒缓的沙洲相当开阔,差不多有两百米长、十五步宽,与海岸相隔半个船身的长度。海水够浅,低潮时只需涉过齐胸高的水,高潮时也可以轻松游过去。海边的水位降得很快,走几步就是沙子,是完美的抛锚地点。船很容易就能回到深水划桨航行,不需要借助码头。

帕图一直在忙活。船员们围着毯子席地而坐,毯子上摆满了巴拉姆提供的丰盛食物。帕图做的玉米饼搭配南瓜块也在火坑上烤制。牡蛎被撬开了,浇上融化的鳄梨和辣椒籽,还有满满一大盘鱼,死鱼眼和橙色鱼鳞在火光里闪烁。

有人"嘭"的一声打开了装着巴切酒的陶桶盖子。一只干净的碗状贝壳从桶里舀起乳白色的酒水,依次传递下去。笑声和低沉而平静的交谈声弥漫在空中,它们来自顶着烈日辛苦了一整天的船员,是他们应得的奖赏。未来还有更多苦日子等着他们,不过现在,在火堆前的凉爽阴影中,在一堆商贾领主才能享用的大餐面前,一切都是那么自然而合理。

"船长,"她踩上沙子时,有人喊道,"过来跟我们坐。"

船员们发出异口同声的欢呼。她脱下便鞋,脚趾陷进热气未消的沙子。盛着巴切酒的贝壳传到她手里,她抬起碗底,一口气喝干了。又一阵欢呼和笑声,有人大喊:"滞克!"

她咧嘴一笑,微微欠身,人们笑得更欢了。他们当中有几个人是她酒桌上的手下败将。

她把贝壳还给递来的人,在摆满食物的毯子前盘腿而坐。帕图送来一只牡蛎和一把黑刃小刀,刀身不比她残缺的小手指长。她用小刀撬下牡蛎肉,吸进嘴里,辣椒籽灼烧着口腔,痛快极了。她又用小刀切开一条鱼,手法既快又准,一刀就见鱼骨。她扔掉内脏,伸手从细长的鱼骨上抓了一把鱼肉。美味可口。

她周围的人轻松地交谈着。讲白天的故事,讲他们航行了多远,风暴季的天气多么好,因为他们的滞克船长带来了好运,她始终面带微笑地吃着,担忧等所有人酒足饭饱后她要说的话会带来什么影响。此刻的情谊都会不见吗?所有的友善都会消失,就像从未存在过吗?她还会带来好运吗?在他们抵达托瓦之前不可避免会遇到巨浪暴雨,到时她会不会变成诅咒、厄兆?

她决定晚些再告诉他们,等到太阳沉到地平线之下,月亮升到空中。她又拖延了一会儿,一个名叫鲁波的船员给大家讲故事解闷,讲的是一头豹子追他,他游过一条河,爬上一棵树,最后获救了。为了证明所言非虚,他转身露出后背的伤疤,豹爪曾经挖掉了那里的一块肉。

"我家的猫抓得都比这厉害。"另一个名叫巴特的男人说。

"地狱啊,你老婆把我抓得都比这厉害。"夏拉接了一句,鲁波带头大笑。

"鲁波的老婆是托瓦人,"卡洛说,"就是我们要去的地方。

也许你可以给她带点家乡的特产回来。"

"你是说鲁波还是船长?"巴特问。

哄堂大笑,夏拉也笑了。她打了个手势,让人把盛有巴切酒的贝壳递来,她又喝了一大口。她做好了准备。

她站起身来,等待众人的注意力集中到她身上。

"我们说说托瓦吧。"她说。火光在他们当中闪耀,帕图用来生火的浮木间或移动,扬起小小的橙色火星,随风而飘。空中弥漫着烹饪的香料味儿和海水气息,身后的海浪拍打着轻柔的节奏。她清了清嗓子,说话时尽可能依次与每个人对视。"巴拉姆大人雇佣了我们,付了我们此次航行的佣金。他开的条件很丰厚,"她示意周围吃剩的晚餐,"不论可可还是食物。"

欢呼声响起。"敬巴拉姆大人!"

"敬巴拉姆大人。"众人跟着呼喊。

"敬巴拉姆大人,"夏拉附和道,"他给我们派的活儿很难办。难,但并非不可能完成。"

大多数人闻言欢呼。他们都知道现在是风暴季,航行没那么容易,但其余的人,那些经验更丰富的船员,知道她另有用意,纷纷交换忧虑的眼色,忐忑不安地等着她接下来的话。

"我们要去托瓦,"她说,"不过巴拉姆要我们在二十天内赶到。现在只有十九天了,等太阳升起来之后。"

片刻的惊讶过后,是愤怒的抗议。"太远了!"有人大喊,"得要三十天,也许还不止,如果海浪大了或者来了风暴,我们就得躲在岸上。"

"我跟他说过。"她说。

鲁波挠了挠头。"要在十九天内赶到,唯一的办法就是走远海。还得两班人轮流划桨。"

一阵呻吟声响起。

"我们没有足够的船员轮班,"巴特说,"我们今天已经划了双倍的量,我背疼。"

"肩膀也疼。"有人补充道。

"这样坚持二十天太难了。"卡洛附和道。

"但是可以做到,"她高声说道,"我对巴拉姆说,有这班船员,这班好汉,就可以做到。"

他们不说话了,不知道她的用意,他们享受恭维,但不喜欢言下之意。

"还有我在船上,"她接着说,"我来确保风平浪静,让好运一路相伴。"

她的意思很明显,他们所接收到的相当于一个承诺,承诺大海对他们保持友善。这是蠢话,甚至是谎言,但他们不知道。她拥有的歌和滞克的力量可以平息和搅动海水,但如果毁船者袭来,她也无能为力。但她还能说什么来劝服他们呢?无论说什么,她都将失去船员,出师不捷。

一阵交头接耳之后,卡洛举起手来。

"讲。"她说。

"我现在要讲的话,代表全体船员。"他说。

无人反对,于是夏拉说:"行。"

他站起来,摩挲着下巴。二十多双眼睛从夏拉身上收回目光,投向了他,等他发言。夏拉屏息静气。卡洛似乎真的悔不该带惠查人上船,但他也承认在他眼里夏拉是半人半鱼。她现在意识到他的迷信观念也许对她有利。

"我去过远海,"他字斟句酌,缓缓说道,"但不是这个时节。每年的这个时节,谨小慎微的人都在港口养膘。"

"波洛克已经满身肥膘了。"有人接茬,然后被身边的人推了一把,后者大概就是波洛克。

"但我们比谨小慎微的人厉害,"卡洛不理会那句玩笑话,"我们很勇敢。我们愿意干,不仅仅是因为巴拉姆付给我们丰厚的酬劳,也为了冒险。"

"我想要保住小命,享享清福,"火堆那边有人喊道,"要是被毁船者逮到了,把我喂了鱼,我就享不成福了。"

"你听见船长的话了,"鲁波说,"她会阻挡风暴。"

"平安驶过新月海!太值得吹嘘了。"波洛克的语气带有一丝敬畏。

"我们的船长做得到。"卡洛说,夏拉惊讶得直眨眼。

"我们将成为传奇!"巴特说。

夏拉吁了口气,但肩膀依旧紧张地耸在耳边,双手背在身后以掩饰颤抖。卡洛的支持出乎意料却令人高兴,其他人跟随他相继表态是好事,也有不好的一面。好的一面是今天对她有利,但不知道如果她和卡洛发生分歧,情况又会如何。船员们会站哪一边?不祥的预感让她紧张的肩膀打了个寒战。她希望永远不要有那么一天。

"涕克!"鲁波大喊。"涕克!涕克!"又有人跟着喊起来。接着,卡洛、波洛克、帕图和巴特也喊了起来,最后所有人都在喊:"涕克!涕克!涕克!"仿佛她的血统是保护他们性命的护身符。恐惧在肚子里翻搅,她清楚自己不该暗示他们把迷信当真。她感到遗憾,但也因为他们的支持而狂喜,无论这有多么冒险。

"横渡新月海很难,但我的歌会保驾护航。还有,正如卡洛所说,我们也许能看到奇迹。"她看着巴特,"成为传奇。"

"一鼓作气,十九天直达托瓦谢希河!"鲁波高呼。

"十六天，"夏拉纠正他的说法，"在河里逆流而上需要三天，所以留给我们抵达河口的时间是十六天。"

众人愕然，沉默中，她以为他们失去了信心。但巴特号了一声："地狱啊，我们十天就能到。"

"九天！"

"七天！"

"我们明天晚饭时就到啦！"

他们哈哈大笑，再次传起了巴切酒。

夏拉示意卡洛过来。他来了，忧郁的眸子里满是戒备。

"谢了，卡洛。"

他耸耸肩。"我是认真的，我需要报酬。"他低着头，"还有，我说的也不是谎话，对吧？你会带我们去那里，滞克。"

她对这个称呼感到愤怒，但只是点点头。现在除了表现得自信满满，别无他法。

"半个钟头内喝完酒，不管桶里还有没有剩的。明天会很辛苦，他们需要体力。陆地上不远处有个淡水坑。"

"我知道。"卡洛说。

"派两个最清醒的去，水壶装得越多越好。"

"柴火呢？这里收集不到多少。"

"不要木头。我们在远海就吃冷食，烧树脂。"

"是。"

"今晚我在船上。你在这里跟船员们打地铺，抓紧时间享受陆地的滋味。"她不在乎多在陆地上待几个钟头，睡在船上更有实际意义。同吃同喝打成一片固然很好，但她终究是女人，二十多人中唯一的女人。她内心是享乐主义者，对不论性别的男欢女爱从不害臊，但她要跟船员划清界限。她的规矩就是，绝不把生

意和享乐混为一谈,一直以来获益良多。睡在船上是最好的,隔绝一切可能性。还有,她喜欢枕着海水轻柔摇晃的感觉。她担心卡洛在她缺席的时候与船员建立更稳固的关系,但担心也没用。她必须相信她的大副。

"好了。明早天不亮就起来,我们……卡洛?"

大副的脸色在火光中变得惨白,眼睛瞪得老大,盯着她的身后。她顿时警觉起来。船员们的声音也平息了。她扭过头去,看她和船之间到底有什么东西。

CHAPTER 12

新月海
太阳历 325 年
(连珠日 20 天前)

  乌鸦是集群性极强的动物。它们与母亲、父亲甚至兄弟姐妹一起组建家庭。我见过独居的乌鸦,不过就算独居也会找同伴觅食或是抵御天敌。我亲眼看见一只乌鸦跟一只小猫做朋友,不惜性命地保护它。

——摘自《乌鸦观察》,萨娅著,时十三岁

  远处的话音和笑声召唤着他。他整个白天都有船员们的陪伴,默算他们划桨的次数,聆听他们划破水面时有节奏的低俗小调。这种打发时间的愉悦方式既新鲜又特别。

  他过去大部分时间都是孤身一人,但并不意味着当他有了融入群体的机会,他就不想加入,感受不到吸引力。然后他听见他们高呼"渧克!渧克!"他的好奇心强烈到无与伦比。

  他想过召唤乌鸦,让它们告诉他那里有什么,但事实就是他不满足于听乌鸦转述。他想知道这个狭小舱房之外的事物——了解事物的形态、大小和样貌,包括那些谈笑风生的船员,包括大海和岛屿,尤其是那位船长,出身渧克的女人。

  他站起来,抚平长袍的褶皱。他没有脱掉靴子和任何一件衣

物，除了用来遮挡眼睛的黑布。实际上，他不需要它。十年前，他的眼皮被母亲用线缝在一起后，便如愈合的伤口般紧闭着，不过蒙上黑布似乎让别人更能接受，所以为了别人，他就蒙上了。

即便是蒙着布条，他依然能看到一些东西。如果照在眼皮上的光足够明亮，他的视力就能发挥少许功能，但他还有其他知觉，诸如触觉、味觉和嗅觉，导师们将其磨砺得异常敏锐。靠的不是魔法，而是无数次的练习。练习让他通过一个人周围空气的流动就能判断对方所在的位置。练习教会他聆听一个人的呼吸，分辨对方是心平气和还是因撒谎而局促和惊慌。练习教会他感受身体的各种气味以及雨水和温度，它们诠释了一个人，以及一天的时间和天气。

当然，还有他服用星粉时鸟儿借给他的眼睛。

他还有别的东西。鸦神。

但全都无法替代他最大的渴望。

人的陪伴。

他们的笑声，轻松自在的情谊。无论他多么希望，待在他身边的人都没法轻松自在，导师之外，他也从来没有类似朋友的存在，除了乌鸦。所以为了别人，他蒙上眼睛。他离开舱房前把兜帽拉起来盖住头，增加一层防范措施。

他悄悄地走上前去，唯有船在温柔海浪上的低沉嘎吱声。他惊讶于人可以建造这样厉害的船只，经受得起大海的威力。在他眼里，它只是木头、树脂和疯狂信仰的集合体，但他很熟悉何为疯狂的信仰，所以这也许不是太难理解。

他花了一点时间寻找船员用于上岸的木板，找到之后，他摸索了一番，又想起上船时的情况，便轻松地走了下去。

脚底的沙子细密紧实。循着声音，他爬了一段缓坡，聆听着陌生环境传来的信息。最先听到的是海水拍打陆地的响声,与码头上大浪的咆哮和细浪有节奏拍击小船的响声都不一样。然后是每个船员的声音,口音和腔调各不相同。他能分辨个性和情绪,偶尔能判断他们的家乡,要是他以前在奥布雷吉听过更多外地口音就好了,那将更容易知道他们来自何方。

声音很低,音域和位置都低。有的充满活力,但大多数疲惫不堪,醉意昏沉。他们似乎在坡底或者靠近地面。他想象着船员们聚在下方的山坳处。微风拂过夜空,带来了香料和油脂的气味,他最近才知道那是鱼的气味。还有微微的酸味,他猜测来自人们喝的酒水。他的眼角有阴影跳动,说明附近肯定有小小的火堆,烟味就是证明。

又一个声音加入了谈话,女人的声音。命令式的口吻,颐指气使。肯定是船长。她的声音乘着微风传来,似乎她正背对他站着。还有大副,他知道名字叫卡洛,独特的韵律很容易分辨。

他又听了一会儿,享受着这样的场面,直到沉默降临之时,他知道他们看到他了。

"*Beex gala' ee*。"他使用所知有限的奎科拉语打了个招呼。他面露微笑,力图表现得亲切友善,却使得附近的人影有所畏缩。啊,他的牙齿。他忘记了。他闭上了嘴。

"是奥布雷吉人。"有人咕哝道,船员们纷纷念叨着这个词,充满好奇和防备。

"大人,"一个女人说话了,听起来并不害怕,但格外谨慎,"很荣幸见到你。"对方正是那个畏缩的模糊人影,船长本人。塞拉皮欧吸了口气,闻她的气味。深色皮肤上有温热的白盐。蔚蓝的海水,深邃而广袤。力量,明亮而狂暴。

魔法。

他呼吸着她的气味，有些晕乎。她是什么人？她是何方神圣？

她身边的人影动了动，有什么东西飞向了塞拉皮欧。他本能地把阴影召唤到指尖，意识到落在沙子上的东西离得挺远。他立刻卸力，但余威犹在，在空气中隐隐震颤。

女人恼怒地吸了口气。"卡洛！"她以斥责的口吻厉声喝道，"别像个傻瓜一样。给我们的客人弄点吃的。"她清楚地强调了那几个字，提醒大副注意礼貌。

卡洛。塞拉皮欧记住了他的气味。也有盐味，却是潮湿的、凝固成团，与船长清新的夏季气息比起来，更像普通的汗味。还有酸酸的酒水味，比船长身上的更多。还有……某种辛辣的气味。也许是困惑。某种欺骗和犹豫、冲突和恐惧的气味。必须防着卡洛。

他听见了对方的犹豫，然后卡洛拖沓着脚步走回火堆。

塞拉皮欧真的感到饿了。他以前不吃也无所谓，有时候当父亲忘了给他吃的，或者导师们认为饥饿是必修课时，他好几天不吃东西，所以习惯了肚子空空的紧实感觉。但是卡洛回来后他还是很高兴。那人停在几步之外，远远地递来一个碗，似乎不敢走得太近。

"噢，海水母亲啊，"女人咒骂道，从男人手里抓过碗，拉近了与他的距离，"拿着。"她把食物塞给他。他接了。"我很抱歉。不过……"她叹了口气，听起来既烦恼又尴尬，"你最好回船上吃，可以吗？你吓到船员们了，他们本来就很迷信，再加上你像幽灵一样出现在月光下。"她轻轻拽了拽他的胳膊。她希望他跟上来。

于是他被她带着，原路返回。

回到船上,他摸了摸碗里的食物。都是陌生的东西,除了不怎么圆的饼,他估计是玉米做的。他拎起一条有鳞的长条生物。

"鱼?"

"奎科拉人称之为苏苏,是烟熏过的。"

"烟熏"在他听来没有特别的意义。无论怎么说他都算不上美食家。食物于他而言,就是维持身体机能的必需品而已。他没有偏好的风味、烹饪方法和食材口感。他把鱼送到嘴边,从侧面咬了一口。鱼鳞割破了他的嘴唇和口腔上腔。慌乱之中,他舔着受伤的皮肉。

"喜欢吗?"她的语气带有几分调侃。

"是的,还不错。但吃起来不方便。"

她哼了一声。"你的奎科拉语说得不行。你会说贸易语吗?"

"会。"

"那我们就说贸易语。那么,奥布雷吉不靠海?"

他摇头。鱼虽然陌生,但味道不错,他狼吞虎咽地吃起来。

她释然地轻笑一声。"总而言之,你是个人。"

他停下来,鱼咬了一半在嘴里。她的话是陈述,不是疑问,所以他什么也没说,置之不理。他又吃了一口。

"刚才你神不知鬼不觉地冒出来,我还以为……"她没有说下去,"有时候海上会发生怪事。一只黑鸟变成黑袍男人不是最奇怪的。"

"那什么奇怪?"他刨根问底。

"生着鱼尾的女人,声音可以扭曲人的意志。"她的口吻告诉他,她是在自嘲。

他又拎起一条鱼,这次不是从侧面开吃,而是咬下了鱼头。

"七层地狱啊,"她笑了起来,"没人教过你怎么吃鱼吗?"

鱼头在他嘴里滑溜溜的,骨头在齿间穿梭。"没有。"

她拍了拍他的胳膊。"给我。"

他递过去时咽下了嘴里的那块。

"坐下。"他跟着她快步走到桨手的长凳前,她命令道。她做什么动作都很快,然后她把鱼递还给他。"我弄成两半了。当心鱼刺,它们会卡在喉咙里,但白肉很棒,先吃那个部分。"

"白肉?"他问。

"我的错,"她抱歉地说,"把肉和骨头分离开来。你能做到吗?"

"当然。"他花了点时间摸清楚门道,很快用手指挖出了鱼肉。柔软的鱼肉入口即化,比鱼鳞和鱼刺可口多了。

"拿着。"

她递来了别的食物。是一种有壳的生物,当时和玉米饼还有鱼一同装在碗里。她撬开了壳,放在他手上的是两半,就像之前的鱼。他把手指探进去。

"不,"她说,"牡蛎要用嘴吸,不用手,直接用嘴。"

他把壳送到嘴边吮吸,咸湿的牡蛎滑下喉咙。它比鱼更美味,吃着也更方便。

"再来一个。"她说,他接过第二个牡蛎。他能感觉她的注视,观察。判断。

他吃下五个牡蛎后,抬手表示不要了。碗搁在两人之间的凳子上,他把手伸进去,拿起一个玉米饼。他将其撕成两半,碎屑纷纷落下,然后递了她一块。须臾,她接了过去。

"我的名字是夏拉,不过你可以喊我船长。"她一边嚼一边说。

"我是塞拉皮欧。"

"你能看见。"依然不是疑问。

"形状,影子,还有光亮。动作。剩下的是气息、味道、触感。"他没有说出乌鸦和他的神。

"你很擅长这些。"

"比人多数看得见的人要擅长。"

"你眼睛上的布,只是装装样子?"

"不是。也算是。"

她咕哝了一声,似乎表示明白了。"我有把匕首,差不多的意思。"她又咬了一口,大声地嚼着,"你吓到船员了。"

"我知道。"

"他们很棒,很强。但我的处境很微妙。"

他一言不发地等待着。终于,她似乎下定了决心。"你知道我的身份?"

"船长?"

她靠着横档,船身嘎吱作响。"不错,"听声音,她咧嘴一笑,"但我说的是另一个。"

"滞克。"

"就是这个。他们也害怕。"

"我听见他们高呼这个词。"

"是,"她承认,"不过两天前,他们当中有人乐于把盐巴受潮的责任怪在我的滞克身份上。"

"为什么情况变了?"

"不确定。巴拉姆?他们拿到的可可?吃饱喝足了?"

"卡洛呢?"

"他,一样的。"

"这么说还有可能变回去。"

"你很聪明,奥布雷吉人。"

"善于观察。"

她笑了,仿佛他讲了一个特别好笑的笑话,也许事实上就是。"明天白天你出来。跟他们一样穿白裙子,不要这身黑袍,让大伙儿看到你。不过……"她犹豫片刻,"眼睛还是蒙着,可以吗?有时候最好不要一次把所有事情都抖落出来。"

"我没有劳工的裙子。"

"我给你一件。篷子底下存了一些干净的衣服。"

他思考着。她希望让他们看见他并不可怕,跟他们一样是普通人。这是谎言,但他明白有这个必要。"好吧。"

"好。"她站起来,"他们今晚都睡在岸上,你睡在你房里。我就在船上,在你门外,所以如果他们当中有人一时犯糊涂,企图半夜淹死你,我会保护你的。"

他想到了船员——他们的歌声,令他羡慕的友爱氛围。不是万不得已,他不会杀死他们,但如果他们妨碍了他的使命,他们非死不可。她也一样,尽管他不喜欢这个想法。

"谁保护你?"他并非怀疑她的能力,只是想知道她的回答。

回答相当傲慢,正如船长本人。

"大海,"她说,"我是她女儿,当我跟母亲在一起的时候……"她狠狠地吐了口气。"谁都不敢惹她孩子。"

CHAPTER 13

奥布雷吉山脉
太阳历319年
(连珠日6年前)

　　暴力只能用于自卫,即便如此,它依然是不道德的。如果你必须杀死敌人,动作要快,且干得彻底。磨蹭只是羞辱受害人和自己,毫无荣誉可言。

　　　　　　　——摘自《军事哲学》,霍卡伊亚军事学院教材

　　"这些漂亮极了。"陌生人走进男孩的房间时说道。她的嗓音低沉而粗哑,是塞拉皮欧从未听过的口音。她的脚步轻盈而迅捷,一边走一边用什么东西有节奏地敲击石板。"佩达叫我来的时候,他说你有天赋,但我没想到我要训练的是个艺术家。"

　　塞拉皮欧停止了动作。虽然女人说着恭维话,但她让人感到危险,说不好是什么方面。他把手里正在制作的木雕放在工作台上。也就是两年前佩达第一次被带进来时他的那张长凳。他把凿子塞进裤兜里。这种东西算不上武器,但如有必要,可以插进喉咙或者某个薄弱的部位。

　　"你是谁?"他问。

　　"你应该能想到这个问题的答案,乌鸦小子。"她在房间的另一头说。他听见她从架子上拿起一块木雕,大概是在欣赏。光线

忽明忽暗,她把某个东西抛到空中又接住。他听见木头落到手掌上的闷响。"其实,你应该料到我会来。"

"拜托,"他的声音很紧张,"我的每一块木雕都花费了很长时间。马卡尔知道你来这里吗?"

她哼了一声,但他听到木头放回架子上的响动。

"你父亲以为我来这里教你如何使用棍棒看东西。"

他歪着头。"不是吗?"

她吁了口气,听来颇为恼怒。"勉强算吧。"

她故意回避问题,他知道。她吐字时有微弱的颤动,话音似乎隔着一段距离,说明她不是面对着他说话的。他并不害怕房间里的女人,但她的冒失行为和说话方式使他有所防备。现在已经没有卫兵和仆人进进出出地照顾他了,他清楚自己正与一个不请自来的陌生人独处一室。但她自称是佩达叫她来的。她知道佩达死了吗?

"这些全都是你做的?"

他知道她说的肯定是他精心摆放在对面壁架上的一小堆动物木雕。"是的。"

"这个箱子也是吗?窗前桌子上的那个?"

那是他的得意之作,一只雕刻华丽的红木箱子,盖子上是梅里迪恩大陆的地图,细节非常丰富。是佩达让他做的,要塞拉皮欧学习地理,而且唯一正确的学习方式就是完全依靠自己的能力制作地图。每次他出错,导师就抽打他的手指,让他重新开始。他按照比例雕刻每一座城市、每一条街道,以及海洋和山脉,他的手指记住的地理知识,比任何一张传统地图可以教给他的都更加牢固,每一座山和每一片海都染上了他的血汗。

"是的,我做的箱子。"

她不说话了,好像在打量他的作品,打量他。

"你可以叫我艾迪。"她说着走上前来,脚步声突然停止。她完全挡住了从窗外照进房间的那一点光亮,他周围的阴影更浓重了。他感觉到她的注视,听见她拿着的未知物体啪啪地敲击地面。是一根手杖,他心想。

"我是你的第二位导师,"她说,"我是来效力的。"

他感觉到了动作。她是在对他鞠躬吗?

"就像佩达一样?"

"那个老混蛋在哪里?"她问。

"我学会了他能教给我的所有东西。"他说,"他说他不会来了。"这是谎话,但他不信任她,还不敢说出真相。

她一时无言,他握紧凿子,做好准备。

终于,她开口了:"好。你最好别对我们任何人产生依恋,乌鸦小子。我们来这里教你需要的东西,但我们不是你的朋友。"

"佩达说疼痛是我唯一的朋友。"

"是他的说话方式。"她说,他仿佛看到她翻了个白眼,"但说得太过了,不是吗?萨娅为你安排的命运没什么好事。没有朋友,但其余的……好吧,佩达总是喜欢上升到哲学高度。"

"我有更远大的目标。"

"佩达告诉你的?"

"乌鸦说的。还有我母亲。"

沉默片刻,又开口了。"佩达写信说你很古怪。你跟鸟儿说话?我不记得萨娅安排过这个环节。"

它们是我的朋友。"你从奥多来的吗,跟佩达生前一样?"

"生前?"她揪住了这个词,塞拉皮欧意识到自己失言了,但她不动声色地说了下去,"他是这样告诉你的吗?奥多?不,孩

子,我们都不是来自奥多的,虽说他离得不远。他来自托瓦城,差不多吧,不过是一个叫郊狼之喉的地方。你听说过吗?"

他摇摇头。

"我来自霍卡伊亚的军事学院。你肯定有所耳闻。"她的语气得意洋洋,但依稀还有别的东西。也许是苦涩。

他听说过霍卡伊亚,但只在故事里。那座城市坐落在北边一千英里外的一条大河上,梅里迪恩大陆各方在那里签署了和平协议,送他们的孩子去那里学习军事知识,期望再也不会发生战争。他大概知道她的身份了。"你是长矛少女。"

"我曾经是长矛少女,"女人说,他此前感受到的苦涩化作了怨恨,"现在我训练长矛少女。看样子,还要训练失明的男孩。"

他觉得她也许是想激怒他,但他早就过了受到挑衅就生气的年龄,尤其对于那些事实。况且,她激起了他的兴趣。"既然你生活在霍卡伊亚,为何来到这里,为我,为一个乌鸦小子效力?"

"啊,"她说,"你的神影响范围很广,同时我们有些人受不了太阳祭司扩张势力。你和我的同胞虽然流着不同的血,却因为同样的目的联手,为此,我以生命立下了誓言。还有,你母亲是个很有说服力的婊子。"她怜爱地笑了。

"你爱她吗?"他突然发问。直觉而已,长矛少女的声音让他有所联想。

"我们都爱她,"她的语气有几分惊讶,"也恨她。不过最主要的是,我们佩服她。"

"所以你来到这里?"

"我们这么说吧,霍卡伊亚的一部分人希望对托瓦和天空塔进行改革。"

她说出最后一个词的语气很怪,似乎打算使用与改革完全不一样的词。"你的目的是改革?"

她发出啧啧声。"聪明,乌鸦小子,不过正如佩达不能向你透露你的真实目的,我也不能。我们没有资格告诉你,时机也尚未到来。不过要有耐心。等珀瓦吉来了,一切自会揭晓。"

"我已经知道我的真实目的了,"他不假思索地说,"珀瓦吉是谁?"

"我刚才不是说过要有耐心吗?"

"就是他带我回托瓦吗?"

对于母亲告诉他的事情,他记得很多,在与佩达相处的两年时间里,他学得很多,知道了无论他们为他安排了什么样的命运,都将在托瓦,在食腐鸦的地盘发生。如今这个女人提到了天空塔。

他把一点一滴的信息收纳进去,听从艾迪的忠告,保持耐心。佩达也教过他这一课。教他信赖事情的演变,正如他塑造木头,导师们也在塑造他。不过到底要做什么呢?

"你准备好了吗?"她问。

他想起她说来这里勉强算是教他使用杖子。"准备什么?"

有东西打中了他的胳膊,力道很猛。他惊叫一声。他又挨了一下,这才意识到是她用来敲击地板的东西——手杖、长矛或者别的什么。他感觉到她第三次攻击时空气微弱的流动。他突然出手,在挨打之前推开了棍子。

"不错,"她以评判的语气说,"你的反应慢了,不过一旦有了反应就很不错。你的空间感很好。那么,你的本能呢?"

她朝着远处跨了五大步。有东西摔到地上。

塞拉皮欧当即起身。"你在干什么?"

又有摔东西的声音,塞拉皮欧知道艾迪正在扫荡壁架,把他

精心雕刻的动物扔到地上。

"住手!"他大喊。他往前走了两步,膝盖撞到了工作台。慌忙之中他忘记了它的位置。他骂了一句,用的是从佩达那里学来的词。

艾迪笑了。"哎呀,你骂得像个战士。让我看看你能不能打得也像战士。"

又是一声闷响,木头掉在石地上,摔裂了。他肚子绞痛。他必须阻止她。他摸索着绕过长凳,颤抖的双腿迈了十九步,来到架子前。他不理会她,伸手摸了摸平时摆放动物木雕的位置。架子空了。他又骂了一声,跪了下去,在石地上摸来摸去。他抓到了一个木雕,摸索一番后,认出是他的乌鸦。乌鸦依然完整。这是他的第一个木雕。他将其塞进兜里,不是装有凿子的那个。他又摸到了兔子、松鼠和狐狸。他爬起来的时候怀里抱了六个。他把木雕一个接一个摆回架子上,除了乌鸦留在兜里。他能感觉到艾迪在身后观察、评估。

"这算哪门子的训练?"他怒气冲冲地问。

"我会再把它们扔下来。"她漫不经心地说。

"不要!"他呼吸急促,惊慌失措。

移动,他听见架子更远处还有东西掉落。"你必须阻止我。"

"我看不见!"他大喊,所有的冷静、来之不易的自控力,在他的木雕、心爱的物件被毁掉时消失无踪。

"少废话,乌鸦小子。你不需要看见。"她动身了,去向门边。他循着她的响动转过身。他的心脏突突直跳。她靠近窗前的桌子,桌上摆放着他雕刻了梅里迪恩地图的箱子。

"别碰那个!"他尖叫。他为地图受过罚、流过血。他绝不允许她毁了它。

113

她一字一顿地说："来。阻止。我。"

他伸直双臂冲向她，他知道这样做很愚蠢，但别无选择。这次是加快的七大步，但她轻松躲开了。他的肩膀撞上石墙，臀部擦过桌子。痛感顺着胳膊蔓延，手指都疼了。他大喊一声，扶着桌子稳住身体，绝望地摸索箱子。发现箱子还在原处，似乎安然无恙，他松了口气。

"嗯，至少你有胆量，"她评价道，"现在呢？"

她又动了，往壁架的方向去了。他强迫自己冷静下来，思考目前的局面。他不可能在身体上赢过她，胡乱跑动，他势必跌跤。他必须在思想上超越她。

他在桌子上摸索，寻找能用的物件。他抓到了什么东西，一面光滑，一面粗糙。是一面圆镜，背面嵌着石板。他认出这是母亲曾经用来占卜的道具。圆镜搁在桌上，四年无人问津。

他的脑子里满是她的音容笑貌，一头如瀑的黑发，一张漂亮的脸蛋，母亲喊他过来照镜子，镜子通向另一个世界，透过一块黑布，母亲能看到别人看不到的东西。那是一扇进入阴影的大门。

他可以操纵阴影。他是凭直觉知道的，似乎他从太阳那里窃取的力量在需要的时刻苏醒了，他以鲜血和失去为代价换来的力量。他的手掌按着镜子的反光面，精神高度集中。他想到了冬天如何亲吻黑翰上的新鲜割伤，想到太阳的炫光如何剥夺他的视力，想到冰、雪和阴影。他感觉到阴影飘到了手中，一种受他召唤而来的黑暗力量。

"怎么了？"艾迪的语气有些厌倦，"行动啊，不然我接下来会打断你的骨头。"

塞拉皮欧的左手抓着兜里的乌鸦木雕，右手握着来自镜子里

的东西,冰冷的黑烟翻滚着,在他指尖缠绕。

他把镜子推向前去,号令黑烟飞起。她大喊一声。他知道她的视线追随着他的动作,镜子释放出了冰冷的影子。

他突然掏出兜里的乌鸦木雕,对准艾迪的脑袋可能出现的位置,用力地扔过去。

她闷哼一声,木头砸中目标。她手中的长矛应声落地。

塞拉皮欧冲向前去,原路折回,这次他碰到了目标。两人撞在一起。她被撞翻在地,他则压在她身上。

他的动作快如闪电,从兜里抽出凿子,击向她的面部应在的位置。但她躲开了,或者是他判断错误。凿尖撞在石地上,震颤着他手臂的骨头。他的手指疼得要命。

他毫不犹豫地抓向左边,寻找她的眼睛。她捉住了他的手,企图推回去。但他很强壮,两年的木雕活儿锻炼了他的双手和前臂肌肉。他挣脱了她的控制,挠过她的脸颊,指甲抠上了眼皮。

她撕心裂肺地惨叫。他狠狠地压下去。

"够了!"她痛苦地喊道。

还不够。他的愤怒充满无度的渴望。他嘶吼着,发出不成语调的声音,手上更加用力。

塞拉皮欧鼻子上挨了一下,向后退缩。脑袋里亮光闪过,他滚到了一边。很快,他的脑袋侧面又挨了一下,他滚得更远了。

"你这个该死的坏蛋!"艾迪气喘吁吁地骂道,声音接近地面,她似乎四仰八叉地躺在地上。她呼吸沉重,骂得毫不留情,但听语气又是兴高采烈的。"你他妈的干了什么?"

"我不想让你破坏我的地图。"他躺在她身边,肾上腺素疯狂分泌,说话都困难。

"我该死的眼珠子!"她跟跄着爬起来,大喊大叫,"你他妈

115

的要挖出我的眼珠子!"

"我没有成功吗?"

"去你的!"

她一边跌跌撞撞地走向门外,一边喊着找医师。塞拉皮欧情不自禁地大笑。发起反击、阻止她的感觉很好。他不喜欢自己心爱的东西被她破坏。

"坏蛋。"他模仿着说,他喜欢这个词的发音,喜欢他血迹斑斑的嘴唇念出这个词时呈现的力度。如果保护他的乌鸦,他就成了坏蛋,那他就当个坏蛋好了。

他不知道在原地躺了多久她才回来。他内心隐隐有几分惊讶。他差点说服自己断了导师的念想,他不再需要他们了。但他听出了她的脚步,还有杖子敲打地板的响声,不由轻轻叹了口气,庆幸她没有一去不回。

"镜子?"她在右上方某处发问。他以为她会生气,但她语气平静,饶有兴味。"你从哪里学的?"

"我……"他想到镜子握在手中的感觉,还有母亲的形象,他知道自己可以召唤黑影帮忙,"到底做了什么?"

"你扔来了一团阴影,乌鸦小子。"她说,这次他听出她的语气有几分尊敬,"你朝我脸上释放了一股黑暗。好像能让人失明。"

"失明,"他嗓音柔和,略带讽刺,"我非常怀疑。"

她大笑一声,走近了,踢了踢他的胳膊。力度很轻,只是引起他的注意。"我拉你起来。拽我的手。"

他伸出胳膊,她双手抓住,猛地把他拉起来。

"你的眼睛怎么样了?"他很好奇,但并无悔意。

"医师说不是永久的伤害,但是疼得要命。"他听到她的语气带有一丝钦佩,"要知道,我如果真心杀死你,你在动手前就死了十次了。"

"那是你的一面之词。"

"我们再来一次?"

"不,"他笑到一半就噎住了,"我下巴疼。我咬到了舌头。"他皱起眉头,显而易见的事实在他混乱的脑子里缓缓成形。"你来这里就为了这个?教我如何战斗?"

"啊,看来你也不是完全没脑子。是的,如何战斗。佩达训练你的意志,我训练肉体。但我不懂这种阴影魔法。那是珀瓦吉的路子。他是我们当中的神秘主义者。"

"我的第三位导师。"他想起了这个名字。他迟疑片刻,又问:"珀瓦吉什么时候来?"

"不知道,与我无关。这个……"她弯腰捡起什么东西,塞到他胸前,"跟我有关。"

他双手将其握住。是一根手杖,或者长矛,或者是一截长长的……

"这是骨头吗?"他问。他抚过光滑的表面。它有不少孔洞,拇指按压能感觉到弹性。"不是木头。"这一点他能肯定。

"是骨头,"艾迪承认,"真正的大师级长矛少女使用的武器,是从霍卡伊亚的北方冰原获得的,有血魔法加持。不能给你,因为这是我的,但我可以教你如何使用。它既是武器,也能当你的眼睛。然后,你可以做出属于你自己的武器。"

她捡起另一样东西,递到他手上。他接了。是他的乌鸦,他砸向她的那个木雕。依旧完好无损。

"我们再来一次?"

CHAPTER 14

托瓦城
太阳历 325 年
（连珠日 18 天前）

  天创氏族无疑是托瓦最富贵的阶层。他们的优雅堂皇，让我想起了我们七大家族的七位领主。我问过出身天创氏族的东道主有无探访奎科拉的意愿，回答是，他们已经生活在宇宙的中心，不必离乡旅行。我认为这个回答是狭隘的，但我放在心里，没有说出口。

  ——《受奎科拉七大商贾领主委托撰写的旅行报告》
    朱提克著，来自巴拉施的旅行者

  娜兰帕感到意外，所有的天创主母，包括亚特莉扎的女儿，都同意来天空塔见面。她本以为金雕多少不太情愿，因为鲁玛总是我行我素，但她们全都回复说将在日落前一小时来见她。
  她安排在天空塔顶层的天文台会面，也就是他们举行主祭会议的地方。圆形房间的墙壁上装饰着马赛克拼接的神圣画作，描绘的是霍卡伊亚协议和太阳祭司的授职仪式。南面的墙壁上画着重伤的奎科拉豹子，鲜血从口、鼻、眼和耳朵流出来，以亮红色瓷砖表现。东边描绘的是滞克鱼妇，她身首分离，比起惨死的豹子来，少了那么一丁点血腥。霍卡伊亚的长矛描绘得最为简单，

长长的骨矛断成碎片，散落一地。最后，在东边，是唯一完整的城市图腾——托瓦的太阳。旭日东升，悬在巨大的黄金王座上。王座底部的周围是四大氏族的图腾：乌鸦、雕、羽蛇和水黾。

房间中央的石柱上放着鼓和成捆的神圣雪松枝，是他们前一天游行时使用过的，被赋予了之上和之下的力量。

这一切，马赛克拼图展现的简史和中间的物品，都彰显了祭司们的统治地位。天创氏族也许掌握着托瓦的世俗权力，但绝对无法与天空的威权、统治整个梅里迪恩大陆的天空塔相提并论。

她坐在东边的凳子上。她还安排了四个座位，都是简单的木凳，在她面前呈扇形摆放。其实是辅祭们使用的凳子。又一个赤裸裸的提醒，彰显谁才是这里的掌权者。她考虑过要求主母们席地而坐，但那样几近于侮辱，她尚未完全恢复太阳祭司的权威，不必操之过急。凳子是一着险棋，但在接受范围内。

现在除了等待，无事可做。

她看着光影在对面的墙壁上移动，计算着时间的流逝，黄昏已近。等太阳完全消失，太阳钟显示残余的天光不以时计而以分计的时候，她发现一个人都没有来。

她坐在那里，盯着自己的双脚，不知道干什么。她们都说了要来出席，出了什么事情吗？就在她坐在塔顶等待的当口，又有灾难降临在城市里吗？

她强行起身，双腿在华丽的黄色法衣底下颤抖。她的脑子一片空白，完全不知道该怎么办。

下楼，她告诉自己。派信使去看看是否出了状况。桥梁垮塌。又有人死亡。

太不可能了。

最可能的答案也是最简单的。有人从中作梗。

艾芭。

这个想法终于让她行动起来。

她走出东门，下到第五层，遇到了一个仆人。她认出了他，叫出他的名字。

"利阿亚，出什么事了吗?"她问，"为什么主母们还没有到?"

"她们一个钟头前就到了，太阳祭司。"

"她们在哪里？我早就下了命令，等她们到了，立刻带她们去天文台。"

利阿亚皱起眉头。"不，太阳祭司。另一位祭司说您更改了命令，她们都被带去了露台。"

"哪一位祭司说的?"

"西济。她告诉我们您正在为去世的主母祈祷，不希望被打扰。所以我们没有打扰您。是不是……我们误会了?"

娜兰帕沮丧地咬紧牙关，她的怀疑被证实了。最糟糕的是，娜兰帕完全中计了。

"不，"她对男孩说，"你做得很好。他们还在吗？露台上?"

"我之前看到的时候还在，太阳祭司。埃切让我们送了些点心过去，不过他没有吃，因为避静。"

"真是虔诚啊。"她喃喃道。

"是的，太阳祭司。"

她瞪着男孩，但对方不明所以，当然不该成为她迁怒的对象。"你可以走了。谢谢。你做得很好。"她勉强笑笑。

娜兰帕靠着身边墙壁，眼神放空。夜晚已经降临，她看到身着棕衣的仆人们拾阶而上，沿途点亮墙壁烛台上的树脂灯。她站得越久，越有可能错过与主母们的会面。

　　她没有想好采取什么行动。她很想闯进去，当场现身，借此羞辱埃切和艾芭。但艾芭今天已经两次打败了她。要说艾芭对她的突然出现毫无防备，她可不敢打包票。虽然她很想打击埃切和艾芭，但在天创氏族眼前暴露祭司们的松散和混乱，她不愿意这么做。艾芭也许不理解他们为何需要在城市的统治者面前表现得团结一心，但她再清楚不过。

　　直到此刻，娜兰帕才自觉失策。昨天的前景一片光明，而从那时到现在，她却连吃败仗。

　　昨天游行前，她以为能在恢复太阳祭司荣光的道路上走得顺风顺水。如今她在悬崖边摇摇欲坠，若不能及时挽救局面，势必跌回基图埃当初留下的摊子。可她能信任谁呢？她放不下面子请求伊克坦协助，尤其在发现彼跟她之外的某人睡过后。还有，彼保守着自己的秘密，她很不愿意承认，但她开不了口。海山最年长，也称得上睿智。但她清楚在对方眼里，她只是勉强胜任。而艾芭和娜兰帕自己的门徒显然想要取代她。

　　星星和天空啊，她怎么在如此短的时间里就彻底迷失了？不过，也不算短吧？她一直都在赌博。她爱戴那位年迈的导师，在很多方面他都像父亲，但他容忍哈韦的权力被分解，导致祭司体系中一直以来至为重要的角色有名无实，仅剩象征意义。娜兰帕出手夺回了部分权力，不是为了自己，而是她相信祭司会变得更好，做得更好，受益的不仅是这座城市，还有整个大陆。但她不得不承认，她低估了这场游戏对她有多么不利。

　　好吧，除了面对后果以及在下一轮较量中尽力补救之外，她已经别无选择。如果没有下一轮较量，无可挽回的话，接受就好了。

　　她扯了扯黄色法衣的袖子，抚平宽大的下摆，昂首挺胸地走向露台。

她最先看到了埃切。他没有面朝她,所以并未发现她进来。他身着太阳祭司的服饰,暗黄色的绣边下摆长及脚踝,配以更暗黄的旭日状饰物,显得光彩夺目。他们的长袍是同款的。埃切的长袍是原始的,她的导师穿过的那件,适合宽肩的高个子。她的长袍是新做的,适合娇小的女性身材。两件袍子的肩背处都是拂晓白,到膝盖处则渐变为深色的星尘黑。他没有佩戴太阳祭司的面具——有点不可思议。考虑到艾芭的所作所为,潜入她的房间偷走面具也在意料之中。埃切用黄色头绳将浓密的黑发束成一根发辫,毫无疑问,那张年轻的面孔堆满笑容。

他正在跟金雕的主母鲁玛聊天。娜兰帕看见,埃切的话逗乐了鲁玛,后者轻抚他的手臂。不必说,鲁玛从未如此亲昵地与她接触。怎么可能?她们又不是朋友,娜兰帕也从未说过什么特别有趣的话,更不是天创出身。

她想起埃切来自金雕氏族,鲁玛现年四十多岁,大概从他出生就认识他,看着他成长为优秀的年轻人,成为祭司,平步青云。上天啊,她或许以他为荣。

于是她想起来了,艾芭也是金雕出身。难怪他们希望她出局。她和他们格格不入。据她所知,这些人都是同类。

"感觉好点了吗?"她身后有人发问。

她转身一看,是水鼋的主母艾尤欸。艾尤欸换下了蓝色的氏族服饰,换上一身白色丧袍,肩上披着黑白相间的鼬皮短斗篷。衣如其人,有几分夺目。她腰间系着一条红丝带,表达对食腐鸦痛失主母的哀悼。从头到脚都搭配得很用心。恭敬而不保守,悲

伤而不虚浮。娜兰帕一直都认为几位主母当中她是最精明的。

"好多了,谢谢。"她立刻回答。扭头看到埃切还在对金雕的鲁玛说话,"埃切怎么跟你们说的?"她希望这个问题提得还算自然。

"你劳累一天,不堪重负,请他代你出席。我觉得很奇怪,因为请柬是你送的,但是后来他说了在太阳岩刺杀未遂一事。上天啊,太可怕了。"她的语气恰到好处,几分担忧,一丝如假包换的愤怒。但娜兰帕发现那对棕色的眸子饱含关切,在她脸上搜寻着矛盾和借口。

艾尤欤可以成为强大的盟友,也可以成为危险的敌人。遗憾的是,她不够熟悉这个女人,难以分清敌我,不敢轻信于人。

"太可怕了。"她同意,假装惊魂未定,"但刀兵会及时出手。他没能接近我。"她撒了谎。是你派来的吗?她忽然感到好奇。如果不是,你知道是谁吗?

"就我而言,我很高兴知道你平安无事,娜兰帕。埃切的安排充分体现了对亚特莉扎的尊重。我认为他和海山策划的葬礼会得到所有人的赞许。不过……"她欲言又止,凑近了说,"他现在还年轻。"

"不到二十五岁。"她同意。

"他到时候会成为优秀的太阳祭司,"艾尤欤接着说,"但不是今天。"水鼋的主母意味深长地睁大眼睛。"我希望没有冒犯你。我知道他是你选择的继承人。"

"尚无定论,"娜兰帕说,"说不定别的辅祭是更好的选择。到时候。"

艾尤欤装模作样地思考。

"那么,你应该知道对守望者来说谁是最好的。"她看向娜兰帕身后的两人，意有所指，"看样子，对某些人来说很难区分黄色和金色，而我们不同，我们倾向于色彩分明。这样的撞色会破坏整体的协调。你同意吗？"

娜兰帕可以亲吻她，但她仅仅提起嘴角，微微一笑。"我发现带点蓝色或绿色，效果很好。"

"或者也许什么颜色都不用。"

"确实有很多选择。"

艾尤欸意味深长地点头。"我出来是去问候海山的。他正在档案室忙活，当然是在准备赞颂亚特莉扎的长篇演讲。"她示意露台的方向，"你打算进去吗？"

"不了。"娜兰帕临时做了决定。她意识到现在主母们已经知道埃切打算篡位，至少水鼋是不赞同的。同时她相信鲁玛很是兴奋，改日她再做做羽蛇和食腐鸦的工作。目前，这样就行了。

"替我问候其他主母，如果埃切没这么做的话。我们葬礼上见。"

"当然，"艾尤欸说，"很高兴我们有这个机会说说话。一如既往，很有启发。"

她们礼貌地相互欠身，艾尤欸走进露台，娜兰帕朝着另一个方向离开。她返回房间的半路上才意识到艾尤欸说了个笑话。

CHAPTER 15

霍卡伊亚城外
太阳历 325 年
(连珠日 16 天前)

送一子捐躯，换四代和平。

——霍卡伊亚军事学院铭文

母亲去世的消息乘着巨鸦找到了奥括。他正在军事学院鸟舍西边的训练场上，身后是广阔的校园，他发现一只鸦类大鸟飞来，黑色的翅膀反射着午后的阳光。他常常为这种与他的氏族同名的鸟儿惊叹不已。其翅膀似乎不足以支撑自身的体重，更别说骑在背上的骑手了。但依据亲身经历，奥括知道他们养育的乌鸦做得到，还可以很快地从托瓦向东飞行数英里，去往霍卡伊亚平坦的绿草原，乘船或步行同样的距离花费的时间则多得多。

奥括将他训练用的长矛放进架子，扯起棉衬衫的边擦拭眼睛上的汗水。他本打算在天黑被迫回程之前再练上一个小时，但他知道骑手及其带来的消息肯定与他有关。训练不急在一时。

他的视线追随着接近的骑手，慢慢地跑向鸟舍。这里的鸟舍与托瓦的相比是小巫见大巫。那才是名副其实的鸟舍，位于城市周围高崖之上的巨大巢厩。每家天创氏族都有一个，除了水龟，和他们同名的动物饲养在托瓦谢希河附近的洞穴里。而金雕、羽蛇和食腐鸦更愿意接近天空。

军事学院尽其所能地安置来自托瓦天创氏族的骑手,在霍卡伊亚广阔的平原上修建了大型木造圈舍。圈舍呈圆形,一个接着一个,每个占地两英亩,设有拴柱、饲槽和充当围墙的高大栅栏。坐骑在这里降落无碍,但就是不能舒适地生活,哪怕一会儿都不能。托瓦的天创子弟和所有前来学习古老兵法的人都生活在霍卡伊亚,但谁也不希望托瓦人把自家坐骑舒舒服服地带过来,尤其是霍卡伊亚原住民。

有些胆大的学生在每个圈舍的门上挂了氏族的旗子,可能是从家里带来的。打头的是红色旷野上的乌鸦头骨,接着是金色背景上的雄鹰轮廓,然后是蓝色背景上的棍状昆虫,最后是蜿蜒盘绕的有翼绿蛇。奥括走向红色旗子。进了圈舍,他抬头望去,手搭凉棚遮挡落日的余晖,看着乌鸦和骑手落地。

鸟儿在头顶盘旋的那一会儿,他咧嘴笑了。它的巨爪能够捏碎他的头颅,就像捏碎一颗甜瓜那样轻松。它的爪子收拢又张开,仿佛在打招呼,随后它才落到他身边的草地上。从它喙中喷出一股气流,闻着像是在路上吃了什么动物的尸体,与此同时,它摇晃着硕大的脑袋,悉心打理的羽毛富有光泽。它发出震耳欲聋的尖厉鸣叫,奥括笑了。

"你好啊,库察。"他说着,拍了拍伸过来的鸟喙。看着这只巨禽,他越发思念自己的坐骑。来年春天他的贝伦达就满五岁了,那只蓝黑色的巨大尤物刚刚孵化出来就受他照顾。但贝伦达没有陪他来霍卡伊亚。这里不适合鸟儿长久生活,再说,奥括在这里学习期间,让鸟儿远离家人、远离托瓦也太残酷了。

"嚯,表弟!"巨禽背上的人喊道,"别把库察惯成了软蛋!"

"嚯,采亚,"奥括回应道,笑容愈加灿烂,"库察是战士,

就像它的骑手一样。再怎么爱抚也改变不了这个事实。不是吗，库察？"他又摸了摸乌鸦的鸟喙，直到它心满意足地推开他的手。

"软蛋！"他的表哥重复了一遍，大笑着从坐骑背上滑下来。他身高体壮，跟奥括一样，因为常年操纵坐骑和作战训练，肩臂肌肉异常发达。他从头上摘下羽饰头盔，甩了甩头发。相比奥括深如午夜的黑发，他的头发呈现被阳光晒浅的褐色，梳到脑后，编成一串串错综复杂排布紧密的发辫。奥括更喜欢霍卡伊亚的发式，两条均分的发辫紧贴头皮垂到背后，比起托瓦流行的这种松散发式更适合战斗。不过除了这点差异，这对表兄弟就像亲兄弟。方下巴，宽脸盘，嘴唇有几分性感，高挑的眉毛带着些许顽皮。

采亚的豹皮骑行裤磨损得厉害，污迹斑斑，皮甲也一样，胡子拉碴的脖子周围露出了高领衬衫的边角。这一身制服很熟悉，奥括以前也穿，他渴望再一次披挂上身。

他喜欢霍卡伊亚，满意他在这里接受的教育，包括战略、领军和徒手搏斗。他为自己在采亚之后被选中进入军事学院学习感到光荣。但他在学校里待得太久了。一年前他就该回家，他做好了回家的准备。他想再看到托瓦的悬崖，走过那些桥梁，漫步在云雾缭绕的街道上。他想再见到母亲，甚至见到姐姐。他想见到贝伦达。

"什么风把你吹来霍卡伊亚了？"他问。

"很高兴又见到你。"采亚把他拽过去拥抱。长时间的空中飞行导致表哥的盔甲上结了薄薄一层冰霜，冻得奥括发冷。

采亚的身体微微发抖。奥括惊慌地挣脱了采亚粗壮的臂膀，观察着表哥一贯镇定自若的面容。"怎么了？你为什么哭？上天啊，发生什么事了？"

采亚是所有血亲当中最坚强的。面若冰霜，心如铁石。身为战士，他对氏族的忠诚高于一切，尽管所在的城市除了举办仪式之外并不怎么需要战士，更谈不上重视。但奥括一直欣赏他，钦佩他。他把这位年长的表哥当成榜样，一心跟随采亚的脚步，等表哥退休后成为主母的护盾。没有什么比采亚宽阔脸膛上泪水涟涟的场面更让他害怕了。

"是贝伦达吗？"他问，"它出事了吗？"

采亚用皮手套的背面擦了擦眼睛。"不，奥括，"他苦笑着说，"不是贝伦达。它很好，不过它很想念你。"

奥括如释重负，但轻松感稍纵即逝。贝伦达没事，可如果不是他的乌鸦，那是什么事呢？一定发生了什么，让他处变不惊的表哥一反常态。"到底怎么回事？"

采亚又一次深呼吸，似乎是让自己平静下来。"我能把库察留在这里吗？我们最好进去说。"

"当然。我失礼了。食堂应该有吃的。"

"还有喝的，驱驱寒。"

"茶，没有更劲的了。至少明面上是这样。不过我应该可以找一瓶施塔本图酒来。"

采亚笑了笑，把库察拴在圈舍的一根柱子上。"我已经不是这里的学生了，不用担心因为违禁饮酒受罚。"

奥括脸红了，感觉像个小孩子。"当然不用。"

"别担心，"采亚摆了摆手，"我自己带了。"他指着从库察背上卸下来的毯鞍，连带一个皮袋子。他把鞍具放到旁边的凳子上，从袋子里取出一个布包，将其打开，露出一个陶瓶。

"上次我走在训练场上还是十年前。"年长的男人说，嗓音忧郁而伤感。他拔开瓶塞，大灌了一口。"我以为我再也不会回来

了。但库察飞得很快,我主动提出给你送信。"他把酒瓶递给奥括。

"什么信?"奥括接过来,喝了一大口。起初,酒水流过舌头,犹如夏季水果般甘甜,但随之像玻璃碴一样灼烧他的喉咙。他呛咳着递回酒瓶。

采亚把酒瓶插进腰间的皮套。他取下手套,塞到酒瓶边上。"进去,"他打了个手势,示意奥括走进雪松木大门,"等我们坐定了,喝好了,我就原原本本地告诉你。"

"死了?"奥括重复道。他不知道自己重复了几次,甚至不确定这个词到底是什么意思。但他每说一次,坐在对面、把杯子握在大手中的采亚都点点头,一言不发。

"你确定?"奥括问。

他们在公共食堂最里头的角落找到一张无人的桌子和两张凳子;两碗糖渍浆果烤虎杖搭配玛谢德面包摆在他们面前,采亚的碗空了。充斥在他们周围的噪声和能量来自生活在军事学院里的上百学员和工作人员,然而奥括觉得此处只有他和采亚,他俩被封闭在某个时空气泡里,隔绝了霍卡伊亚和他此前所经历的现实世界。

"你确定?"他又问了一遍。

表哥又一次点头。

"怎么死的?"

"自杀,表弟,"采亚轻声说,"但我们告诉天创议会和祭司,她是在睡梦中去世的。"

"为什么?"

"你姐姐认为这样最好。她担心出现丑闻。"

"可是……"

"她是从大宅里她自己房间的露台上跳下去的。那晚我亲自守在她门外,没人进去。只有这样才能解释她为何出现在托瓦谢希河里。她的遗体顺流而下,被住在下游的僧侣们发现了。"

"僧侣。"奥括知道他们。一个住在托瓦谢希河东边沿岸的神圣组织,以从河里打捞东西为生。有时候会捞起尸体,他们仔细清理、包裹之后,报给上游,索取酬劳。大多数死在托瓦谢希河里的人都是因为意外。众所周知,托瓦的悬崖害死了不少人。在狼喉痛饮一夜翻下去的醉鬼,互相挑衅攀爬险峻岩壁的愚蠢少年,偶尔还有自杀的人。自杀谈不上可耻,尤其是对于年迈或者久病缠身的人。他们的人生仅剩悲伤、所剩无几的寿命和被抛弃的家人。

"但我母亲哪种都不是。"奥括说。

"不是什么?"

奥括抬起头来,不知道盛着什么饮料的杯子空了,但他依然抓在手中,像是救命稻草。表哥又哭了,沉默的泪水滑下脸颊,但他脸上是干的。他不清楚原因。

"我母亲没有生病,年龄也不大。她正值壮年。为什么?她为什么要跳?"

"我不知道。近几年她很不容易,奥括。你不在,狂信徒的势力在扩张。她无数次对我吐露心声,说她累了。"

奥括闻言皱眉。"这是我的错吗?"

"我不是这个意思。"

"不,我是应该回去,"奥括的嗓音轻如耳语,"我是应该帮她。结果我老是待在这里玩战争游戏。"

"不,奥括。"采亚斩钉截铁地说,"你是男人。你的位置,你的荣誉,都在这里。亚特莉扎有我做护盾,你能做什么?为你母亲分忧是你姐姐的责任,不是你的。她是要接任你母亲的人,所以照顾你母亲的责任在她肩上。"

"埃莎不是我。"他断然接了一句,显而易见的事实背后另有深意。他记得姐姐是如何热心和痴迷于天创氏族之间的政治斗争,喜欢流言,追逐时尚。得知母亲去世后她最关心的是掩饰真相以免引发丑闻,他一点儿也不觉得意外。

"她比你们上次见面时成熟多了,奥括。她永远不会拥有你的热情,永远不会拥有人们对你的那种喜爱。"奥括听到对他的称赞,脸红了,"但她是个好女人。她会成为好主母。"

采亚可能是对的。上次他和埃莎相处时,他们还是半大不小的孩子。他肯定有变化,她为何不会有呢?想到他二十岁、她二十二岁,即将领导整个氏族,他感觉怪怪的。

"你会担任埃莎的护盾长吗?"

"不,"采亚沉声说,"我辜负了你母亲。我无颜留任。再说了,埃莎要求你成为她的护盾长。"

"当然。"奥括起身离座,手脚笨拙,不知所措。他知道自己接替采亚的时刻终究会到来,但他以为那是几十年后的事。

"我要回去参加葬礼。"他对采亚说,"有葬礼吧?"

"全城规模的葬礼,三天后,等我们到家的时候。"

"好。那就好。"他前后踱步,掂量着事实。母亲。她去世了。真的不在了。如今他必须回家为姐姐效力。

"我们会安排人把你的东西送回家,"采亚说,"到时候装船沿河航行,返回托瓦。"

"那要好几个月。"

"没办法。你和我明天一早骑库察回去。我们能及时赶上葬礼。"

"好。"奥括旋踵转身,从另一个方向绕回来。他站在采亚面前。"那就这样了。"这样说很是尴尬,也不恰当,他从未失去过母亲,不知道应该说什么好。一时间,他希望埃莎在这里。尽管她野心勃勃,痴迷于礼节,但她依然是姐姐。她知道该说什么。

"坐下,表弟,"采亚说,"还有一件事。"

奥括停止踱步。他没有落座,只是抱臂在胸前,靠着身后的墙。"你说。"

采亚从衬衫内掏出一张微微泛黄的纸。纸是折叠的,蜡封处印有他母亲签署正式文件的符文。他递给奥括。

"这是什么?"树皮纸是从奎科拉进口的,在托瓦不常见。这种纸的制作费时费力,大多树皮纸都保存在天空塔,用来记录和绘制星图,不过每个天创氏族也有库存,用以记事。

"你出生的时候,亚特莉扎把这个交给我。"

"我母亲在我出生时把这个交给你?怎么可能?你当时还是孩子。"

"我当时十三岁。是孩子,也不完全是。我已经收到了我的第一个蛋,孵化了库察,如果你记得的话,我母亲那时候已经去世了。"

奥括想起来了。他不记得采亚的母亲,因为姨妈去世时自己尚未出生,但他想到这封信大概是要交给她保管。她不在了,信便给了她唯一的孩子采亚。现在交到了他手里。

"我要怎么做?"他看着采亚,寻求指引。

"打开。看看。"

奥括把信纸贴在胸前。这是母亲的遗言,只不过写于二十年

前，始终封存着，直到今天。母亲想给她刚出生的儿子写些什么呢？关于爱，毫无疑问。关于未来。也许只是一份复制的星图，所有的天创氏族在出生和葬礼那天，祭司都会绘制星图。

"我现在就该打开吗？"

"你愿意的话。"采亚看着他说，奥括突然有不祥的预感。他一直都很信任表哥。不过，他莫名地感觉不要操之过急。

他把纸收进衬衫里，脉搏剧烈跳动，充满焦虑。"我还是先一个人看吧。你能理解。"

采亚眯起眼睛，比起怀疑，更多是受伤。他突然起身。

"当然，"他平静地说，"你不信任我是对的。"

"我……我很抱歉，表哥。我真的信任你，我当然信任你。但我只是需要一个人看。"他说不清那种突如其来的忧虑，但他知道应该相信自己的直觉，而直觉告诉他，采亚对他有所隐瞒。不是撒谎，但也谈不上坦诚。

采亚的愤怒有所缓和。他抓着奥括的肩膀，重重地摇晃，以示友好。"我今晚跟库察睡在外面。明早天一亮来鸟舍见我。我们返回托瓦的路途相当遥远，库察驮着我们两人，速度快不起来。"

"它驮得动我们两人吗？我们的个头都不小。"

"当然可以，表弟。如果它做不到，我就不会带它过来了。"他微微一笑，露出染红的牙齿。

就像掠食者的牙齿，奥括心想。为了仪式而染色。或者为了战争。他更不能保持平静了。

采亚与他拥抱道别。奥括不知道年长的男人能否听到他急促的心跳。

"那么，明天见。"采亚说。

"好,"奥括应道,"明天。天一亮。"

等确定采亚已经走在回鸟舍的路上,他离开食堂,穿过草叶茂密的田野,返回营房。日落仅仅几个钟头,却使人感觉不可能还是采亚到来的那一天。时间是不是过去了数周?数年?

其他学员还在吃晚饭,他默默地爬上睡觉的草席。他从身边的物品里拿起一个小匣子,打燃燧石,点亮树脂灯,火光微弱,但能让他看清字。

蜡封完整地揭开了。这些年来,采亚从未摆弄过信件,更别提偷看里面的内容。他深感内疚。也许他错怪了表哥,一场误会。但奥括没有想到的是,离开时他瞥了一眼采亚,后者脸上写满思虑和算计,而且无比清醒。

他小心翼翼地展开信纸,岁月让纸张变得僵硬而脆弱。纸上只有一个符号。奥括瞪大了眼睛。

他猜错了。不是充满爱或者多愁善感的言语,不是母亲对新生儿子说的话。是警告。是预言。

他抚过墨迹。

纸上只有一个图案:代表生命的图案,一条线斜斜地将其一分为二,切开了"生命"。

可以有多种解读方式——生命的结束,生命的变化、截短或截半。最可能的意思是警告幼小的奥括,关于他出生日的星象解读,关于他未来命运的告诫。

但奥括不这么想。

在他看来,图案的意思一目了然。

母亲死于谋杀。

CHAPTER 16

新月海
太阳历 325 年
(连珠日 19 天前)

> 今天让一个人刮目相看，明天他也会指望你让他刮目相看。
> ——滞克谚语

今早夏拉的进展很顺利。她很早就起来制定白天的航线，背对着指示东方海面的太阳。船长们各有绘制航线的法子，大多是早先做学徒时从别的船长那里学到的。那些船长来自奎科拉或新月海的沿海城市。但夏拉使用的方法是母亲和姨妈们教她的，是滞克解读大海的方式，如同大海一般古老而真实。部分凭直觉，部分靠记忆，以及观察。看是次要的，知道找什么才重要。她有信心在方圆十二平方英里的海面上找到前往陆地上任何地点的航线。

航行途中的清晨是一天之中最重要的时段，尤其在太阳刚刚浮出海面时。太阳的位置很低，光线在海面上拉得既长又细，可以轻松定位西方。等确定了东西方向，她就知道北方在右边，南方在左边。

当太阳升上天空，光线变宽了，过于分散，便不能仅凭它来确定方向。所以夏拉还会研究海浪。海浪的形状、涌动的模式和荡向海岸的路线。她会留意海风，观察是从哪边吹来的，记住那个方向。她寻找远离海岸到深海环礁捕鱼的海鸟，然后记录它们回家的路线，她就能知道陆地在哪边。

她做完这些，在脑子里牢记每个细节，因为在白天循着这些标记航行能确保他们活下来，而迷失就意味着死亡。等她成功地标绘出前往托瓦谢希的西北偏北的航线，保证当陆地从视野里消失后还有不止一种办法确定西北方位后，她命令第一班船员放桨入水。

卡洛在船头重复她的命令，船员们高喊着回应二人。然后他们出发了，划着海水，向远海起航。

船员们的精神格外饱满。夏拉敢打赌，是昨晚享受了一顿盛宴和在沙洲上好好睡了一觉的效果。早晨他们笑容满面地回到船上，带着帕图的炊具和装满淡水的水壶，快活地打着招呼。他们对新的一天充满期待的兴奋劲儿颇富感染力，就连夏拉也为之动容。

她以为有人会提起昨晚塞拉皮欧诡异的现身，不料谁都没说。也许他们更愿意选择视而不见，或者装作从未发生过，一切如常。

她当时转身看到塞拉皮欧的时候，她敢发誓有一只黑色大鸟在他头顶盘旋，鸟头遮挡了月亮，张开的翅膀宽大如后面的船。她不寒而栗，本能的恐惧支配了大脑，以至于忘了召唤她的歌。如果巨鸟落下来用大得惊人的黑色鸟喙撕扯她的肢体，她也只能目瞪口呆地坐以待毙。

如果说有比巨鸟更恐怖的，那便是塞拉皮欧本尊了。他身上的黑袍犹如裹尸布，眼睛系着布带，一口染红的牙齿。他就是活生生的噩梦，吓唬孩子的恐怖故事主角。

然而奥布雷吉人说话了，生硬的奎科拉语和笨拙的问候驱散了她所有的恐惧。仿佛揭开了一层面纱，她忽然看到他的青春洋溢和不可思议的热情，最重要的在于，他是人类。她正准备邀请他与船员共进晚餐，卡洛突然做了个驱邪的保护动作，夏拉立刻意识到并非所有人都能看到面纱背后的真面目。于是她催促奥布雷吉人返回船上，然后与他坐在一起吃饭，虽然时间不长，但竟然相处得很愉快，最后领他回去睡觉，两人之间达成了默契。至于建议他次日换上其他船员的行头到甲板上来，纯属她一时冲动。她希望没有了噩梦般骇人的装束，船员们能看到她所看到的样子，的确是一个怪人，但也就是一个人而已。

她错了。

塞拉皮欧来的时候，太阳完全升上了海平面，而他的出现仿佛让太阳都迟疑了。头顶无云，阴影却落到船上，刚才的微风忽然来了劲儿。芦苇篷子被吹得嘎嘎作响，碎浪猛烈地拍打船身，夏拉不得不岔开双腿站稳。其他人就没有这么幸运了。波洛克手舞足蹈地滑下了桨手凳。坐在波洛克和船舷之间的巴特向海里栽去，狠狠地撞上栏杆，差点翻下船。

世界好像打了个嗝，太阳找回正常轨迹，一切恢复原样——有光，无影，无风——除了海水依然拍打着右舷的木板。说明刚才不是她的错觉。

塞拉皮欧按照她的建议做了。他穿着长及大腿的劳工裙，用绳子系在腰间。昨晚他的头发掩在兜帽底下，此刻黑如无星的夜晚，披在细瘦的肩膀上，被海风吹乱。他依然系着遮眼的布条，正如她所建议的。但她忘了问他身上是什么样子的。

有伤疤，巴拉姆说过。她忘得一干二净，也许是被他奇异的举止分散了注意力。

但他的确有伤疤。

某个毫无技巧可言的人拿刀子在他上身作画。他赤裸的胸脯上有鸟的图案,是她昨晚见过的那种,不过是骨骼形态,眼窝洞开,尖锐的鸟嘴朝下,指向他的腹部。是乌鸦的头骨,起始于他喉咙的凹处,覆盖整个胸脯。图案最近还用红色颜料勾勒过,越发惹眼。巨大的翅膀绕到他后背,羽毛的细节也展现得淋漓尽致。羽毛同样勾了红边。还有别的伤疤,在他的胳膊和腿上,无不暗示着飞翔的姿态。

"海水母亲啊。"夏拉喃喃道。如果说她对于昨晚看到的他头顶上的幽灵巨鸦还心存怀疑,那么此刻一切怀疑都烟消云散了。她想起了另一只乌鸦,盘旋在她头顶,有着惊人的智慧,于是她知道出发前在码头上看到的是他的脸。那只观察她的乌鸦与他有关,虽然她不清楚他是如何做到的。她摩挲着胳膊,忽然感到寒冷,尽管今早相当暖和。

船员们全都陷入沉默。她不知道他们是否看到了昨晚她看到的样子,但这样一来势必不能消除他们的迷信想法。她走上前去,虽然不知道该说什么或者做什么,但她知道非得采取措施不可。

"奥多·塞都。"

说话的是鲁波。夏拉转头看他。他坐在面对塞拉皮欧的那排凳子上,眼睛瞪得老大。

"什么?"她问。

鲁波看向她,然后扫视所有船员。"奥多·塞都。"他充满敬畏地叹道,"祖父鸦。"他转而面对塞拉皮欧。"你说你是奥布雷吉人,但我认得这个,这个是托瓦的。我妻子是托瓦人。不是乌鸦氏族的。"他固执地摇头,似乎难以置信,"但我知道。奥多。

乌鸦。你就是。"他指着塞拉皮欧。

塞拉皮欧扭头看着鲁波,认真聆听,不过依旧站在他晚上睡觉的小屋门外,仿佛做好了随时退进去的准备。

"我就是。"他说。

有人交头接耳,似乎很是愤怒,但鲁波打断了他们。

"不,你们不明白!"他站起身,大声说道,"如果奥多·塞都是跟我们一起航行,如果我们是送奥多·塞都去托瓦——"他用力地点头,仿佛刚刚意识到他们这次的任务究竟是什么。"那么我们就受了祝福。我们与神宠之人共同前往圣城。"

"不是我的神。"帕图说,听到他开口,夏拉相当意外。她从不觉得他是信徒,也不觉得他像卡洛那样迷信。

"你唯一的神就是你的胃。"有人说。是巴特,鲁波的朋友。"你对神知道什么?"

帕图盯着塞拉皮欧,抄着胳膊,扬起下巴,像个任性的孩子。"我向豹神献祭。奎科拉人不认得这个乌鸦神。"

"我们不在奎科拉,"巴特气愤地说,"还有,你的豹神三百年前就死了。如今提起豹神就是亵渎。"

"巴特说得没错,"波洛克说,"奎科拉向太阳祭司缴税,不是吗?"

"而且我们又不全是奎科拉人。"鲁波补充道。

"这是什么意思?"卡洛问。众人纷纷转头看他。他从船头走来,穿过桨手凳。他咬着牙关,死死地盯着塞拉皮欧。"崇拜这个神。这是什么意思?血?火?这个乌鸦要干什么?"

"它要干什么不重要,"夏拉说。船员们又望向她。"重要的是我们答应了把此人送去托瓦。巴拉姆大人付钱让我们送。我们成交了。"

"你是守望者吗?"有人问。

塞拉皮欧明显打了个寒战,似乎被冒犯了。

"他受了祝福,"鲁波回答,"我告诉你们。有了滞克和奥多·塞都,我们当然也是神宠之人!"他拍了拍巴特的肩膀,大笑起来。巴特温吞地咕哝了一声,转而操起桨来,对他而言这个问题就此了结。

夏拉趁热打铁。"那么,好了,"她响亮地拍拍手,说道,"现在大家都看到了,都回去干活。全都划起来。我们要渡海呢。"

这句话似乎打破了魔咒,船员们纷纷操起船桨。卡洛依然盯着,却是盯着她,而非塞拉皮欧。她歪着头。有问题吗?

他依然咬着牙关,目光闪烁。夏拉等他说话,但他转过身,一言不发地走向船头。她等他走过了芦苇篷子,走出了视野范围,然后她走向塞拉皮欧。

他望着她迎面而来。

"你昨晚没告诉我这个。"一直走到他的面前她才开口,声音压得很低,不让船员们听见。她指着他的身体。

"没告诉你什么?"

"你的……伤疤。"

"你没有问。"

"啊。"她勃然大怒,牙齿咬得咯咯响。也许吧,一部分责任在她。是她叫他赤裸着身体出来的。但他当时应该说出他们会看到什么,应该告诉她。"你很幸运,鲁波认出了你的伤疤。"

"我们称之为黑翰。"

"无论你管它叫什么,本来不用搞成这种局面。"

他紧抿嘴唇,似在思考她的话。"我不觉得。"

"不觉得？这也是你的一个秘密吗？预言未来？"

他忽然有了某种情绪反应。"不。"他断然否定。

夏拉皱起眉头。难道他从刚才的话里听到了她不曾察觉的意思？她强压怒火。事情已经解决了，也许比她预料的状况更好，多亏鲁波和他的老婆。塞拉皮欧依然是他们的贵客。

"如果我说错话了，我道歉，"她说，"我请你来甲板上是我的错。下不为例。"

塞拉皮欧重重地叹气，听声音很是失望。"如你所愿。"他转身要走。

"等等。"她伸手抓住他的前臂。他的皮肤是冰凉的，黑翰的触感既怪异又性感。一股战栗传遍全身，就像她的手卡在冰块里，却不觉得刺骨，更多的反而是舒坦。

他面对着她，等待着，显然并未意识到她触碰赤裸皮肤的感受。她立刻松手。

"我会让人给你送晚饭。送到屋子里。"她急忙补充道。

他盯着她许久，应该说，感觉像是他在盯着。她不知道他的眼睛蒙在布条里做什么。甚至不知道他是否有眼睛，尽管他昨晚说过他有部分视力。她怀疑不止如此。

"好的，船长，"他终于回应，"只要能让你和船员们舒服，怎样都行。"

白天再无意外发生。夏拉继续导航，一直在观察海风、海浪和太阳，但思绪不断地飘到塞拉皮欧身上。她不得不承认，他很迷人。他身上有种异样的特质，跟她很像。她甚至可以触摸到他体内翻滚的魔法，不禁对他的身份产生好奇。对他究竟是什么产生好奇。有人问他是不是守望者，但她怀疑他们问的是他是不是某类神职人员，她认为他不是。好吧，不完全是。他应该另有来头，肉体和精神都与神有所关联。

尽管如此，她也不敢确定他的存在是吉是凶。但鲁波毫无疑问对曾经的奥布雷吉人、现在的托瓦人热情高涨。大多数船员似乎开始接受这个想法，即，塞拉皮欧就算带不来好事，至少也不是诅咒。就连卡洛也沉默不语，虽然她更希望他能吭个声，这样至少知道他在表态。他把想法藏在心里实在令人不安，但她不会逼他。他不用喜欢船上的塞拉皮欧，只要容忍就行。

临近黄昏，船员们停工吃饭，夏拉安排鲁波给塞拉皮欧送去帕图做的粥和腌鱼。鲁波很是激动，说这个任务是他的荣幸，他现在肯定受到祝福了。

"你觉得奥多·塞都会跟我说话吗？"他问，似乎大气也不敢喘。

"什么？"

"随便说两句，不用说什么特别的。"

"我……"夏拉耸了耸肩，"为什么不呢？"

鲁波咧嘴一笑，端着鱼和粥快步离开。

夏拉若有所思地目送他走远。

她任由船员们慢条斯理地吃饭，把卡洛喊到舵轮处。

"怎么了？"他问，听不出敌意，但也缺少昨晚对她的那种热情。此人情绪多变，捉摸不透。她厌烦了猜测他是敌是友。必须了解他，判断他，把他拉拢过来。如果他不难搞定的话。

"我有东西给你看。"夏拉说。她一整天都在思考这件事，尤其是塞拉皮欧戏剧性地出现在甲板上之后，最终她下了决心。

他看着她，神色阴郁，疑虑重重，但她只是微微一笑。她招

招手,示意他坐到身边的船长凳上。他犹豫不决。

"我又不咬你,"夏拉说,"你不是我喜欢的类型。"

他面色一沉,于是她提醒自己不要调戏他。换成鲁波或巴特那样的家伙可能会笑,但就她所知,卡洛没有幽默感。

"坐。"她再次示意,带着命令的语气。他坐下了,谨慎地保持着距离,左半边臀部悬在凳子边沿。

她欲言又止。

夏拉说:"你昨晚跟我说,船员们整夜划船太辛苦了。"

"是,"卡洛慢吞吞地回答,"他们可以坚持一天,也许两天,但坚持一周甚至更久呢?他们会崩溃的。而如果没人划船,我们会随波逐流,成了一块漂在海上的烂木头。"

"要有动力,保持方向不变。"

"是。"

她举起手来。"我有办法。滞克的办法。"

他咬着嘴唇,盯着她。

"今晚我来划。"她说。

卡洛扭头看着挤在篷子底下的船员们,他们正在吃饭,船桨搁在空凳子上。"怎么划?"

"我不能每晚都这样,"她说,"我也得睡觉。而且速度也赶不上二十个人一起划,我只有一个人。但为了这趟航行我会尽力。为了我们所有人。"

她站起来,离开他,离开在篷子底下端碗吃饭的人们,面对海水。面对她的母亲。不是生她的女人,而是大海,她真正的母亲。她的族人的真正的母亲。

她张开嘴。

她歌唱。

音调从她的胸腔深处出发。它们升到她的喉咙,在她的舌尖上灵活地翻转,从她的嘴唇流泻而出,犹如大海发出的声音。她选了一首简单的歌,儿时的歌,是对大海的温柔召唤,请它保护她的安全,带她去远方的海岸。她即兴唱出歌词,提醒大海他们是一家人的事实,海浪是她的兄弟,咸水是她的姐妹。生活在海面之下、在水中畅游的动物是她的表亲,家人帮助家人。

她的母亲回应了。一开始几乎察觉不到,很快他们动了起来。卡洛抓着船舷,敬畏地瞪大眼睛。

她继续歌唱,歌声渐强。更加响亮,但依然温柔。是请求,不是命令。等她确实感觉到他们在前进,大海会按照她的请求,持续推动他们朝着西北偏北的方向前进时,她以感激作为收尾,结束了歌唱。

成了。她站立不稳,一屁股跌坐在凳子上。她的状态介于精疲力竭和欣喜若狂之间。她对使用自己的歌非常节制,她从未这样唱过。旋律来自过去,歌词是即兴发挥,但歌的生发依靠情感,信念的真诚。她酝酿了许久,让信念淹没身心。

她转身面对卡洛,发现全体船员都站在他身后,盯着她。她心跳加速,准备应对突发状况。船长是滞克无所谓,但使用魔法是另一回事,哪怕是在帮忙。她不敢保证船员们能接受,虽说在航行中他们遇见过各种稀奇古怪的事情。

但他们既不愤怒,也不恐惧。

只有尊敬,卡洛也不例外。

她说:"我向你们保证过十六天抵达托瓦谢希。你们付出最大努力,我也毫不保留。说到做到。"

"滞克。"卡洛终于带上了尊敬的口吻。

"滞克。"船员们以同样惊叹的语气重复道。

她粲然一笑,微微颔首。

"去休息吧。"她疲倦地摆摆手,示意他们走开,"别浪费我的心血。我的歌可以把船推到日出的时候,然后你们有一部分混蛋就要开始划桨了。"

"我第一班。"鲁波高兴地说。

"是,"巴特说,"我跟他一起。"其他人也纷纷表态。

她点点头,心满意足。她扫视着船员。少了一个人。帕图。厨子呢?也许他还是不太舒服,她隐隐有些担忧。所有人当中,数他最讨厌塞拉皮欧。不过帕图绝对不会当真干什么傻事。可是,他人呢?

她正准备喊他,然后就看到了,那人缩在芦苇篷子底下,裹着条纹毯子,看样子惨兮兮的。她设想过最坏的情况,怀疑帕图可能是杀人犯,而他只是病了。她暗暗为错怪这个家伙道歉。

"帕图!"她喊道,"你两班都休息。来个人替他划桨,等跑完这趟船,你钱袋里的可可肯定多。"

一个额头既斜又高,头发剃到离耳朵老远的人自告奋勇。

"感谢,阿坦。"她想起了他的名字。

这样使用她的力量是很冒险的,但她认为,既然得不到卡洛的友谊,那就要得到他的尊敬。她要获得他们所有人的尊敬。尽可能维持得长久一些。

CHAPTER 17

新月海
太阳历 325 年
(连珠日 19 天前)

    今天舅舅允许我陪他去鸟舍。这种邀请很是少见，因为一般只有骑手能去，不过他的坐骑派达找到了伴侣，很快就会去它们的栖息地。他告诉我，乌鸦和伴侣是相伴终生的，我觉得不可能，并说了出来。他笑着解释说，它们交配起来很随便，但忠于伴侣，两者不一样。我问他乌鸦是否会相爱，他非常肯定地告诉我不会。

          ——摘自《乌鸦观察》，萨娅著，时十三岁

    那个自称鲁波的家伙给塞拉皮欧送来了晚饭。鲁波的口音带点抑扬顿挫的旋律感，说起话来没完没了。他似乎相当敬畏奥多·塞都。这种经历很有意思。塞拉皮欧习惯了被人讨厌，甚至畏惧，但从未受到尊敬。他说不清自己的感觉。所以两人简单交谈了几句，气氛颇为尴尬，那人离开时塞拉皮欧感到欣慰。

    他在听到夏拉的歌之前就有所察觉，积聚的能量类似天气的变化。像夏日黄昏风雨欲来的山谷，绵绵雨水骤然从天而降。

    他聆听着在周围游荡的音符。他认出那是魔法。他感到巨大的能量在涌动，调整着方向。但与他召唤阴影的方式不同。然后

他放下了挡板,缩进体内的阴影,让一部分阴影浮现在外。

夏拉的歌是一种邀约。邀约外部力量加入其中。虽然这种潜能大得难以估计,他不免抱有戒心,但他并不害怕。这不是针对他的。

他等到人们鼾声四起,有些人呼吸轻柔,听不到什么声音,其他人的鼾声响亮而滞重,说明他们累坏了。不过,等他确信他们都睡着了,他系上遮眼的布条,离开了屋子。

回忆前去船长席位的路线很简单,但他不紧不慢地摸索,以防船员擅自挪动货物,在他不知情的情况下挡了路。还好,道路通畅,他在预料之中的地方找到了她,她很兴奋,充满力量。

"奥布雷吉人。"她打了个招呼。

他一路上轻手轻脚,她竟然听见了响动。

"在我的船上,我什么都能听见,"她的语气是喜悦的,带有戏谑的意味,"尤其是在我歌唱之后。你好奇的就是这件事吧?"

"是的。"

他听见她在凳子上移动重心。她响亮地打了个哈欠,传来类似骨头裂开的响动。"你有什么事?"

"你现在应该知道我是托瓦人了。"

她咕哝了一声,似乎不太信服。"都是吧,我认为。两个地方都有你的位置。"

"类似你的滞克身份?"

"啊,不过今晚我完全就是滞克,我觉得。"她高兴地笑了起来。

她的情绪富有感染力,他也想笑。他没有笑,但他在考虑。

"我可以坐下吗?"

"请吧。"

他左边的小腿碰到了凳子,跟前一晚记忆中的位置不差分毫,然后他伸手摸了摸木头。凳子有海水浸染的潮湿感,但因为长久使用,触感光滑。他小心地坐下,感觉水汽渗进了衣服。冰凉凉,湿乎乎,不过夜晚是暖和的,晚夏尚未屈服于寒冬。

他们坐在一起,他沉默不语,她轻声哼唱,这首歌听来主要是重复的旋律,朗朗上口。他也附和着她哼了起来。

她突然停下。沉默片刻,她说:"你知道这首歌?"

"不,"他承认,"我只是学你唱的。"

"学……我唱的?"他听见她又动了,双脚从栏杆上收下来。

"很抱歉。我冒犯你了吗?"

"不是,"她说,"只是吃惊。这首歌是浠克的摇篮曲,你要是知道那才奇怪了。"她笑了,他发现自己喜欢上了她的笑声。"我刚才没注意到我在哼歌。"

"日落时你唱的是同一首。"

"我……是的,算是吧。"

"真好听。故事里提到过浠克的歌充满力量,但从没提到过好听。"

她的喉咙发出了某种声音,略带不满。"什么故事?"

"在奥布雷吉流传着梅里迪恩大陆各地的故事。有沿海城市,包括最大的奎科拉、圣城托瓦,还有全部内河城市,比如霍卡伊亚和巴拉施。"

他听见她凑近了,胳膊肘抵在膝盖上,传来布料摩擦的窸窣声。"在奥布雷吉,人们是怎么说浠克的?"

"说他们生活在世界边缘的一座巨大的水上城市里,任何水

手都找不到那里。所有去寻找的人都失踪了。"

她的呼吸轻柔而平稳,但开口问话时忽然变得急促。"那些失踪的水手出什么事了?"

"有的说他们只是在海上航行得太远,找不到返回的路。还有的说他们找到了渧克的岛屿,但岛上的居民太美了,所以他们选择留下,再也不回梅里迪恩了。"

"净说好听的。"她咕哝道。

"还有的说……"他犹豫了,忽然意识到这个故事接下来的部分不大友善。

"说啊。"她催促。

"还有的说找到岛屿的水手被引诱……然后在盛宴上被吃掉了。"

沉默降临,他确信自己说错了话,但很快她发出欢畅的笑声。"吃掉,我喜欢这个说法。让胆小鬼离得远远的。"她抚掌大笑,"还说了什么?"

他迟疑片刻,接着说下去。"故事讲到过一位渧克公主。"

"噢,来了,这是你的第一个错误,"她爽朗地说,"渧克没有公主。也没有女王。"

"没有男人?故事里也说了这个。"

"我是从鱼卵里孵出来的,"她的语气充满讽刺,"还有呢?"

他注意到她没有回答之前的问题,语气有了隐隐的不安。她有所隐瞒。他可以从她说话时上扬的尾音听出来,还有她脚后跟的叩击方式。他希望了解她的秘密,但他珍视两人之间的交谈,不愿逼问。"还有你们骑在海牛的背上。"

"没错,"她严肃地说,然后又发出笑声。她听起来如释重负。"但我们先得征求许可。我们当它们是兄弟姐妹。我们绝不能不经允许就骑上兄弟姐妹。"

他明白她开了个低俗的玩笑,于是提起嘴角,勉强一笑。他的反应得到了她的肯定。"啊,你也有幽默感。"

"我想知道一些事。"他不理会她的嘲弄。

"什么事,故事里没讲到的事?"

"故事的内容太有限了,又不能提一些该提的问题。"

"你要提什么问题?"

"完全看不到海平面,你在晚上是怎么导航的?不管看哪边都是一样的,你怎么知道我们依然朝着托瓦的方向航行?"

她不说话,但他能感到她身上嗡鸣的能量,她唱向大海的歌余音未散。答案与此相关,他知道。是她的魔法。

"这是渧克的秘密,"她终于开口,"这就是尽管他们很迷信,我依然是船长的原因。"他感到她甩手示意身后的船员。"尽管我是女人,年纪轻轻,要是在陆地上他们绝对容不下我。"

"但他们在海上敬畏你。"

她突然屏住呼吸,似乎吃了一惊。"是的。"

"你能教我吗?"他问。

他能感觉到她的目光。观察。评估。

"你看不见。"她说,似乎他忽略了明摆着的事实。她的语气带着歉意。

此时他微微一笑,自知染红的牙齿在月光下闪烁。"一个能通过海浪在脚底移动的方式来熟悉海浪、通过海风亲吻脖子的方式判断海风的女人,还会对瞎子想要学习大海的知识感到吃惊?"

"可是星星……"

他向前探身,把手按在她腿上,近到她大吃一惊,吐出的气息喷在他脖子上。她的魔法弥漫在空气中。"夏拉,我是祖父鸦,

你没有听到吗？你可以研究星星，而我是星星之间的阴影。告诉我你看到了什么，我能明白。"

他感到她心跳加快，呼吸急促。是因为害怕，还是仅仅因为他凑得太近，他说不好，但他没有退回去。

她清了清嗓子。"好吧，那么，"她的声音微微颤抖，"把手给我。"

他伸出双手，掌心向上。他感到她的手指碰到了他的右手掌，一开始踌躇不决。不过等她开口时，她的手指压了下去，踏实多了。

"你刚才说了你的同胞口中的我们，"她说，"让我来告诉你，我们是如何描述我们自己的。我们是渧克，意思是'人民'，我们的生活方式是渧克，我们的岛屿是渧克。你明白了吗？"

"全都是一回事，"他立刻理解了，"你们和你们生活的地方没有区别。"

他似乎感觉到她在微笑。"不错。"

"那么水呢？"

"啊……"她满怀尊敬地轻叹一声，"我们称水为艾尔－渧克。我们的母亲。永恒不变，赋予生命，滋养生命。"

他顺着直觉，思考她如何形容星星。"天空是你们的父亲？"

"不，"她断然否定，"渧克没有父亲。"

他眉头一皱，迷惑不解，但把疑问咽进了肚子，否则又会得到关于鱼卵的嘲讽回答。

"我们称天空为她的情人，"她说，"三心二意，变化莫测，真的，时冷时热。"她的手指沿着他的掌纹划过，他不禁打了个寒战。她笑了，笑声低沉，充满挑逗的意味，一时间激起了他强烈的欲望，令他措手不及，这种罕见的情绪实在古怪。他脸颊发烫,坐在凳子上扭动。

他感到她停了下来,似乎注意到了他的反应,手指依然贴着他的皮肤,两人的呼吸搅成一团,然后她继续说下去。"我们是流动的民族,永不靠岸。这就是为何我们不会被人发现,除非我们主动现身。我们随着潮汐旅行,我们借由母亲的乳汁学习解读夜空。"她的手指再次移动,在他摊开的掌心上画了一个圆,"天空是穹顶。太阳从这里升起……"她在他右手的大拇指旁边点了一下。"在这里下沉。"他想告诉她,失明并不意味着他不知道太阳从哪里升哪里落;他前十二年看过日升日落,那之后,他能通过阳光照在皮肤上的热度判断它的方向,但她还在说话,手指在他掌上描绘,于是他没有打断。她又画了一个点,一条直线穿过他的左手掌。"这里是北,这里是南。"她的嘴唇发出轻微的爆破音,仿佛泄露了一个保存在齿间的秘密,"现在天空在你手中。"

他知道那是比喻,但感觉真的像她在掌心里创造了某种实物。他小心翼翼地捧着,想象它有多么珍贵。

"不过只有方向是不够的,"她继续说,"你说得对,晚上没有太阳,发挥不了海平面的作用。"

"所以你依靠星星导航。"他想起她之前提到了星星。

"是,也不是。星星在动,升起,转移,落下,就像太阳。但如果你把这张图分成——"她的拇指划过他的手掌,从中间开始,向东西,再向南北,"四个象限,每个象限再分成四个象限,也就是十六个象限,那么这张图就能让你追踪星星。当一个星群升到这里的水甲虫家族时……"她点了点他的手,位于刚才在拇指上所画的东方海平面下方。"它会在这里落下。"她的手指斜着划过去,停在对面的西方海平面上方,"那么如果我设定的航线使得水甲虫星群在我背后,整晚都看着它,让船稳定地朝着对面

的家族行驶,我就可以在没有太阳的情况下领航。"

"空间意识。你航海的方式跟盲人走路的方式一样。"

"是吗?"

"是的。"他捕捉到了一个细节,"这个家族的名字,你称为水甲虫?"

"是的。"

"其他的呢?"

"其他的天空家族?黑鸟,白鸟,水蛇。"

"就像托瓦的天创氏族。名字都几乎一样。"

她轻蔑地说:"对渧克而言,这些不是真正的家族,也不是真正的氏族。那里没有托瓦的巨大禽兽,只是记录天体在天空的移动轨迹。"

"但必然存在着某种联系,"他不肯罢休,"在托瓦,人们学到的说法是祖先来自星星,来到大陆上定居。渧克是怎么教的?"

他能感觉到她离得远了,身体的热度脱离了他,她暖洋洋的气息不再喷到他脸上,看来她没有兴趣寻找渧克和托瓦人之间的相似之处。

她作答了,但语气勉强。"我们是从海里爬出来的,是巨海牛的后代。"她顿了顿,又说,"正如我说过的:兄弟姐妹。"

又一个玩笑——至少他觉得是。

"我想我更喜欢天空。"他坦率地说。

"你这样的人当然喜欢天空了,星星的阴影,献身于乌鸦。"

他咧嘴一笑。他想讲讲自己的故事,分享他和奥布雷吉的事情,也许可以说说母亲和托瓦。好吧,是他从故事里听说的托瓦。他希望夏拉多少了解一点他,正如他现在感觉对她有了一点了解。但母亲的声音制止了他。你会有很多敌人。沉默是你最好的同盟。还有导师们的声音,提醒他没有人是他的朋友。所以他忍住了。

"谢谢你。"他真心诚意地说。

"不客气。"她听起来很意外,但也很高兴。这次向她请教,他心想,做对了。现在他多了一个故事,多了一个地方,在不眠之夜陪伴他。

"你今晚要做什么?"他问。

"熬夜盯着星星。保证不偏航,直到天快亮的时候下一班桨手开始干活,他们需要太阳指路。"

"你会睡觉吗?"

"到时候再睡。"

"我可以陪你。我白天睡得很多,而且我不累。"主动要求留下来是很大胆的提议,但他记得两人肌肤相亲的感觉,渴望她再一次握住他的手。由于只能长时间隔着墙板听船员们打趣,他尤其喜欢她的嗓音。

他听见她滑向右边,衣服在木凳上摩擦,然后她拍了拍刚刚空出来的位置,发出邀请。他伸手摸到了路,挪动身体,坐到她身边。他们的腿隔着布料碰在一起,肩膀抵着肩膀。他可以感觉到船在移动,她施放的魔法托付海浪推着他们前进,他可以听见海浪温柔地摇晃轻舟。相距这么近,她闻起来是盐、大海和魔法的气味,没错,不过同时还有干净的汗水与她涂抹在头发和皮肤上的油脂味。空气相当凉爽,但坐在她身边,他感到暖洋洋的。

"再给我说说渧克的事。"

"有什么好讲的?"

"再讲一个故事。"

"什么样的故事?"

"我只知道一个关于公主的故事。我不想听谎言。"

"所有的故事都是谎言。"她夸张地呼了口气,"身为乌鸦爷爷,你要学的东西很多。"

他想说她错了。从某个角度说,所有的故事都是真的。但他没有坦白:"我对世界没有多少亲身体验。我知道的只有故事。你能多跟我说说吗?"

出乎意料的是,她答应了。或许不是最重要的,也不是最秘密的,但她讲了滞克的故事。关于海牛诞下她的同胞。关于礁石有多么巨大,以及鱼如何有了条纹,为何绝对不要在满月时抓螃蟹。

他喜欢每一个故事,忍着不去打断她,等她讲完后才迫不及待地提问。他越来越容易理解她开的玩笑。他发现滞克的笑点主要围绕生理功能和裸露以及被女性亲属撞见的尴尬处境。还有关于大陆居民花钱方面的笑话,通常是讲一个水手钱多到有喝不完的酒,有时候又喝不起一口酒,还有不会游泳的人淹死了多少。他没有告诉她的是,他就不会游泳。

晚间,她时不时地在船上来回巡视,大概是去检查黑暗中可能发生的问题。他会计算她的步数,等她回来坐下,然后她很快又会讲一个故事。当夏拉说月亮开始落下,他应该回去休息的时候,他不敢相信一个晚上过得这么快。

"你现在要睡觉吗?"他问。

"等太阳升起,我确认了白天的航向之后就睡。"她说。

"你愿意来我的屋子里睡吗?"他的本意是为她遮阳考虑,但话一出口,他就意识到有歧义。

不等她回答,他听见脚步声过来了,然后是他熟悉的话音。

"船长?"

"卡洛。"她立刻起身,两人的膝盖相撞。她走上前去迎接大副。

接着两个水手开始交谈海风、天气和别的话题,他听不大明白。他撑起身体,轻声道歉,从两人身边挤过去,顺利地返回了自己的屋子。

一进去他就取下蒙眼布,躺在作为床铺的芦席上伸展手脚。船在他身下轻轻摇晃。低沉而困倦的声音透过墙壁隐隐传来,卡洛叫醒了第一班划桨的船员。

塞拉皮欧面带微笑,心满意足。他抚摸着夏拉在他掌上画出的半边天空,一遍又一遍,然后他睡着了。

CHAPTER 18

托瓦城

太阳历 325 年

(连珠日 13 天前)

  总有人力劝你打仗。问他们目的何在。如果你发现目的是为了和平,可把战争作为终结的手段;如果是为了接二连三的战争,让他们好走不送。

        ——摘自《军事哲学》,霍卡伊亚军事学院教材

  奥括在奥多大宅的廊道上晃悠,他情绪阴郁,一如悬挂在浅灰色墙壁上的旗子。母亲的葬礼将于正午在太阳岩举行,这就意味着他整个上午都无所事事,除了胡思乱想和来回踱步。关于服装的问题,他已经跟姐姐争论过了。姐姐希望他穿上出席葬礼的白色长袍,合乎传统,但他想穿豹皮制服,勉强也算合乎传统。

  "你怎么总是我行我素?"她冲他大吼。这种指责实在荒谬,说话时埃莎正在让三个仆人将云母片编在她精心做乱的头发上。他们的重逢最多算得上友好。两人立即恢复了彼此熟悉的童年时期的关系,她为弟弟的散漫而愤怒,他为姐姐的要求而恼火。

  "母亲不会在乎我穿什么。"他反驳道。

  "母亲死了。"她冷冷地说。

  "死在床上,是吗,姐姐?"

"又来？等到最后他们当然会发现她死在河里的事实，不过老实说，奥括，我不打算回答接下来的问题。那些好奇心过重的、病态的问题。我撒谎不过是为我们争取一点时间。"

"我们？"

"是的，不管你喜欢不喜欢，你也是这个家族的一分子。"

"你说什么？"他难以置信地反问，"家族就是我的一切。"

"啊，可你不在这里，对吧？你去年就从军事学院毕业了，结果你还留在那里，到底在做什么？你从来不说。我不得不一个人料理母亲的后事。"

他咬紧牙关，羞愧难当。大宅里有很多姨母和亲戚，他们当时毫无疑问都在帮助埃莎应对母亲去世带来的影响，他没有指出来，因为那不是姐姐的重点所在。"这样说不公平，埃莎。母亲要我留在霍卡伊亚。"

"她要你去接受训练，然后回家。"

"回家干什么？只要采亚在任，我就不能成为护盾。"

"你可以做别的事情。"

"变成一个在狼喉的赌桌边打发时间的纨绔子弟，还是流连花街柳巷？这里没有我的容身之地。我在外面对我们家族有好处。"

"是吗？我可不知道有什么好处，弟弟。"

她傲慢的语气，她永远能直击痛点的说话方式，使他深感惭愧，他本该承担责任，却拿自己的所爱寻开心。他猛地一拳打上墙壁，力道很大，骨头都疼了，他不禁咬紧牙关。但感觉不错。实在。肉痛可以缓解心痛。

"打完了？"她语气轻蔑，声音却因为恐惧而微微颤抖，仿佛他的暴力是冲她而来的。太过头了。他逃离了她的房间，以及她

的评判。

你在做什么？他一边想，一边在走廊上大步流星。她不仅仅是你的姐姐，她还是食腐鸦的主母。你是她的护盾长。最好是现在就开始扮演这个角色。

他走着走着，松开了拳头，手指依然因为捶打墙壁而发麻。懊恼和悲痛在他内心交战。他没有忘记母亲留给他的信息。画在树皮纸上的唯一图案，警告生命的中断。它只能意味着她是被谋杀的，葬礼这场闹剧毫无意义。天创氏族将相聚几个钟头，哀悼她的离世，而他们当中有一个或不止一个要为她死在河里负责。

他没有对埃莎说出自己的怀疑，甚至没有对采亚说，奥括可以发誓，采亚是他去霍卡伊亚之前最信任的人。三天来，他将秘密埋在心底，用怀疑与愤怒滋养它。然后他像个被宠坏的孩子，对姐姐大发雷霆。

他登上通往鸟舍的宽大石阶，仆人和家族的亲戚纷纷散开。这间露天鸟舍位于奥多最高处，只能从大宅里进入，一条狭长的裂谷隔开了托瓦周围的土地，裂谷深不见底，漆黑一团。他一直都喜爱鸟舍，而从他自霍卡伊亚回来，鸟舍成了他的避难所。

与其他天创氏族不一样，食腐鸦不把他们的鸟儿关进笼子。囚笼有违一项虽然从不明说，但氏族内部一致理解的铁律，更重要的是，乌鸦受不了禁锢。人和乌鸦之间是合作关系，出于自愿互帮互助。奥括喜欢这种关系。正如他对自我内心的遵从，他也尊重贝伦达的自由意志。

仿佛感知到他的想法，坐骑发出响亮而短促的叫声迎接他的到来。他的精神立刻放松了，深沉持久的平静取代了愤怒。他咧嘴笑了，今天第一次笑，随后他温柔地抚弄它头上光滑的羽毛表达问候。他把手伸进腰间的袋子，掏出一把虫子。

贝伦达一通啄食,把他手里蠕动的虫子吃了个精光。

"这里只有你还保持着理智,贝伦达,"他喃喃着,戴手套的手指捋过它的翅膀,"我不知道怎么熬过今天。"他想为大鸟装上鞍具,爬上它的背,飞去远处。忘掉葬礼和他的责任。他可以返回霍卡伊亚,或者去到没有城市的遥远北方,甚至新月海沿岸的某个港口大城市。骑在贝伦达背上是多么威风啊。这个想法令他开心,哪怕它转瞬即逝。

事实上,他不会去任何地方。托瓦是他的家,食腐鸦是他的使命所系。他对同胞负有责任,他是不会逃避的,无论在类似今天这样的日子里,逃避的念头有多么诱人。他们承受了太多,失去了太多。刀兵之夜依然是乌鸦家族跨不过去的坎,包括他自己。母亲失去了她的祖母及其大多数同辈,她的遭遇并不独特。整整一代人在那一夜被屠杀。

回忆令他颤抖,令他想到刻在胳膊和后背、藏在一层衣服底下的黑翰。

"我们会讨回公道。"他轻声说。他不清楚如何去讨,也不知道何年何月,但天创必将因为共谋付出代价,天空塔也要低头认罪。也许不由他去讨,但也是他的孩子或者孩子的孩子。他毫不怀疑这件事必然发生。这是正义,邪不胜正。

"大人?"

奥括闻言转身。说话的是一个鸟夫,个头矮壮,上了年纪,一身宽松的衬衫和裤子,提着一根耙子迎面走来。

"阿士克。"他问候对方。他很熟悉阿士克。此人打小在鸟舍里帮忙,照顾过氏族里两代巨鸦的孵化。

阿士克颔首致意。"我就知道是您,奥括大人。"

奥括抱了抱他。"是我。真希望能在一个高兴的日子回

来……"

"是啊,是啊。"年长的男人叹息道,"太可怕了。"

奥括抓着阿士克的上臂,用力捏紧。"你怎么样?其他鸟夫呢?"

"噢,我们没事,大人。当然很悲伤。很心碎。您母亲一向仁慈。她带我们进大宅,待我们如家人。"

奥括知道天创氏族从旱地雇佣仆人,但不允许他们生活在自家,即使那样更合理。鸟舍里的鸟儿需要持续不断的照顾,尤其是它们可以自由来去。让鸟夫住在大宅里,靠近鸟儿,是非常实际的安排。托瓦社会有严格的等级之分,但为了乌鸦,可以有例外。

"我不在的时候贝伦达怎么样?"他问。

"噢,它想念您,"阿士克肯定地说,"但它能独立生活。您今天骑它去参加葬礼吗?"

"不。可能会下雪,起风暴时峡谷里的气流变化莫测。我不希望它受伤。"

"那么大家都走过去?"

"是的。"

贝伦达用黑色的鸟喙顶了顶奥括,他笑了。"我喂它吃了喜欢的零食,希望你带正餐来了。"

"是。"阿士克说着,双手拎起桶的把手。他走向沿着露天鸟巢架设的食槽,把桶里的东西全都倒了进去。奥括看到了昆虫和切块的水果,这个时节肯定是从干货储藏室里拿出来的,还有五颜六色的玉米粒。

"一顿盛宴。"他说。

"它应得的。不过……"老人迟疑了,"我来这里还有别的原因,大人。"他再次颔首。

奥括闻言一凛,再次警觉起来。

"你说。"他谨慎地说。阿士克是不是知道母亲之死的内幕?他只能等到现在告诉奥括的事?

"您听说过奥多黑吧?"

奥括皱起眉头。"狂信徒?"他不禁有些丧气。他不该抱什么希望,哪怕片刻都不该。

奥括从未问过鸟夫的信仰,有什么必要呢?但此刻他开始怀疑对方是信徒。

"是的,我知道他们。我参加过一两次集会。"

说实话那件事不值一提。大多数食腐鸦子弟到了一定年龄至少会参加一次奥多黑的仪式,不是出于好奇就是为了炫耀胆量。很多人都有某个亲戚是组织里的成员,比如年长的阿姨或表亲。在奥多,这是不可否认的现实,即便其他托瓦人和塔里的守望者们以为他们已经一蹶不振。

听到奥括的话,阿士克咧嘴笑了,露出一口不整齐的、曾经染成红色如今是灰色的牙齿。"他们说风暴将至。很快。奥多·塞都即将回归。"

奥括点点头。这个说法他从小听到大,为刀兵之夜复仇,氏族重获荣耀和骄傲。

"他们派我来,"阿士克神秘兮兮地凑近,"让我邀请您参加他们下一次集会。就在今晚,葬礼过后。"

奥括摇了摇头,脑筋转得飞快。"那时候我应该跟家人在一起哀悼。"身上抹灰,守夜到翌日清晨是习俗,所以他没有撒谎,但他很高兴有这个现成的借口可以用。

阿士克把什么东西塞进他手里,一根乌鸦羽毛,有人用粉笔

在其中一面上写了字。"这是我们聚会的屋子。如果能来的话，今晚就来。如果不能，下次再来。那里总会有奥多黑欢迎您，奥括大人。"

老人正要离开，被奥括叫住了。"谁让你来请我的？为什么找我？奥多黑要我做什么？"

阿士克眼中闪着泪光，显然正在克制某种强烈的情绪。奥括不自觉地退了一步。

"风暴将至，大人，我们希望您教导我们。"

奥括渴望为自家氏族讨回公道，但不是以加入狂信徒的方式。他们太盲目了，男男女女都坚信只要尽力祈祷，就能唤醒一个故去千年的神。要说他在霍卡伊亚学到了什么的话，那便是正义来自人们对不法之徒的追责，而不是来自说不清道不明的天谴，更不是依靠暴力。

他把羽毛塞回对方手里。"我帮不了你们。你们找错人了。我不想跟奥多黑和他们重生的神扯上关系。"

不等阿士克回应，他掉头就走，离开了鸟舍。

风暴将至，我们希望您教导我们。奥括和不计其数的亲戚以及奥多市民列队向太阳岩行进，送他母亲前往死亡之地，一路上他反复咀嚼这句话。风暴将至，我们希望您教导我们。风暴将至，我们希望您教导我们。

"星星啊，奥括！你至少能做到不走神吧。我们可是去参加母亲的葬礼啊。"

奥括晃了晃脑袋，收回思绪。他刚才陷入沉思，不小心踩到了埃莎的裙边。她那身服丧的白衣拖曳于地面，在街道上沾了一层尘土。如果她真的遵守传统，她应该赤脚才对，但一个钟头前飘起了雪花，冷风吹在皮肤上，犹如冰刺刀割。而且，按照传统，他们得裸露胳膊，在哀悼之时展露黑翰。但埃莎身披厚毛皮大衣，衣料来自某种可怜的白色动物，至于其他亲戚，那些表亲、姨母和舅舅们，都跟在他们的新任主母及其护盾身后，装束大致相同，只是派头没那么足罢了。

"抱歉，姐姐。"他咕哝道。

"我看你还是选了一身黑。"她干巴巴地说，她冲着他身上的皮衣挑起眉毛。他不仅仅穿上了制服，还披着一件用贝伦达脱落的羽毛制成的鸦羽斗篷。是他亲手缝制，上好油，并且精心维护的。近年来他第一次披上这件斗篷，再度上身的感觉很好。

我看你像一只追着我哧的饥饿海鸥，他心想，但终究没有说出来。这话他今早可能对埃莎说过，但他现在明白了，她之所以一点儿小事都要挑他的刺，是为了逃避接下来要面对的事情。他之前也不分青红皂白地指责她。说到底，两人都陷于悲痛之中。

"你对奥多黑知道多少？"他换了个话题。

她一时哑然，毫无疑问，她以为他会顶嘴。不过，她还是回答了问题。"他们为人民做了很多事。"

这个回答让他感到意外。"我离开的时候，他们基本上还见不得光。他们一门心思举行召唤乌鸦神的仪式。"

"他们依然还是秘密行事，只不过没人蠢到当街高呼鸦神重生，当然也没人再妄议推翻守望者和太阳祭司。谁都不想再来一回刀兵之夜。所以他们明面上以慈善事业为主。喂养孩子，关照寡妇。诸如此类。"

"军事训练呢？"

她压低了声音。"我没有听说过这种事情。"

"今天一个狂信徒找我说话,是我认识的人。他请我去训练他们打仗。"

她皱起眉头,思考着。"武装暴动吗?"她问。

"就算有一两百个战士,他们也不可能挑战有其他氏族支持的天空塔。"他若有所思地摸了摸斗篷的黑曜石扣子,"自称食腐鸦的人有多少?"

"两千左右,不过包括了不能战斗的孩子和老人。"

他思来想去。也许五百就够了,可是……不行。战争不是答案。"没用。训练他们对付刀兵祭司得花费好几年,到时候又是一场屠杀。结果呢?我们扳倒祭司,让奥多黑取代他们吗?"

"我担心的是他们来找你,"埃莎说,"我一直在想他们什么时候会采取行动。母亲生前太放纵他们了。"

"什么意思?"

"你离家期间,他们的人数增加了。她对他们的放纵不是什么秘密。任由他们随心所欲,也不管他们是否威胁到我们所有人。"

"你打算改变这种状况吗?"他小心翼翼地问,尽量不表露他对这件事的想法。

"等冬至过后,事情平息了,我正式成为氏族主母,我会让你率领护盾将他们带回正道,也许得削弱他们的势力。他们越来越冒失了。你刚才也说了。我们最好制止他们的荒谬计划,否则他们真的可能干出什么傻事,把所有奥多人的脑袋都按到砧板上。昨日重现。"

他情不自禁地打了个寒战。那种事情当然不能再发生了。这一次,其他天创氏族将站出来维护食腐鸦。这一次,守望者也接受不了为了消灭少数狂热分子而屠杀那么多无辜之人。

然而，如埃莎所建议的，率领护盾约束自己的同胞？他同样接受不了。这种感觉类似于背叛，是对整个食腐鸦氏族的伤害。

他们抵达了通往太阳岩的桥。桥的另一头，他看见了暗淡的金色和蓝色，飞雪中柔和的绿色。其他氏族已经到达并且就位。也就是说，圆圈的正中央，在他看不见的地方，是太阳祭司。她此时就站在那里，戴着黄金打造的面具，她的希悠——全都是杀手——围在四周。

"你脸上没有涂？"

埃莎的脸上抹了灰，还有浓重的红纹画在她眼底，犹如泪痕。

"我没有时间。"

"忙着思考？"她怜爱地抿起嘴唇。

"我……"他耸了耸肩。

她叹了口气。"过来，弟弟。"

他走近了，她伸出一根手指抹了抹自己脸上的红纹，颜料沾在指尖上。"闭上眼睛。"他照做了，于是她在他脸上从额头到面颊画了三道，越过了眼皮，左边两道，右边一道。

他睁开眼睛，发现她满意地盯着自己。

"好多了？"他问。

"好多了。"她收敛了笑容，昂首挺胸，"现在我们去让他们看看身为乌鸦的意义。"

CHAPTER 19

托瓦城
太阳历 325 年
（连珠日 13 天前）

  至关重要的是，太阳祭司必须统一之上和之下。他必须映照上天的秩序，收容大地的芜杂。唯两界统一才有平衡，失去平衡，世界必将倒向混沌。

——《太阳祭司手册》

  娜兰帕周围的空气隐隐沸腾，尽管风雪已经降下了好一阵子。清晨时分飘洒的小雪变成大雪。积雪染白了世界，好似上天在哀悼乌鸦主母。聚在太阳岩的人群正在等待食腐鸦的出现，嘈杂的响声在大雪中化作不耐烦的低语。

  他们确实迟到了。不过这是他们的特权，因为按照礼仪，其他氏族不能比他们到得更晚。为了避免这种有失体统的局面，他们当然会迟到。

  娜兰帕不在意。她心里有太多事情，葬礼可以有效地转移注意力，回归她所钟爱的职责所在。她又是那一身黄色法衣、白昼斗篷和太阳面具。戴上面具，犹如沐浴在夏日暖风中，哪怕她此刻身处暴风雪的中心。她感到力量近在咫尺，宇宙奇观和天空之轮触手可及。她甚至开始相信古老的道法和神明。如果现在有人请教，她可以轻而易举地根据星星的排布占卜他们的未来。

她希望可以借用这种力量占卜自己的未来，或者任何一位祭司的未来。然而这是严令禁止的，也是她不会违背的规定。并不是因为她严格守法，虽然她也确实循规蹈矩。而是因为她不想知道。

她望向艾芭。西济祭司头戴面具、身披法衣，焦躁不安地站在她身边。自从她在主母会议上耍诈过后就没有对娜兰帕说过话，娜兰帕对她也一样。毫无疑问，这个年轻的女人等着娜兰帕指责她，在主祭会议上或者至少在四会集合时点她的名。不过娜兰帕更愿意吊着艾芭的胃口。就让她煎熬吧，猜测我有什么计划，娜兰帕心想。也许能令她无暇顾及其他。

这样做有风险。艾芭可能会变本加厉，但娜兰帕不会坐以待毙。她置艾芭于焦灼的境地，将埃切降级成为最低阶的辅祭。他不再是继承人的人选，甚至没有跟天空塔里的其他辅祭来太阳岩。她要求他留在塔里抄写档案，也就是此前海山报告说正在腐朽的那些卷宗。这种极其费手的艰辛任务一般留给初来乍到的辅祭，现在全都压在埃切肩上。

他接受了惩罚，二话不说。她知道他们之间的恩怨尚未了结。他有强大的靠山，尤其是金雕的鲁玛。但他同时也树了敌，不仅在塔里，也在氏族内。她觉得这样足以挫败他的野心，等到避静结束后，她再寻找更好的解决方案。

一想到避静，她的肚子就叫得厉害。她跟所有祭司一样，在冬至日前禁食。他们只能在清晨和上床前吃有限的食物。其余时间只能喝水和代茶冬青叶子泡的茶，喝得太多还有催吐的效果。祭司们在避静期间留在塔内冥想沉思是有原因的。外出举行这场时机不对而又不得不办的葬礼，对任何人来说都是考验。

她看向右边的海山。这一次他没有忘记戴面具,但看样子是所有人当中最遭罪的——吃得太少、糟糕的天气以及他的年龄,无不雪上加霜,令老祭司苦不堪言。他裹紧身上的熊皮斗篷,坐在一张便携凳子上,垂着脑袋,双手深深拢在袖子里。她估计他在打盹。算了,没人会责怪他。葬礼的大部分准备工作都是他做的。准备娜兰帕要唱的歌曲,根据档案修订仪式的步骤,以合乎传统的方式把去世的主母送回天创祖先身边。

伊克坦在她正前方,戴着血红面具,沉默不语。自从两人上次见面之后,彼就没有对她说过话。她敢肯定彼在回避她。噢,有个希悠一直跟在她身边,准确地说,在附近游荡。彼不会因为一时的龃龉而无视她的安全。

事实上,她准备结束这次不愉快。她越界了,有意说出了伤害对方的粗俗话语,而且确实造成了伤害。她需要道歉,也告诫自己,等葬礼办完了她就道歉。

"终于来了,"艾芭气呼呼地说,"我的奶头都快冻掉了!"

啊,刚刚想到粗俗。娜兰帕向艾芭投以疑惑的目光,但西济只是一副怒气冲冲的样子,别过身去。娜兰帕不禁觉得好笑,然后拍了拍海山。"食腐鸦来了。"她说,于是他醒了过来。

她转而望向连接奥多的桥梁。天空啊,他们的出场真有气势。

乌鸦的孩子们从暴风雪中现身,犹如身披白衣的幽灵。他们鱼贯进入露天的圆厅,坐满了留给他们的长凳。天创氏族一般有二十个,最多三十个代表出席。但食腐鸦来了十倍的人数。他们在太阳岩占据了优势,娜兰帕感到伊克坦靠近了一些,似乎察觉到她的不安。她不介意彼的接近。

六个人抬着主母的遗体上前。她周身红衣,卧在黑色羽毛垫

黑日　BLACK SUN

上，羽毛有一人长，显然来自他们的巨鸦。他们将遗体放到娜兰帕和其他祭司们身前二十步之外的低矮台座上，然后重新摆放羽毛，覆盖遗体，像是又一层裹尸布。在她的周围，是陪伴她进入群星之间的来世的物品——一个饮水杯和一套餐具，黑曜石、翡翠和绿宝石打造的珠宝，外加一双便鞋。

遗体就位之后，抬尸人退下了，亚特莉扎的两个孩子走上前来。娜兰帕认出了一袭白衣的女儿。她和母亲一样，个头高挑，身段苗条，云母在纷乱的如瀑黑发间闪光。她狭瘦的脸庞上抹了灰和深红色颜料，使她可爱的眼睛愈加醒目。她把某样东西放到母亲胸前，娜兰帕看不清楚，但无疑是寄托情感的信物。

接下来儿子走上前。他是他们当中唯一一身鸦黑的，穿着光滑的豹皮制服，外披威风凛凛的羽毛斗篷。他的黑色长发从中分开，编成紧贴头皮的两条辫子，松散的末端用丝带绑住，染成红色，搭在肩上。他面容英俊，肌肉发达，有着战士的潇洒身姿，颇为惹眼。

他俯身在母亲胸前放了一张折好的纸。等他直起身来，他抬头与娜兰帕四目相对。

炽热而狂暴。那是他深色眸子里射出的目光。她几乎被其灼伤。天空和星星啊，那是深仇大恨。她仿佛过于靠近燃烧的火堆。

身边的伊克坦紧张起来——彼也注意到了。

那一瞬间，她完全相信是食腐鸦派的杀手要取她的性命。

然后儿子退回去，站在姐姐身边，轮到娜兰帕向遗体告别了。她的手颤抖着，放下一卷树皮纸在葬堆上。纸上是她为主母占卜的星图，或许能让死者在群星之间找到回家的路，回到天创氏族的祖先身边。

接下来没有别的步骤，葬礼开始了。

进展还算顺利。长达两个钟头的歌唱和祈祷害得娜兰帕喉咙酸痛，几乎失声。海山唱了颂歌部分，艾芭虽然蛇蝎心肠，歌喉却甜美得很，唱了一首疗愈之歌，听众纷纷抹泪。娜兰帕最后向太阳献辞，葬礼随之结束，但一些食腐鸦氏族的人似乎不是特别满意。她更多是感觉而非看到，白衣的乌鸦氏族躁动不安，她敢肯定有些人在喊："奥多黑！"

人群当中肯定有狂信徒，她心想。当然有。几十个。不，更多。她一直认为自称乌鸦之息的奥多黑不足为虑，但也许她判断错了。伊克坦知道他们有多少人。彼会盯着他们，毫无疑问。

等到当晚夜深时，食腐鸦的成员将回来带走遗体和陪葬的物品，埋到奥多的某个隐秘处，烧掉女人的某样东西，使她尽快返回群星之间。其他天创氏族和祭司都不会出席。葬礼的公开部分结束了。

此时，飞雪化作了冰雨，太阳岩的顶部成了冰封的世界。寒风扫过开阔的台地。此处抵御不了恶劣的天气，没有屋顶、树木或别的什么建筑可供人们避风。谁都不愿意多待。

各个氏族开始依次经过吊桥，返回自家辖区。仪式举办期间，桥上结了冰，通行变得危险。人们不得不缓慢前进，加上寒风刺骨，天色渐暗，任谁都会失去耐心。好些人大喊着慢点走，位于提提迪的一端发生了冲突。娜兰帕抻长脖子，想看清情况，然而挤在前面的人实在太多了。

没有一座桥连接欧扎和天空塔。祭司们可以跟随食腐鸦从奥多走，或者跟随金雕进入塞伊。他们选择了塞伊，按惯例他们应该从奥多返程，但娜兰帕不予考虑。在奥多可能不会有什么危险，她也希望能相信这一点，但唯独今晚做不到。所以，他们决定原路返回，尽管在艾芭和埃切耍诈之后，塞伊也并非很有吸引力。

她出行过那么多次，这是第二次她意识到在自己的城市里并不安全。

"退后，乌鸦。"

听到伊克坦说话，娜兰帕回头望去。她惊讶地发现亚特莉扎的儿子正盯着她的战士，就在她身后数步开外，目光充满憎恶。伊克坦来到两人当中，拦住对方，而后者从不远处伸出手来，似要触碰她。

她来不及保持镇定，本能地向后退缩，再次庆幸有面具可以遮掩表情。

"我只是表达我的敬意，刀兵。"他的话语如漫天的雨夹雪一般锋锐刺骨。如果说他面对娜兰帕时的表情是仇恨，那么他投向伊克坦的瞪视则是纯粹的厌恶。

"没事。"她尽可能冷静地说。她把手坚决地放在伊克坦背上，示意彼让她过去。彼转头看她，但眼睛几乎一直盯着乌鸦，然后挪动了些许。如有必要，彼依然能及时出手。

对方微微颔首，手按胸口。"我是食腐鸦的奥括。我担任护盾长。我是……亚特莉扎，我们氏族主母的儿子。我一直想见您。"

娜兰帕欠身还礼。"很荣幸见到你，亚特莉扎之子。你母亲对你的评价很高。"

他一时间惊讶地瞪大眼睛。"您经常跟我母亲谈话吗？"他语气中的怀疑不止一点点。

"不算经常，"她坦承，"但我们总有机会见面。她以你在军事学院受训和你对骑兽的驯养为荣。贝伦达，是这个名字吧？"

奥括眨了眨眼睛。

娜兰帕微微一笑。她直到最后一刻才想起巨鸦的名字，儿子的名字却完全忘记了，不过他自己做了介绍。他的反应令人满意。

"您今天对我母亲尊重有加，"他说，"这份情我不会忘记。"

娜兰帕犹豫片刻，因为她也许再没有机会说了，于是脱口而出："守望者不是你的敌人，奥括。我知道过去我们辜负了乌鸦氏族，但现在不一样了。我们会让事情回归正轨。"

"娜兰帕。"伊克坦警告她。

奥括打量着她，乌黑的眸子企图探究真相。但她藏在面具后，没有多少可供观察的。她考虑摘掉面具，让他看到脸，看出她的真诚。

"您不是我去霍卡伊亚之前认识的那位太阳祭司，"他说，"您……出乎意料。"

一股暖流涌遍全身，与严寒天气形成鲜明对比。她伸出手去，意在握住他的前臂，以示尊敬。

奥括也伸出了手。

有人从背后撞了一下奥括。她看不见事情是如何发生的，后来能回想起来的只有乱糟糟的人群和白色的影子，除了他以外。然而接下来她知道的是，伊克坦来了，黑曜石刀举在他们当中，而奥括已经转移方向，挥动手臂，可能是要打她，或者抵挡伊克坦的攻击，也可能是避免自己在湿滑的地面上跌跤。黑色刀刃掠过奥括的下巴。一股鲜血喷溅在娜兰帕的黄金面具上，然后有人尖叫，有人拽她离开，伊克坦的辅祭希悠冲过来加入混战。

又一次刺杀未遂，但她确信是一场误会。

"放开我！"她挣扎着，试图摆脱那个拽她的人。对方毫不放松，于是她使出吃奶的力气挥起肘子，攻击对方的腹部。那人惊呼一声，放开了她。但她已经被拖了很远，她和伊克坦、奥括之间隔着太多人。

"娜兰帕！"

听到有人喊她的名字，她循声望去。是水凫的艾尤欻。"快！我们必须带你离开此地。"

"他没有伤害我的意思。"她辩解道。她不知道艾尤欻看到了什么，能不能理解她的话。从主母的表情判断，答案恐怕是否定的。

"马上就要发生暴乱了，"女人说，"对任何人来说都不安全，尤其是对你。"

"但我得解释清楚。"

"娜拉！"艾尤欻怒吼一声，扳过娜兰帕的肩膀，让后者面对来时的路。

血。多得染红了积雪。人们或徒手或持刀打斗，踩得地面泥泞不堪，还有很多人拼命地逃离现场，但狭窄的桥梁仅能供两人并肩通行，桥面结冰导致情况更糟。

"天空啊。"她惊呆了，喃喃低语道。

"快！"这一次艾尤欻拽她走，她服从了。越过通向提提迪的桥，水凫氏族的人为他们的主母和太阳祭司开道。

娜兰帕看不见其他守望者，跟着艾尤欻七弯八拐，走向大宅。目睹人潮汹涌和血腥暴力之后，水上花园和冰霜覆盖的运河带来一种极具反差的宁静氛围。

等他们进去，艾尤欻给她披上毯子，把她安顿在书房。娜兰帕捧着一杯热饮，依然惊魂未定。

"去给太阳祭司找点吃的。"主母命令身边的一个仆人。

"不用,"娜兰帕轻声拒绝,"我在禁食。"

"都什么时候了,你当然可以破戒。你需要吃东西压压惊。"

"我……"而她毫无反抗的意志。

艾尤欸点点头,示意仆人去端盘子。

"可以让我来吗?"她从娜兰帕脑后解开面具的扣子,取下面具,"来,喝吧。这茶喝了有好处。"

娜兰帕看着她的金面具,上面有食腐鸦的血。"你觉得他们死了吗?"

"谁,娜拉?"

伊克坦是她最先想到的。然后是那个儿子,奥括。但她一个名字都说不出来。

"死人是免不了的。"艾尤欸轻声说,"我们过几个钟头再送你回塔里,到时候看是谁死了。"

CHAPTER 20

新月海
太阳历 325 年
(连珠日 12 天前)

> 大海毫无仁慈可言,哪怕是对涕克。
>
> ——涕克谚语

接下来的一周都没有风暴来袭。整整七天,天空晴朗,顺风而驶,在无边无际的蓝色中平稳航行,比夏拉期望的还要好,每天清晨破晓时分,她都感谢作为母亲的大海。但经验告诫她,好天气不可能永远持续下去,这是颠扑不破的真理。

一天晚上,云越积越多,遮蔽了繁星,她的耳朵贴着船底,聆听周围海浪的动静以决定方向,她知道风暴要来了,不是几天后,而是几个钟头后。黎明时天色火红,她咒骂着天上变幻无常的父亲。塞拉皮欧一直跟着她,问她出什么事了。

"红色的天空预示着下雨,"她说,"天色火红就意味雨水多得可怕。"

"漂亮吗?"他问。

她笑了,笑声低沉,充满疑虑。"漂亮到要你的命。"

他嘴角上扬,但什么都没说。

自从第一晚她唱歌让船员们休息以来,塞拉皮欧每每在月上

中天时现身,跟她一起守夜,此时船员们大多都已睡熟。她一开始由着他来,因为他对故事的热爱实在有趣,不可否认的是,他的关注和非同寻常的好奇深得她的欢心。不过到了第四晚,她开始焦躁不安,不自觉地张望他的屋子,猜测他何时出来。她已经想好了夜里要讲的几个故事,而且知道他最喜欢的会是海鸟飞越一千英里去拯救雏鸟的故事。

"瞧瞧你啊,夏拉,"她喃喃自语,讽刺地摇着头,"你喜欢他。那个少言寡语的外乡瞎子。好吧,你总是喜欢奇怪的家伙。"

这话不准确。她总是喜欢漂亮的家伙,翌日可以轻易抛弃在港口也不会难过的家伙。然而他一晚又一晚安静地陪着她似乎别有用心,他坐在身边,双手交叠于膝间的姿势似乎别有意味。以及,如果她讲了一个特别扣人心弦的故事,他的手指会心不在焉地滑过手掌,顺着看不见的路线打转。她喜欢他亲近自己,拂过肌肤的呼吸,还有残留在他衣服上的隐隐烟味。

他的确古怪。这是不容否认的。但她不再因为他的出现而感到不安,也没有再看到他头上的巨大乌鸦。她愿意将他的尴尬归咎于他是外乡人,信息闭塞。像他这样与世隔绝在山里长大的人,怎么可能了解这个世界,了解人与人的交往?

她已经知道了他的一些事情,但她希望知道更多关于山里和他家乡的情况,然而他守口如瓶。"男人就像蛤蜊,"母亲曾经告诉她,"让他自己开口,他会给你珍珠。"

她的姨妈嗤之以鼻,反驳说最好立刻将他们敲碎,搞清楚里面是否只有沙子而无珍珠,所以他们对于滞克来说根本没用。但这种说法不完全正确,夏拉打小就知道。确实,她们的社会里没有男人。她告诉过塞拉皮欧,水手们通常找不到她们的漂浮岛屿。事实是有人找到过;他们只是没能活下来告诉其他人。而她,远离家乡的浠克,也不会随时随地解释族人的凶残惯例。她认为那是浠克的文化习俗,不关别人的事。

所以她只是享受着他们每晚聊天、仰望星空、聆听海潮的时光,毕竟来日不多。

而如今,即将到来的风暴貌似毁船者,他们恐怕没时间陪伴彼此了。

"我们必须丢掉一些负重。"等塞拉皮欧回去了,她和大副吩咐船员们做准备的时候,她对卡洛说。

"巴拉姆大人会不高兴的。"他说。

"如果这样做我们就能活下来,巴拉姆大人绝对不会在乎。"

卡洛怀疑地看着她,仿佛在说富人永远把财产看得很重,但她想起了巴拉姆大人在奎科拉码头上说过的话。塞拉皮欧是船上唯一贵重的货物。

"丢掉重的,"她指着木箱说,"那些,还有那些。篷子底下还能腾出一些地方供船员休息。"

"囊袋呢?"他说的是系在船头船尾防止沉船的漂浮囊袋。

"现在就充满,做好准备,"她说,"还有船桨上的,别忘了。"有很多囊袋系在船桨上。它们的作用是固定两边的船桨,使其漂在水面,让船身变宽,更加稳定。"等囊袋全都到位了,安排四个人负责舀水,一旦下雨,他们就开始舀水。"

卡洛点点头。"还有吗?"

"干活的时候都以三人为一组。还要绑在一起,固定在结实的位置。"船员们绑在一起,万一落到船外,他们就有获救的机会,但同时也意味着如果船沉了,船员也会跟着船沉下去。当然了,在远海不是问题。他们都很清楚,如果今天船沉了,谁也救不了他们。

"我让帕图再检查一遍接缝处,"卡洛提议,"我们的树脂还够填缝的。"

"快去,"她盯着海平面说,"动作要快。我们时间不多了。"她咬着嘴唇思考。七层地狱啊,希望她没有忘记任何事情,相信即使她忘了卡洛也会提醒。

整个上午,夏拉都在催促船员们划桨,加速前进,尽全力远离那头穷追不舍的野兽。她发现天色阴沉,雨云积聚,又望向西边,远方的闪电步步紧逼。

正午时分刚过,卡洛来到她身边。"他们都在问,我们为什么还要应对风暴,你说过你会唱歌,让我们安全抵达海岸。"他的语气带有责备的意味,但拖了这么久才问,她反而感到意外。

"你不想问?"

他耸起一侧肩膀。"也许你唱歌可以平息一场春天的风暴,但眼前的就像一座山。甚至比山还大。"他指着海平面,"面对那种怪物,滞克有什么用?"

他说得没错,但她还是恼火。她希望他对自己有信心。

"滞克总是有用的,"她的自尊心受到了伤害,"我会尽力而为。"

"那就尽力而为吧。"他略一点头,缓步走开,夏拉不知道自己为何说这种话。他说得没错。她什么都做不了。但她可以试试,不是吗?

她扫视着船员们。他们全都专注于手头的任务,大多都在拼命干活,偶尔偷偷瞟一眼她的方向。紧张的气氛愈加浓厚,与风暴来临前的压力一样糟糕,她知道怎么缓解。

她做了几次深呼吸,放松了些,想起小时候经历的第一场大暴雨。全村人都聚到一个屋檐底下,为了防止遭遇泥石流或洪水冲垮房屋的情况，他们最好是待在一起。村里的祖母们为大家歌唱，抚慰人心的悦耳歌声唱出了美好的时光和友善的大海，唱出了柔软的床铺、无忧的心绪和等待的怀抱。歌声有了效果。所有人都恢复了平静，共同度过风暴。次日清晨她们出来一看，棕榈树仿佛被巨手撕裂，屋顶被刮走，农田被淹毁，奇怪的生物被冲到岸上。但是没人丧命，这是最重要的：其余的一切都可以重建。

此刻她唱起那首歌，安抚人心的歌，虽然他们正在辛苦工作，他们的肩膀松弛了许多。他们频繁地相互微笑，慷慨地彼此鼓励。轰鸣的雷声依然遥远，有人大声挑衅，是阿坦。船员们笑了，鲁波拍着他宽厚的肩膀。

她与卡洛对视，点了点头。他也点点头。

毕竟是有用的。

临近傍晚时，风暴袭来，黑云裹着惊雷在头顶翻滚，不时有耀眼的闪电噼里啪啦地破空而过。狂风推着船偏离航向，犹如孩子弹开池塘里的虫子。夏拉标记了这一变化以及西北偏北的位置，希望以后能找回方向，此时雨水如巨大的幕帘，打在身上锥心刺骨。接下来，真正的战斗开始了。

"舀水的！"她在船尾大喊。她缩在斗篷里，尽力不让凶猛的倾盆大雨打在脸上。从头到脚所有的衣物立刻湿透，水淋淋冷冰冰地贴在身上，前几天的夏日时光犹如遥远的回忆，与塞拉皮欧的故事一样不真实。

船随着海浪翻滚，舀水的船员轮流干活，确保船不至于不堪重负。卡洛把自己绑在船头警戒，夏拉则在船尾，他们都向着一切有可能提供保护的神秘力量祈祷。

狂暴的海浪拍打了一个钟头后，一波两倍于寻常高度的巨浪

抓住了船舷，拼命地翻进来。夏拉看到它来了，发出音调单一的尖叫声，更多源于本能，而非帮什么忙，确实也没用，巨浪一头砸在船上。

她扑在甲板上，双臂紧紧地抱住凳子腿。船身倾斜，她的胃也跟着沉坠，海水狠狠地把她的脑袋按下去，太阳穴撞到甲板上，她眼冒金星。接着她被提了起来，身体忽然失重。海水不断地拉扯她，随时可能把她拽进海里，她的肩膀酸痛难忍。但她没有松手，很快她又退回到长凳边，狂风骇浪无情地拍打船身，却也无意取她的性命。

等她和船恢复平衡，她立刻呼喊另一组负责舀水的船员。她不知道自己的喊声在暴风雨中能否被听见，不过看见三个人从岌岌可危的芦苇篷子底下冲出来，低着头，提着水桶。带头的人横穿甲板，把自己拴在另一侧船舷上，开始跟前面的人一起干活，积水已经深至脚踝。

她检查身后的漂浮囊袋，卡洛在船头也会做同样的事。确定它安然无恙之后，她转而检查船舷外的桨用囊袋。她发现有一个囊袋松了，晃晃悠悠的，桨柄在船身上撞得铛铛作响，有彻底滑脱的危险。

"船桨松了！"她大喊，"右舷，后面。快去系紧！"

芦苇篷子底下一阵骚动。终于，一个男人手脚着地爬了出来。她感觉是鲁波，但隔着厚厚的雨帘看不真切。他和另一个人绑在一起，可能是巴特，后者一路跟随，两人之间的绳子松垮垮的。第三个人是他们的锚，就守在篷子外面。瓢泼大雨中，夏拉眯着眼睛观望。他们的锚没有绑好，绳子从那人腰间松开，随即脱手。

她冲着那人大喊一声，但还来不及说话，船身猛地倾斜，一波海浪扑了上来。船头转向。昏水的船员们在甲板上翻滚,犹如飓风中的残片。松脱的船桨被扯掉了,仿佛一只出笼的鸟儿飞向开阔的水面。

鲁波冲过去。巴特被鲁波的势头搜着向前,摔了个跟头。

然后意外发生了。两人一起翻过了船舷。

刚才还在船上,转眼人就没了。他们的锚自身难保,趴在甲板上,避免重蹈覆辙。

夏拉本能地扯下腰间的保护绳。绳子盘落在脚边。

她向前狂奔,没时间思考自己在做什么。

"船员落水!"她一边大喊,一边跳上长凳,然后单脚踩着栏杆,一个猛子扎进水中。

黑暗的海水无边无际,波动不息,将她彻底吞没,就像吞没了一条小得可怜的鲦鱼。她向下潜游,避开翻滚的海面和雨水,搜寻落水的船员。她能感觉到眼睛发生了变化,湍克特有的眼睑落下来挡开海水,形状也有改变,收进更多光亮,视野扩得更大。

她先看到了巴特,后者拼命地朝着海面扑腾,却依然在不断下沉。她看到鲁波在他下方,像一块挂在绳子上的重物。死了,她下意识地想,但她转而认为是失去了意识。然而对巴特来说没有差别,不管是死了还是失去意识,他都会像一块石头把巴特拽到海底。

她朝着巴特游过去,双臂犹如刀刃劈开海水,双腿仿佛合二为一,向后踢踩。她飞快地接近了,撞在他的肩膀上,以引起他的注意。

他惊慌失措地乱打一气,拳头击中了她的太阳穴,随后才意识到有人来救他了。他双眼瞪大,不知道看到了什么。不知道他

自以为看到了什么。她齐腰的长发犹如黑云飘散于四周,她多彩的眼睛比任何人类的眼睛都要大,都要圆。他满脸惊恐,不仅仅是溺水的原因。

她摸向巴特的腰带,拔出了匕首。他踩着水,忙不迭地从她面前退开。她不予理会,继续下潜,越过他乱蹬的双腿。她抓住绳子,用匕首切割,直到绳子崩裂、断开。卸掉了鲁波的体重,巴特冲向水面。她看着他上浮,对于他能否回到船上没有把握,但至少给了他一个机会。

巴特渐渐远去,她感到绳子另一端的鲁波正拽着她下沉。她使劲踩水,将其拖上来。但这样做进展太慢。如果他还活着,就需要空气,她得用手把他推出水面。她把断开的绳子缠在上胸。腾出手之后,她开始向上游去。

然而绳子另一端的身体沉得要命。

她不断蹬腿,全身发力,向前游动,但还不够。她的空气快消耗光了,哪怕有滞克身份额外争取的时间。被巴特击打的脑袋还在痛,手脚越来越疲惫。她需要帮助。她需要她的歌。

但要唱歌,她又需要空气。

挫败的泪水流出眼睛,立刻被咸水冲走。她可以割断鲁波的绳子,说找到他时他已经死了,而且也许就是事实。但她想起他妻子是托瓦人,而且他最先站出来捍卫塞拉皮欧,再加上她是他的船长,既然还有机会救他,就不能让他溺死。

她张开嘴,让水灌进来。一开始她呛到了,晕乎乎的,很难受。但她强迫自己想着唱歌,想着歌如何从体内出现,而非仅仅是空气、压力和声带的作用。她尖叫着,绝望地祈祷母亲不要杀死她,让她活下来,让这个人也活下来,拜托,拜托,拜托。

然后她冲了上去。她轻而易举地越过海水,犹如透过海藻的阳光，毫不费力。她搜寻自己的船，找到了在无尽海面上摇晃的小黑点，于是掉头游了过去。踩水、挥臂、歌唱、祈祷。一遍又一遍，直到她碰到了船。她的船。

她举起手臂，使出全力拍打木头。她听见含混的叫喊声，知道有人发现她了。几秒钟后，她被拉了起来，翻过船舷。她张开嘴呼吸宝贵的空气，却发现自己并不需要。不可能，她吃了一惊，立刻打消了这个念头。

众人七手八脚地把她放到甲板上，有人解开了绑在胸前的绳子，她看到他们随后拉起了后面的鲁波，依然是死气沉沉的。他们捶打他的后背，试图逼出肺里的水，但他还是一动不动，五官松弛，面色死灰。她闭上眼睛。她费时太久了——他已经死了。

她冻得打了个寒战。她的牙齿打着架，提出要一条毯子。她累得抬不起头，但还是睁开眼睛，看船员们在哪儿，那些温柔的手去了哪儿。但她看到的只有卡洛，站在十几步开外，死死地盯着她。

"卡洛，"她低声说，"冷。"

然而她的大副无动于衷。没人帮她。

她试图坐起身来，收回双脚，却挪不动它们。为什么她的脚动不了？某种沉重而潮湿的东西撞到了长凳，她瞥见了乌黑的鳞片，在雨水中闪着五彩斑斓的微光。她很想搞清楚怎么回事，但就是不明白。

她吃力地用手肘撑起身子。她的船员站在周围，纹丝不动，目瞪口呆。责难。她几乎闻到了空气中弥漫的恐惧，刻薄而原始。而且都是冲她而来的。

她胸口发紧。她与卡洛四目相对。

"渧克。"他说。这次是咒骂。憎恶。

有什么东西重重地打在她的后脑勺上,她眼前一片黑暗,比海洋深处更加黑暗。

CHAPTER 21

新月海
太阳历 325 年
（连珠日 11 天前）

  有一个男孩，是主母手下某个护盾的儿子。我不会说他的名字，但知道他很坏，没有大人看见时，他会欺负更小的孩子。塔娜告诉我，他甚至欺负乌鸦。今天他摔下悬崖，死了。母亲对男孩的父母说，那是个意外，但阿克悄悄告诉我，他看到是乌鸦把男孩赶下去的。我怀疑那不是意外，而是乌鸦的审判。

——摘自《乌鸦观察》，萨娅著，时十三岁

  夏拉醒来，依然身处黑暗之中，四仰八叉躺在地上。她立刻知道自己还在船上，因为感觉到了轻柔摇晃的海浪。
  轻柔摇晃的海浪。这就意味着风暴已经平息。意味着他们活下来了。
  她睁开眼睛，强忍剧烈的头痛，环顾四周。她在室内，所以光线昏暗。光是从木杆墙壁和芦苇顶棚的缝隙里渗进来的，说明此时是白天。脑筋转得缓慢，但她判断自己在屋子里，应该是塞拉皮欧的屋子。
  塞拉皮欧。他就在这里，坐得很近，她伸手可以摸到他长袍的边缘。他背靠着墙，歪着脖子。他看似睡着了，但那种紧张感

不像是在休息，他的双臂紧贴两边，身体微微地抽搐着。如果一定要描述他的状态，她会说他陷在噩梦中。

他的脖子上挂着一个皮袋，狭小袋口处的拉绳上沾着一些闪光的粉末。看起来就像细碎的光。

他的脸被斜斜的天光照亮。下巴松弛，嘴唇微启，双眼无遮无挡。从她的角度看，他只是闭着眼睛睡着了，睫毛落在颧骨高高的脸颊上。皮肤光滑。嘴唇丰满。微卷的头发披在肩上。

看来我终究还是爱上了漂亮的家伙，她心想。

她琢磨着要不要叫醒他。他似乎不太舒服，但不知道他是否愿意受到打扰。话说回来，她怎么在他的屋子里？

她试着回忆暴风雨中发生的事情。她想起鲁波和巴特落水。鲁波死了，面色灰白，睁着空洞无神的眼睛。还有卡洛的脸，嘴唇抿着，充满厌恶，眼睛也眯着。恐惧的气息，还有……鱼鳞。黑色和斑斓的色彩。美丽而诡异。

她摇着头，努力厘清混乱的记忆，但只是令她头痛得更厉害了。她摸了摸后脑勺，相信能在因浸透海水而纠缠的头发底下摸到肿块。

她强行爬了起来，双腿晃晃悠悠，仿佛在水里游了一整天，忘了如何走路。屋子很小，她以前没有注意到有这么小。她轻手轻脚地走向门板，担心吵醒塞拉皮欧，然后拉着绳子一扯。门没有动。她又用力地扯了一下。毫无动静，她的脑子里闪过库哈兰的监狱，以及之前的五六间监狱。

我被关起来了，她忽然想到。他们把我关在这里。

她不知道暴风雨最猛烈的时候甲板上发生了什么事，以至于船员把她关了起来，但她感觉就像醉得不省人事昏睡了整夜一样。

我清醒了！她很想大喊。不管发生了什么，事情都结束了。放我出去！

"放我出去！"她高喊着，挥拳捶打门板。又一波回忆袭来，她晃晃悠悠地退后。另一间监狱，在家乡的岛上，母亲在外面哭泣，姨妈咒骂着她的名字。恐惧涌上心头，她胸膛起伏，强忍泪水，呼吸困难。

外面有声音，一个船员的声音，她再次大喊。但声音没有靠近，而是远去了。

"我他妈的是船长！"她尖叫。

"他们知道。"

她回头看到塞拉皮欧面对着她，神色警惕。

"什么？"

"我说——"

"我知道你说了什么！我是问为什么？为什么我在这里？"她强压汹涌而来的焦虑感，转身再次摇晃门板，还透过细木杆之间的缝隙向外张望。她心里一沉。"为什么门外挡着板条箱？"

"不让你出去。"

"为什么？他们为什么要堵门？我又没有……"她的头痛又严重起来，她甩了甩头，拼命收集那些始终支离破碎的记忆。我又没有杀人！她很想大喊，但事实上她不清楚发生了什么。

"鲁波没能活过来。"他说。

她咽了口唾沫，一部分愤怒和迷茫化作悲伤。"我知道。我……我尽力了。"

"巴特怪在你头上。说你割断了他们之间的绳子，如果你不割，他们都可以回到海面上。"

悲伤转化为难以置信。"鲁波一直拽着他沉下去，他慌得要

死,胡乱扑腾。要是我不割断绳子,巴特也会死!"

塞拉皮欧沉默片刻,接着说:"有道理。但巴特不这么想。其他人也是。"

"其他人……他们怎么知道?你怎么知道?"

"我能听见他们说话。"

她闻言一愣。她不说话了,把耳朵贴在墙上,仔细地听。有人说话,不,是争执,但她听不清一个字。

"我的听力比你好。"他说。

"魔法?"

"不。逼不得已。我练得多。"他指了指右边的眼睑,表示自己看不见。

她离开了门板。塞拉皮欧使她平静下来,让她回到了现实,而不是迷失在可怕的记忆中。她会出去的,这是迟早的事。如果有他陪着,等待也不那么难受了。

她环顾四周。在这间小得要命的屋子里无处可坐,除了挨着塞拉皮欧坐在凳子上。

"我可以坐下吗?"

他挺起胸膛,把袋子塞回长袍,双手梳了梳头发,把散落在面前的头发撩开。"请便。"

她咧嘴一笑,心生欢喜。她相信他是特意整理了一下仪表。她感到高兴。

她坐到他身边的凳子上,收起双腿。她向后靠去,脑袋抵着身后的木板,轻声骂了一句。发生了什么事?她做了什么?熟悉的羞耻感席卷全身。这种感觉常常是烂醉一夜之后才有的。但她滴酒未沾,为什么记忆是支离破碎的?为什么产生了暴殄天物的感觉?

"我不蒙眼睛会让你不舒服吗?"塞拉皮欧问道。他的声音很轻,几近迟疑。这是自从那晚在沙洲上出现后,他第一次表现得犹豫不决。

"完全不会。"她说的是实话。距离很近,她可以看到眼皮参差不齐的卷边,还有眼线上的瘢痕。无论他的眼睛遭遇了什么,伤口已经愈合,一点儿也不可怕。并不需要一直蒙着,除非他自己感到羞耻。

"我光着身子会让你不舒服吗?"她问。

他脸红了。"你光着身子?"

"没错。"

他笑得直喘气,还有几分不敢相信。"我从来没有跟光着身子的女人坐在一起,"他承认,"至少,没有人告诉我她是光着的。"

"我们得解决这个问题,我的朋友。"她咧嘴笑道。当然了,他看不到她的笑容。但也许他能感觉到,因为他也咧嘴笑了,露出染红的牙齿。

"你要我的毯子吗?"他问。

"我更希望是衣服,如果你有的话,"她说,"也许你有一件非常土气的黑袍可以匀给我?"

"我的服饰有那么糟糕吗?"

"对一个乌鸦男人来说,不算糟糕。对别人来说……"

他的笑容更加灿烂了,尽管处境悲惨,但她觉得内心有什么东西在融化。他没有评判我,她心想,胸口融化的情感变成了泪水。她用手掌捂着眼睛。她完全没有想到,仅仅是被接纳,就能感受到慰藉。

"我有裤子和衬衫,"他起身说道,"但我不能保证它们比我

的长袍更新潮,也不能保证它们不那么黑。"他走到门背后的角落,那里有个小箱子。他熟练地将其打开,精准地摸到最上面一层,那里的衣物叠得整整齐齐。他把衣裤拿过来,递给她。料子是柔软的灰色棉布,相当舒适,也够厚实,能御寒。

"完美,"她感激地说,"而且是灰白色的。根本不是黑色。"

"噢,"他很意外,"那是我自以为的。"

她溜下凳子,接过那身新衣服。她从来不是保守的人。她来自群岛和海水的文明。衣物是用来保护他们免受恶劣天气影响的,偶尔用来彰显身份,不过一般来说,滞克并不热衷于为了所谓的道德风俗而遮蔽身体。坦率地说,奎科拉人以及所有大陆人都对赤身裸体反应过度,所以即便塞拉皮欧能看到她,她也不以为意。不,她淘气地咧嘴一笑,如果他能看见我,我可要卖弄一下风情了。

她暗暗嗤笑,对于情绪的好转大为惊讶。她现在不知道被关起来的原因,记忆一片混乱,至少死了一个船员,而她竟然还在幻想性爱。好吧,人在生死存亡之际就是会想到这种事,不是吗?她不知道从哪儿听来的,似乎很有道理。

"合身吗?"他问。

她伸出一只手臂。袖子盖住了手指,裤子也长了不少。至少腰部基本合适。

"为奥布雷吉巨人量身定做的,"她打趣道,"不过勉强可以穿。"

她轻快地蹦回了凳子上,胳膊肘撑着交抵的膝盖。"你现在能听见他们说话吗?他们在说什么?"

他举起手,示意她保持安静。两人都在聆听。她能听到他们依然在争执,但除此之外,他们的声音犹如远方呼啸的海风。

过了一会儿,塞拉皮欧点点头。

"怎么样?"她问。

"船员和大副正在争论割掉你的舌头是不是够了,这样你就没法对他们唱歌和奴役他们,要不要割了你的喉咙,在没有你的情况下冒险航海。"

她震惊地盯着他,心跳在耳际轰轰作响。

"有人解释说你的骨头值很多可可。没必要浪费。"

她摸了摸喉咙,缺失指节的小指在抽搐。

"是巴特说的,"他补充道,"他似乎是最直言不讳要求立刻处死你的。"

"好极了。"她喃喃道,脑袋晕乎乎的。

"你还好吗?"

她抬头看他。他满脸关切,眉头拧成一团,嘴唇紧抿。

"七层地狱啊,"她骂道,一部分震惊化作愤怒,"我救了那个混蛋的命。我真该让他淹死。"

"是的,"塞拉皮欧表示同意,"让他淹死了对你更好。等等……"他又举起手,侧耳聆听。须臾,他开口了,带着一丝惊讶的语气。"卡洛似乎在劝告船员们耐心点。在看到陆地之前,他不想做出任何决定。说到底他们需要你。不过……"

恐惧在她的腹部搅动。"不过什么?"

"帕图似乎认为我俩都是噩兆,他们应该抓住机会,立刻杀死我们。"他忍俊不禁,"我不记得我做了什么事情得罪了他们。"

"难道我做了吗?"

他歪着头面对她,仿佛此刻在聆听她。至于听什么,她不知道,但她忽然想到了自己的呼吸声和心跳声。以及裤腿摩擦的沙沙声。

"你真的不记得他们把你带进来的时候发生了什么吗?"他终于发问,"你真的不知道?"

"知道什么?"她莫名其妙地问,但脑海中浮现了她离开水不能呼吸的瞬间。

"夏拉,"他嗓音轻柔,没有斥责的语气,但充满好奇,"他们带你进来的时候,你没有人类的双腿。没有人类的喉咙……和眼睛。"

眼睛,她知道。她的眼睛一直都是滞克的。但其余的……她捂着喉咙。鳃!这个想法在脑子里闪现。记忆再一次戏弄她,拒不回答,但她想起了闪光的鳞片,甲板上某种巨大的黑色的东西在扑打。

她的尾巴。

"海水母亲啊。"她震惊不已,唯有轻叹一声。

她很想问他是怎么知道的,他听到了什么,或者虽然失明但看到了什么,但她知道这不重要。她听说过这种事情,类似那些夜晚她讲给他的传说和故事。滞克在极端危险的情况下可以变化成另一种形态,变成大海真正的孩子。

"夏拉……"他又喊了一声,嗓音依然轻柔。

"我不记得。"她仔细地措辞。她的内心被一种感觉填满了,她说不清是什么。是骄傲,是敬畏,也是恐惧。"但我知道。"

他们被关在屋子里已有两天,只能清晨和傍晚各出去一次使用厕所。负责看守夏拉的船员在耳朵里塞了厚厚的棉布,他们还在她嘴里塞了破布以防万一,因为她五花八门的脏话就连经验丰富的水手听了都会脸红。他们带塞拉皮欧出去时也有类似的防护,但没有费心堵上他的嘴,毕竟他不说话,也不唱歌。夏拉考虑过拿出堵口布,但又有什么好处呢?他们只会塞回去,有可能捆在她头上。她决定保持耐心,等着瞧这场叛乱如何收场。她要等待时机,等待他们需要她,请求她带他们找到陆地。到时候她再决定是让他们活下来,还是唱歌把他们葬送在海底。

她在第一晚感觉到船改变了航向,海浪拍打船身的节奏有变化。变化很微弱,大多数水手注意不到,但她是浠克,襁褓时期就在潮汐里打盹。她估计他们白天跟随太阳,晴朗的夜空下,依靠最明亮的北极星导航。呆板,天真,但也有靠岸的可能,只要他们不挑剔上岸的地点。距离托瓦谢希河的入口近不了,这是可以肯定的,除非撞狗屎运。

按她的计算,还剩九天。需要在九天内把塞拉皮欧送到托瓦。对她来说,担心这事,还不如担心如何保住她和塞拉皮欧的小命。

塞拉皮欧似乎不关心他们的命运。她以为他是在乎的,不过,最初发现帕图希望他死,他还觉得好笑,后来再也没有提起过。他似乎能忍受监禁,仿佛这种状况他早已习以为常。而且,说实话,对她而言也不太陌生,监狱好比一位不受欢迎的老朋友。但她从未在如此逼仄的环境里被囚禁这么久。

第三天,他们正在分享一块从门底下塞进来的玉米饼时,塞拉皮欧忽然精神一振。

"怎么了?"她预感不妙。

他举起手,聆听。他走到墙边,耳朵贴在木头上。

"帕图死了。"

她瞪着他。"是你……"她不确定他被关在这里还能不能杀人,但她记得他赞成让巴特淹死时的口吻是多么随意。

"不,"他的唇边浮现隐隐的笑意,"无论怎样我都高兴。卡洛认为他是病死的。"

"见鬼。"

也许塞拉皮欧不明白船上的疾病有多么危险,但她再清楚不过。她站在那里,把最后一口早饭塞进嘴里,匆忙来到墙角,耳朵贴上墙壁。她发现这里是最佳的偷听位置,尽管她所能听到的是只言片语。但她早就学会了仅凭声音区分说话的人,这样多少有点帮助。

喊声和响亮的水花声。

"他们把他的尸体丢下海了。"塞拉皮欧解释。

"我听到了。"

"他有……"他摇着头,"我不确定那个奎科拉词语。粗糙的疙瘩?粗糙的……肿块?全身都是。"

"皮疹。"她语气生硬,"卡洛就不该让他上船。"

"会传染吗?每个人都会死?"

看来他懂。她听到了更多声音,但太杂乱了,难以辨认。"也许吧,"她冷冷地说,"我们总能抱有一线希望。"

"你觉得我们能免疫。"

她瞥了他一眼。"如果传染开了,我们毫无疑问已经被感染。至少那帮混蛋跟我们一样逃不脱。"她信步走向凳子,坐在她认为如今属于她的位置上。

"你好像挺高兴,"他说,"告诉我原因。"

她早已放弃思考他能准确说出这种事情的原因。他能听出她的步态变化?闻到她身上散发的快乐,就像香水一样?她不清楚,但他说得没错。她很高兴。

"我打赌半小时之内他们会来找我们,请求帮助。"

"帮助？"

"人们一向讨厌我们这种人，直到他们需要我们——不总是这样吗？"

他歪着头，有时候他摆出这种姿势，仿佛这样有助于增强听力。"不需要半小时。他们现在就来找你了。"

他匆匆说完，然后拉出皮袋子，把一根手指伸进去，再放进口中，吮掉沾在指头上的细小粉状结晶。他之前做过两次，他们一起被关在这里时每天一次，她从未问过他那是什么，但现在问了。

"那是什么东西？药？"

"药，"他重复了一遍她使用的词，"可以这么说。"

"为了治你的眼睛？"

"是的。不过，不是你以为的方式。"

他背靠着墙壁，她知道他又要那样做了，进入一种出神的状态。她第一次看到的时候以为他在做噩梦，但现在知道他更接近于主动失去知觉，他的意识离开了屋子，暂时去了远方的某处。但究竟为了什么，她还是不知道。

"等他们带你走的时候，夏拉，稳住他们。我们快要得到帮助了。"

"你误会了，塞拉皮欧，"她信心满满地说，"他们现在需要我的帮助。他们不会伤害我。"

但他的意识已经离开，在他吃下那种粼粼月光般的粉末之后。

门板砰然打开，她转过身，咧嘴一笑。三个男人闯进屋子，两人抓住她的胳膊，一人把堵口布塞进她的喉咙。

"嘿，轻点。"她含着那块脏布咕哝道。

他们把她拖到甲板上,天光苍白无力。一团大如岛屿的乌云遮挡了太阳,云层之下,海水平静如镜,她可以拿块石头打水漂。她一眼就注意到了。海面过于平静,天空难以解读。他们向南边驶了太远,进入了初冬的无风带。

陆地傻蛋,她心想。业余班子。小白,庄稼汉,内地佬。她含着堵口布笑了起来。

两个船员架着她的胳膊,强迫她坐在一张凳子上,好歹比跪在地上稍微体面一点。卡洛坐在她对面,神色戒备。他打量着她,那张无时无刻不在惆怅的面孔越发惆怅了。

"帕图死了,"他睁着棕色的大眼睛,探询她的眼神,"病了两个,不能划桨,可能很快还有更多人倒下。"

她夸张地瞪大眼睛,希望对方能看出她一点儿也不同情。

他叹了口气,抹了把脸。如果以为这样一来她会心软的话,嗯,他可以下七层地狱去了。

"我们困在这里了,夏拉,"他说,"我们可以划出去,但没有风告诉我们方向,我们只能原地打转。你知道无风带的故事。迷路的人。困死的人。而且我们船上有病人。我们需要陆地,我们需要尽快靠岸。"

她翻了个白眼。

"你可以帮我们!"卡洛身后的一个船员说。她的大副——不,他现在只是一个叛变的混蛋——摆手让那人闭嘴。

她试着透过堵口布说话,但只能发出含糊的声音。

卡洛叹了口气。"我可以取出来,但不要唱歌,不然巴特会割开你的喉咙。"他抬头看向她身后的人,就贴着她的肩膀,冰冷的刀刃抵在她脖子上。她心头火起,不是因为恐惧。混账!

卡洛拽出堵口布。

"去死吧，你们这帮叛徒——"

他把堵口布又塞了回去。她含混地咆哮着，愤怒地瞪大眼睛。

他漫不经心地凑向前，一巴掌打过来。耳光扇得结实，力道也大，打得她头晕目眩，她安静下来，错愕不已。她心头的怒火变成了某种炙热的熔岩般的东西。他碰了她。不仅仅是碰。是打。

噢，他快死了。她就是不确定他死的方式和时间。她把这种情绪写在脸上给他看，他退了回去。

"拜托，夏拉！"他嗓音粗鲁，却带着几近绝望的语气，"我不想再伤害你了。我想……"

"要我说，就像杀鱼一样把她开膛破肚了。"巴特说着，把刀背压在她脖子上。

"闭嘴，"卡洛断喝一声，"你不知道我们的状况吗？我们在哪儿？"他的手掌擦过汗津津的额头。

夏拉眯起眼睛。卡洛身上没有如塞拉皮欧所说的粗糙的肿块，但在这样一个阴天的早晨，他流汗比平时多，褐色的皮肤泛灰。他是否已经感染了帕图的病？

"我们再来一次，好吗？我取出堵口布，你好好说话，而不是骂骂咧咧。好吗？"

怒火还在闷烧，掌掴带来的刺痛尚未消散，但她打起了精神。她不能浪费机会。她必须见机行事。

她点点头。

他叹了口气，再次取下了堵口布。这一次，她没有张嘴。

卡洛盯着她，默默等待。巴特压紧了刀子，她感到黑曜石刀刃割破了皮肤，血顺着脖子滑落。

"冷静。"卡洛可能是对她说,可能是对巴特说,也许两者都是。

"你要什么?"她问,嗓音微微颤抖。

"带我们离开这里,等看到了陆地,我们就放你走。一拍两散,一笔勾销。"

要不是担心巴特割开她的动脉,她一定会放声大笑。

"在你们对我做了这种事之后?叛乱?夺船?这他妈的是我的船!"

"夏拉,"他讨饶似的说,"你答应过。"

"我他妈没有答应过你们任何事情!"

他又举起了堵口布。

"好,好,"她飞快地说,"不吼了。我……我好好说话。"

他看着她,若有所思地盯了许久。"巴拉姆大人——"他张口说道。

"给了我这艘船,"她的嗓音就像周围的海水,平静无波,"他让我当船长。你以为他不会因为这次叛乱吊死你们,那你就错了。"

卡洛吐了口气,下巴一沉,眼睛盯着两脚之间的甲板。

"你死定了,卡洛,"她嘶声说道,"你把我关进屋子的时候你就死定了。就算帕图的病还没有要了你的命,奎科拉的审判也会要你的命。"

"住口。"

"你们当中有些人也许能活下来,"她提高嗓门,对船员们说,"告诉他们,是卡洛逼你们干的,叛乱是他煽动的。"

他抬起头,眯着眼睛。"你的命是我保全的。鲁波死的时候他们就想杀你。"

"你这样做是为你自己，不是为我。你知道我要救这个混蛋，我非得割断绳子不可。"她眼珠子一翻，示意巴特，"我找到鲁波的时候他肯定已经死了，而这个家伙——"她再次示意巴特，"慌了。大概是沉下去的时候踢到了朋友的脑袋。亲手杀了他……"她闭上嘴巴，真相渐渐明朗起来。

"现在就杀了她。"巴特说着，刀子深深地压进她的皮肤。空气接触到创口，仅有些微刺痛，但流出来的血似乎很多，太多了，已经积在她的锁骨上，染红了她借来的衬衫。

"别动。"卡洛举手示意巴特，眼睛依然盯着她，"就这样吗？我们一起死掉？"

"我不会死，你这个叛徒。你忘了你为什么把我锁在屋子里吗？我会游泳。"

他站起身，从她面前踱开，双手背负，肩膀收紧。

"你还等什么，船长？"巴特吼道，"让我把这个渧克开膛破肚。"

他这么快就不念旧情了。她记得在迷途飞蛾的晚宴上，他还附和着她打趣鲁波的妻子。

"你为什么这么害怕？"她问。

"闭上你的臭嘴。"

"你到底是害怕我，还是因为我说的事实而害怕？杀死鲁波的人是你，不是我。"

"我说了，你他妈的闭嘴！"他把刀子更深地压进她的脖子，这一次喉咙里有什么东西破开了。她大喊一声，听来却是咯咯作响。她的心跳如雷鸣，脉搏在耳际轰响，卡洛的抗议声在她听来是远处传来的咆哮，好像海浪拍打遥远的海岸。她被喉头的鲜血呛到了。

"夏拉!"

她的名字犹如划过晴空的霹雳。区区一个词,似乎充满了他们所在的空间,凝固了收刀的巴特,定格了呆若木鸡的卡洛,震慑了船员们,他们纷纷回头张望说话的是谁,是何方神圣。

喊她名字的是塞拉皮欧。他就站在他们那间监牢的门外。

夏拉可以清楚地看到他。他与第一次出现在甲板上时一样,但这次他身着黑袍。世界仿佛在颤抖,似乎认出了他,害怕眼前的景象。太阳隐在云后,光芒愈加暗淡,似乎面对古老的敌人不敢近前,还有此前不存在的海风,呼啸着刮过甲板,吹乱了夏拉的头发。

世界闪烁了一刹那,又恢复如初。但不包括太阳。太阳消失了。

天空变成一堵黑墙。活生生的、起伏波动的、嘎嘎作响的黑墙,满是羽毛、利爪和鸟喙,犹如巨大的噩梦向他们袭来。

第一只乌鸦撞上了巴特。它的攻击酷似一把牡蛎刀,快而凌厉,抓掉了他的头皮。她眼看他倒下,内心竟然波澜不惊,有超然世外的奇妙感觉。我失血太多了,她心不在焉地想着,鸟群扑了下来。

惊慌的船员们终于动了,鸟儿撕扯他们脸颊上的肉,啄出眼窝里的眼珠子,惨叫声此起彼伏。她看见一个黑羽覆盖的身影用鸟喙扯下卡洛的嘴唇。看见他死在眼皮子底下,沉重如一截被伐倒的木头。看见鸟儿啄烂他的眼睛和耳朵,然后继续撕扯他的尸身。

她避而不看,眼里泪水涟涟。她确实想过杀死这个混蛋,不是吗?可是海水母亲啊,不是这种死法。

她的眼皮垂落,眼睛闭合,整个人滚下了凳子。

她不知道持续了多久，惨叫声终于平息。她觉得自己可能昏迷了片刻，身体的小小恩赐让她在死亡的旋风中幸存。

她的眼皮扑闪着睁开。

塞拉皮欧还在那里。他的长袍翻飞，犹如黑色的羽翼，他召唤的不知来自何方的乌鸦，似乎认他为主人，纷纷向他聚拢。它们密密麻麻地绕着他飞旋，一圈又一圈，最后突然散开，冲上天空。它们像一条条黑影散布于天空，以他的身体为中心向外辐射，酷似一轮黑日发散出羽毛状的光芒。

塞拉皮欧容光焕发，欣喜若狂，灿烂的笑容露出了红色的牙齿，堪比浸透甲板的鲜血。

她想说话，想喊他。但她的喉咙不想动。

他似乎能感觉到她在那里，感觉到她伸出手来。

他说话时，嗓音犹如上千只翅膀在拍打。

"我不是大海，"他说，"但我也有孩子。"

CHAPTER 22

托瓦城
太阳历 325 年
(连珠日 12 天前)

> 代价最高昂的错误,莫过于因为期望过低而轻视敌人。
> ——摘自《军事哲学》,霍卡伊亚军事学院教材

恢复托瓦街道的秩序花了一天时间。天创氏族召集各自的卫队,负责疏散人群、实施宵禁。那些在街上闲逛或者待在外面无所事事的人都被控制起来,押回家中。托瓦城中不设警力,只有氏族的家丁和临时监狱以备不时之需。在沾亲带故的天创氏族当中,最普遍的处罚就是流放,对于较轻的罪行,则有一套补偿受害方的规矩。在狼喉,情况完全不一样,在那里说了算的是犯罪团伙的头目,不过规矩倒也差不多。赔偿,流放,以及真正可怕的,即刻处决。

"我派卫兵护送你回天空塔。"艾尤欤对坐立不安的娜兰帕说。她在水鼋的大宅里几乎待了整整二十四小时,对外界的情况一概不知。艾尤欤让人去塔里送信,说娜兰帕平安无事,但对方没有回话。

"感谢你所做的一切,"她对主母说,"我和守望者不会忘记。"

艾尤欸坦然接受，毫无疑问把这份人情计入了账本，但娜兰帕并不介意。她是真的心怀感激。

她披着带兜帽的蓝色长袍返回天空塔，祭司法衣和面具收在一个普普通通的袋子里，背在她背上。因为避静或者暴动，大门关了，她不得不要求守门的希悠放行。女孩认出了她，放她进门了，真是一个小小的奇迹。大厅空无一人，楼梯上也不见人影，她走在塔里，周围寂静得有几分诡异。她去了露台，发现同样没人。唯一可能的地方就是天文台了。

她匆匆来到塔顶，发现同僚们正在激烈地争论。她扫视了一圈，寻找一张面孔。

彼在场，正与海山争论着什么，而且一如既往，两人还是互不相让，她不禁如释重负地呜咽了一声。听到声音，他们同时转过头来。

"娜拉！"伊克坦喊道，彼来到她身边，把她拥入怀中。这种公开表露情感的方式极为少见，可能有损她的形象，但她不在乎。彼的胳膊强壮有力，贴近的身体暖洋洋的，说明彼活得好好的。

"你还活着。"她喃喃低语。

"是的，我没事。我命硬，娜拉。你应该知道。"

"我知道，"她笑了起来，"我太高兴了。"

两人分开了，娜兰帕环顾四周，脸颊绯红，眼中含泪。"很抱歉打扰了你们。"

"不存在打扰，"海山面带温和的笑意，"我们很高兴看到你平安无事。"

"我送你回去休息。"伊克坦说。

"不，你们在开主祭会议。我要参加。我有种恍若隔世的

感觉。"

"我们刚刚开完了。"艾芭的笑容相当放肆,"让伊克坦照顾你吧。你刚刚经历了不好的事情,娜拉。如有需要,我稍晚派个医疗者过去。"

"没有必要。"伊克坦应道,黑眼睛扫向西济。艾芭笑得更夸张了。活像一只吃了鸟儿的猫,娜兰帕心想。

"发生什么事了?"她心生怀疑。

"我等会跟你解释。"伊克坦咬着耳朵说。彼扳着娜兰帕的肩膀,面朝出口。

娜兰帕皱起眉头。她显然错过了一件重要的事情,但她不清楚具体是什么。而伊克坦非常坚决地推着她离开,于是她顺从了。等回到了自己的房间,她问:"出什么事了,伊克坦?艾芭好像一副心满意足的样子。"

"我叫人给你送茶过来。"

"我不需要喝茶。我需要知道你们为什么召开主祭会议。"

"话是这么说。"叩门声传来,须臾,彼端着托盘回来了,有一只陶制茶壶和两个矮杯。彼放下托盘,给她倒了一杯茶。

薰衣草芬芳怡人的气味充满了房间。她不禁微笑。喝茶的主意确实不错。她接过彼递来的茶杯,先是捧着茶杯暖手,然后试着抿了一口。茶水太烫了,还不能享用。"现在告诉我,你们在讨论什么。"

"不是什么重要的事。"

"看上去很重要。重要到你和海山争执起来了。"当然了,他们可以因为春季天空的颜色争执,但她不会挑明。

伊克坦神经质地舔了舔嘴唇,这个动作她从未见彼做过。"我们在讨论如何报复。"

她差点失手摔了茶杯。"为什么？报复谁？"

"他企图伤害你。伤害太阳祭司。必须公开采取行动，而且得尽快。"

她的双手剧烈颤抖，实在拿不稳杯子。她把茶杯放到身边的桌上。

"谁？"

"食腐鸦的奥括。"

她早有预感，就知道是他。原来他还活着，她松了口气。她认为他们有了接触，虽然时间短暂，但也许就意味着天空塔和氏族之间的伤口开始愈合。但所谓的报复只能把伤口越撕越开。

"他无意伤害我。一场误会而已。有人推了他一把，地上又结了冰。你没看到吗？"

伊克坦眉头一皱。"他意在攻击你。"

"不……"她站起来，在房间里踱步，"不，伊克坦。他问候了我。他只是来感谢我。"

她可以察觉到伊克坦的情绪变化，从看护人变成了怒气冲冲的卫队长。

"他们想要你的命。要他们尝试多少次你才愿意相信？"

"当初是你告诉我，避静日那天的刺客也许不是食腐鸦的人。"

"我当时是说不要急着下结论，但现在看来情况很清楚了。"

"是吗？我不知道……"

"我们现在交换立场了吗？"彼奚落道，"你要说服我食腐鸦是无辜的？"

"我不认为奥括有伤害我的意图。"

"就因为他年轻英俊？"

"什么？不。当然不是！他比我小十岁，对我来说太年轻了，而且比起女人，他对鸟更感兴趣。我绝对没有——"她难以置信地笑了，"天空啊，你吃醋了吗，伊克坦？"

"不是吃醋。"彼说。伊克坦抚摸她的脸颊，轻轻捧起。"我以为你死了，娜拉。那样的话我就辜负你了。"

"噢，"她说服自己放松下来，"不，你没有辜负我。我没事。"

她亲吻彼的掌边，然后踮起脚尖，亲吻彼的嘴唇。这个姿势是习惯使然，因为她精疲力竭，身不由己。她吻上去的瞬间就后悔了。然而伤害已经造成。

"娜拉……"伊克坦轻柔地推开她。

"噢。"她焦躁地轻呼一声，按着胸口，"我……我很抱歉。我走神了。我只是……"她吐了口气。"我很抱歉。"

"还有另外一件事情我需要告诉你。"

"关于你的新情人吗？与我无关，真的。之前是我过分了。"

彼皱起眉头。"我的……？不。主祭会议担心你不同意公开打击食腐鸦。"

"他们的担心没错。我不同意。"

"天空塔采取任何行动都必须全体同意，你很清楚。所以……我们投票表决了。"

她心里一沉。"投票表决什么？"

彼的表情充满歉意。"埃切暂时接替你的职务担任太阳祭司，除非另有决定，海山和艾芭负责辅佐，确保他顺利接任。金雕已经同意派一支氏族卫队加强天空塔的安保，协助希悠针对乌鸦采取的行动，直到我们找出黑手为你讨回公道。"

"什么？"她猛地转身，目瞪口呆。

"我知道这很难接受,但我们做出这个决定也不轻松。"

"我们?你也同意了?"

"我们所有人都同意了。"

她瞪大眼睛,退了几步。她只想逃离。不仅逃离伊克坦和这个房间,还要逃离此时此刻。不久前她还因为回到塔里,回到家人当中而欣慰地流泪。虽说喜欢吵吵闹闹,但他们确实是她的家人。

她的后背撞上了墙壁。她双手颤抖,呼吸不畅。天旋地转。

"保持呼吸,娜拉。"伊克坦关切地说。彼伸手去扶,被她用力地推开了,彼打了个趔趄。

"不!我……"她颤抖着说,"你们不能剥夺我的职务!"

伊克坦的黑眼睛含着忧郁的神色,但彼咬紧的牙关宣示着强硬的态度。

"我们已经做了。"

彼把她一个人留在房间里,走之前说晚些有仆人送饭来,还派了一个希悠守在门外。表面上是保护她,其实是不让她离开房间。

她在凳子上坐了许久,看着阳光在房间里移动。她意识到自己重整太阳祭司权力的这一步棋已经彻底失败了。而且,不知怎么搞的,局面更加糟糕。也许你的追求不够热忱,娜拉,她心说。也许你的动机是错误的。但这个论断无异于谎言。她的心思是单纯的。她想的只是如何发展祭司的实力,如何教导托瓦的民众。如今最可怕的情况发生了。报复食腐鸦,允许金雕卫队进入神圣的天空塔。

"这是一条毁灭之路。"她喃喃自语。祭司们走过这条路，导致生灵涂炭。也许艾芭和海山，甚至伊克坦都看不到打击食腐鸦的后果，不仅对氏族，还是对城市，对他们自身。

但她能看到。她在基图埃身边生活了好些年，成为他的学生和知己。她知道死亡只能带来死亡。但她又能如何阻止一切发生呢？她被关在这个该死的房间里，没有帮手，也没有资源。

除非……

她花了一天时间做出决定，不过一旦决定，获得需要的东西就不算困难了。大多数东西都在她的房间里。御寒的衣服，一条拆下来的布带作为应急使用的绳子，一把老旧的餐刀勉强作为武器，还有她的攀登鞋。

她等到天色黑定了，月亮尚未爬上东边的台地。她穿得很暖和，一条厚实的棉布紧身裤，一件厚重宽松的外套，一顶大斗篷罩着脑袋，面孔隐于阴影之中。她把胸脯裹得很平坦，头发在顶上束成发髻。她穿上薄薄的攀登鞋，羔羊皮特制的，完全贴合她的脚趾。这双鞋昂贵且稀有，是希悠们爬墙所用的装备。很久之前，伊克坦把它作为礼物送给了她，算是一个心照不宣的小玩笑，纪念她孩提时代曾在狼喉攀爬险峻的悬崖，但她从未有机会穿过。她感到内疚，因为第一次使用它竟然是与曾经的友人为敌，但她想不出别的办法。

她从窗户出去。她小时候非常喜欢在狼喉爬上爬下，跟兄弟们一起寻找坑洞和密道。她也相当擅长攀爬——个头小，身子轻，无所畏惧。她牢记兄弟们的教导：看清路线，别忘了脚，胳膊打直，双腿弯曲。此刻她默默地复述着要诀，但愿如老人们所说：攀爬的本事是一辈子都忘不掉的。

她翻出了窗户，寒气刺激着她的知觉。夜晚冰冷且寂静。她尝到了雪花的味道，知道黎明时分还要降雪，导致附近的石头结上一层湿滑的冰。

她的脚趾顺着细窄的岩壁探寻以保持平衡，手指抓紧粗糙的石头。唯一指引她的光亮是留在房间里未熄的树脂灯。那点光亮不够，她不得不在黑暗中攀爬。

她谨慎地把手伸过外墙，摸到的是粗糙的岩石。她发现头顶上方几步之遥的凹处可供抓握。她的指头抠了进去，向上拉起，找了个踩脚的地方。她一次次重复这个动作，爬了好几个手臂的高度，然后调转方向，慢慢地爬下墙。她已经出来了，整个人暴露在外，浑身激动得发抖，脉搏在耳际轰鸣。她有条不紊地缓慢移动，完全不像曾经勇敢攀爬狼喉的那个小女孩。但她一直在移动，路过三楼的一排狭窗时，她冷峻地笑了笑。还有两层了，她告诉自己。对一个狼喉出生的崽子来说不算什么。

风纠缠着她的衣服和头发，温柔但执着地提醒她，若是失足坠落，轻则摔断骨头，重则丢掉小命。但她运气不差，很快踩到了坚实的地面。

娜兰帕轻声地笑了。她对于自己的失败有着清醒的认识，所以难以相信这次做到了。手掌有轻微的擦伤，她拍了拍灰，摇摇头。骄傲的情绪在她胸中翻涌。一桩小事而已，但感觉很好。她遇到了问题，然后解决了问题。不算特别难。这是一个能够克服的险阻，而不是未来如何抉择的绝境。在石墙上的小小冒险之旅，远比她接下来要面对的事情轻松。

进出欧扎的桥梁无人看守，她可以轻松地离开天空塔的地盘，过桥前往塞伊。街道空无一人，据她所知依然在实施宵禁，所以最担心的是被巡逻的卫兵发现。她拉起兜帽，贴着街角，避开大道，从巷子里择路前往提提迪。

她花了整整一个钟头才从桥上进入水黾的领地，又花了两个钟头来到另外一边，最后终于站在一处野外园林的悬崖边，眺望峡谷对面的狼喉。她盯着自己出生长大、度过童年时代的地方，忘了看了多久，各种情绪在脑海里交战。这是孤注一掷的决定，她不得不做的决定。然而此时此刻，面对那个地方，明知道接下来怎么做，她又犹豫了。这样做愚蠢吗？当然。她会不会被接纳？会不会被认出来？一切疑虑都在膨胀，但绝望也一样。

"要搞清楚情况，只有一个办法。"她喃喃道，然后硬着头皮行动了。

在园林的边上，等候着严格意义上往返狼喉和托瓦的唯一交通工具。她坐过一次，是在十三岁的时候，至今不曾回头。现在，她三十三岁，即将再次乘坐，却不知道另一边会是什么情况。

相比通行方便的桥梁，进入狼喉的方式是乘坐贡多拉。虽说称之为贡多拉实在是抬举它了。这种交通工具就是一块平台，大约三十步长、二十步宽，全是木头，一根粗大的缆索与之相连，越过乘客们的头顶，系在大裂缝另一边类似码头的地方。大裂缝相当狭窄，不超过五十步，但落差有三倍之多，甚至四倍。保护她和其他乘客的只有齐腰高的脆弱的木头栏杆。

她从拴在腰间的小皮袋里掏出可可，付了船费，挤在乘客中上了贡多拉。乘客大多是旱地人，住在狼喉或者更远的东方。毫无疑问，他们白天在天创氏族的宅子里打杂，此刻又长途跋涉回家，她曾经无数次见证过母亲的往返。还有几个着装五颜六色的天创氏族子弟，各家的服色很容易辨认，他们显然不受宵禁的影响。他们最是闹腾，大喊大笑，几只陶壶传来递去，喝的是进口的施塔本图酒。他们当然要去狼喉花天酒地，那里的赌场、窑子之类的娱乐场所，在那些体面的城区都是非法的存在。

娜兰帕看着那帮子弟，直皱眉头。一群排着队扔钱的傻瓜。无论在酒场上、赌场上，还是在某人心甘情愿张开的大腿之间，一切都是为了暂时的遗忘。这种事情对她来说从来都没有吸引力，也许是因为她从小到大看多了人们的生活是如何被毁掉的。此刻，随着最后一个乘客勉强挤上贡多拉，与那么多陌生人脸贴着脸，她的感受更加深刻了。乡愁之苦汹涌而来，但她不是怀念狼喉，而是怀念天空塔那个宽敞而整洁的房间。

贡多拉突然向前冲去，某个醉醺醺的子弟兴奋地尖叫起来，娜兰帕努力站稳脚跟，朝着郊狼之喉去了。

CHAPTER 23

托瓦城
太阳历 325 年
(连珠日 13 天前)

> 当心,当心苦痛的乌鸦
> 刀兵无情把他们屠杀
> 乌鸦渴望把太阳拽下
> 一个结局注定悲伤的计划。
>
> ——流传于托瓦城的童谣

太阳岩一片混乱。他本来只是打算握着太阳祭司的胳膊,恭敬地致以问候,这一举动似乎不合时宜。然而有人从背后撞了一下他,他脚底打滑,那个该死的刀兵来了,手握一把出鞘的刀。

奥括出手抵挡,破坏了刺杀者的准头,没有让刀子插进他的心脏,毫无疑问,那正是刀兵瞄准的位置,然而刀刃还是擦过他的下巴,割开了皮肉。疼痛如烈火灼烧,来得既猛又快,奥括当即惨叫一声。

他的叫声引来了护盾和那个刀兵以及希悠们,他还来不及搞清楚状况,双方已经打成一团。

采亚出现了,把奥括推出了争斗最前线。

"去你的主母身边!"他大喊,"保护她的安全。"

奥括本能地想要争辩，回去加入战斗，但他接受的训练战胜了本能。他掉头跑向姐姐，同时喊了两个护盾跟上。

埃莎目瞪口呆地站在距离天空桥几步开外的地方。她正准备过桥就发生了乱子。

"发生什么事了？"她惊慌失色地问道。

"回家。"奥括冷冷地下令。

"噢，天空啊。奥括！你的脸！"

最初的一阵刺痛过后，他忘了自己受的伤。

"没事，"他说，"我们先保护你的安全。"

她点点头，很快理解了现状，然后他和两个护盾把她围在当中，挤过结冰桥面上的人群。埃莎有两次差点在危险的路口滑倒，第二次她停下来撕掉过长的裙裾。她撕了一半，奥括拔刀干净利索地割断了。他们继续前行，差不多过了一个钟头，他们进入了奥多的领地。

"带她回大宅。"他命令跟来的两人。

"你呢？"她尖厉的嗓音充满关切。

"我回去。"

"奥括！不要！你浑身都是血。"

他低头一看。她说得没错。鲜血从他下巴的伤口滴落，覆盖了脖子和胸脯。他忽然头晕目眩。桥梁在摇晃，他不知道是因为正在匆匆过桥的人群，还是因为他视野模糊。

"埃莎。"他喃喃道，脚步踉跄。

"我来照看他。"

奥括抬头看到一个男人站在身边。此人是一身白衣的乌鸦，与采亚年龄相仿，一头黑发修成笔直的刘海，两边剃得只剩头皮，脑后的头发长及肩膀。新鲜的红色染料在赤裸胸膛上勾勒出

黑翰。狂信徒。

奥括正准备抗议,对方一低头钻了进来,撑起奥括的身体,把他的胳膊架在自己肩上。

"带主母回大宅,"他吩咐护盾,仿佛他也是其中一员,"我照看你们的护盾长。我们随后就到。"

两人点点头,催促埃莎前行,无论如何她都没有时间反对了。

奥括摇摇晃晃。

"我扶着你,乌鸦孩子。"那人说。

"你是谁?"奥括口齿不清地问道。他真的脑袋发晕。一个念头冒了出来。刀上有毒?噢,天空啊,那个狡猾的刀兵。

"我的名字是梅卡。阿士克是我派去的。"他咧嘴一笑,牙齿染色太重,导致嘴唇的缝隙和唇边的纹路都沾了颜料,"我一直等着与你见面,奥括。"

奥括试着说话,但什么都说不出来。他的视野模糊了,只能看见阴影和轮廓。他最后记得的是梅卡架着他走上了大宅反方向的街道。

"喝了它。"

奥括用力睁开沉重的眼皮。他躺在床上。新鲜的芦苇铺在垫高的床架上,毯子有清洗过的气味。但房间很陌生。一个男人端着杯子递到面前。

奥括搜寻着关于此人的记忆。梅卡。在桥上。把他从埃莎身边带走。

他猛地伸手到腰间,却发现自己赤身裸体,只有一条毯子遮羞。他直接出手，打翻了梅卡手里的杯子，然后一跃而起，一拳正中梅卡的胸口，对方踉跄后退，喘息不止。

不等对方缓过劲来，他冲向房门。拉开门的瞬间，他停步了。他面前空空荡荡，底下是托瓦谢希河。

"天空屋。"他自言自语。

身后的梅卡咳嗽着。奥括扭头望去。他捂着胸口，爬起身来。奥括两步跨了回去，揪着那人颈背处的编织衫，将对方拖到门口，上半身悬在空中。

"说话，不然我把你扔下去。"

"冷静，乌鸦孩子！"梅卡大喊，"拜托。我们无意伤害你。我们救了你的命！"

奥括皱起眉头。他的记忆一点一滴地恢复了。母亲葬礼上的打斗。刀兵割破他的下巴，他相信刀上淬了毒。随着记忆恢复的还有头晕。他把梅卡拉了回来，放开手。那人一屁股坐到地上。

奥括跌跌撞撞地回到床边坐下。"我在哪里？谁是'我们'？"

梅卡颤颤巍巍地爬起来，走向天空门。他紧紧地关好门，上了锁，然后转身捡起被奥括打翻、摔成碎片的陶杯。水泼了一地，奥括悔不当初。他的嗓子渴得冒烟。

"你在我家里，"那人的声音微微发抖，"我发现你中毒了，就把你带来这里。我妻子是出色的医师，我知道时间耽搁不起。"梅卡把破碎的陶杯放在一个小小的壁龛里，挨着一盏树脂灯。

"那么，抱歉。看来我……反应过度了。"

梅卡摆摆手。

"应该道歉的是我。我早该想到你醒来时会受惊。"他指着地板上的门，奥括此前没有注意到，"我们下楼去。我想让你见一些人。"

"有水吗？"他尴尬地问。

"当然有。"

年轻人站起来，把毯子围在腰上掖紧了，当作裹裙。"谢谢。"

"这是我的荣幸，奥括大人。"梅卡轻声说。他拉开门，示意奥括先走。奥括照做了，他爬下梯子，发现房间里全都是人。人潮的热浪扑面而来，奥括一时间想要回到上面的卧室去。底下至少聚集了二十多人。看到他现身，他们停止了交谈，所有人都仰头盯着他。他发现这些人有老有小。有老人，脖子和手臂上的皮肤已经松弛，有女人怀里抱着的婴儿，头发刚刚发灰。

他放慢步伐，警惕地走了下去。

"奥括大人，"梅卡关上他们头顶的门，跟着爬下了梯子，"请你见见奥多黑。"

他们挨个儿发言，介绍他们的名字以及家族的情况，还有他母亲对他们来说有多么重要，对于她的离世他们有多么遗憾。梅卡的妻子给他找了个座位，放了一壶水在他手边，他毫不客气地喝了一大口，食物也送来了。她只字不提打碎的杯子，尽管看样子他们家徒四壁。梅卡没有说他做什么活计，但既然他妻子是医师，挣得应该不少。这就意味着他们可能捐出了所有财富。埃莎提到过近年来奥多黑专注于慈善事业，那么这里似乎是其中一处资金来源。

等奥多黑最后一个成员介绍完自己，整个房间又一次陷入安静。奥括坐立不安，无所适从，尽管他受到了无微不至的招待。他知道该他发言了，但又不确定他们希望听他说什么。他清了清嗓子。

"感谢梅卡，"他开口道，"还有梅卡的妻子。"他今天听了太

217

多名字,而毒药,或者解毒剂,似乎让他的脑子变得迟钝。他想不起她的名字,不禁面红耳赤,为失礼而难堪。

梅卡的妻子微微一笑。"你不记得我了吧,奥括?我们一起玩过,在你还是小男孩的时候。"

奥括打量着她的眉目,努力回忆。

"我母亲在大宅干活。我比你大,不过我们当时玩得来,尤其是玩棍子游戏。"

"菲优,"他立刻想起了她,"你现在长成女人了。"

"我一直都是女人,"菲优说,"我只是需要时间成为我自己。"

"谢谢你救了我的命。还有吃的。"

她点点头。"你欠我一个杯子,奥括。那是我最好的杯子。"

"请接受我最诚挚的歉意,我一定会赔偿你的。"

"好了,菲优,别找他的麻烦,"梅卡按着妻子的肩膀说,"我带他来这里不是为这个。"

"你为什么带我来这里?"

梅卡瞥了一眼众人,然后看着奥括。"阿士克说你当场拒绝了我们的邀请。我本来希望的是,如果你见到我们,如果你看到我们是什么人,你就不会那么粗暴地评判我们。我知道在某些人眼里,奥多黑的名声不太好。"

奥括不置一词,梅卡点点头表示理解。

"我们这些人,"梅卡继续说,"相信并且践行我们祖辈的生存之道。我们决不允许太阳祭司从我们身上夺走。"他的声音激动得发抖。"但我们必须以血止血。我们决不允许他们再次屠杀我们。我们要战斗,奥括大人,无论你是否帮忙。"

奥括抓着脑袋。下巴的伤口被牵扯到了,他小心地碰了碰

它。菲优涂抹的药膏吸出了毒药，贴在皮肤上感觉湿冷。

"你知道军事学院教导的是维护和平吗？"他问梅卡，"军事学院这个名字名不副实。"

梅卡抄起胳膊。"我不是傻瓜。我亲眼见过护盾是怎么战斗的。还有我叫醒你时你攻击我的姿态。"

奥括扮了个鬼脸。"我不是故意的。"

"不，奥括大人，那样很好，你可以教我们。还有对付敌人的策略。他们教过你，不是吗？"

奥括灵机一动。"可是你们去哪里弄到武器？你们见过刀兵手里的刀是怎么伤人的。"

"我们自己锻造，"他说，"还有，菲优可以调配毒药，不逊于天空塔的制毒手艺。"

"这样做很愚蠢，我是不是说服不了你，梅卡？这里有多少人？三十人？对付天空塔？如果我们发起这场冲突，可能还要应付其他天创氏族。这纯属自杀。"

梅卡乐呵呵地笑了，众人也发出友善的笑声。"这只是我们的军事议会。奥多黑托云。他们是来见你的，亲耳聆听你要说的话。然后他们带回各家，传达下去。"

奥括极力掩饰内心的惊讶，但失败了。他们竟然组织了军事议会？委任初为人母的女子和弯腰驼背的老人？天空啊，如果他们自以为可以对付刀兵和氏族，而不会惨遭屠杀，他们可真的是疯了。

梅卡神色一凛。"从你的表情来看，我知道你没有信心，食腐鸦的奥括大人——"对方使用奥括的氏族称呼，显然颇有微词，意在提醒他注意自己的身份，"但我们有。这是我们最强大的武器。"

奥括接受了批评。他不打算打击他们，但他们的想法实在荒唐。"有信心很好，梅卡。"奥括尽可能以缓和的口吻说，"但是祈祷鸦神重生比计划讨伐祭司要容易得多。没有神明现身为你们铺平道路，我看不到你们的未来。"

梅卡挺起胸膛。"我们受够了等待我们的神回归，"他说，"我们一定会挑战天空塔的，无论有没有你的帮助，奥括大人，无论有没有鸦神。"

奥括环视周围的一双双眼睛。他看到了决心。激愤。骄傲。老老少少的表情里，有着他所期许的一切品质。他最不希望的就是任由他们去送死。

"很好，"他说，"我们还会详谈……"

众人立刻兴奋起来。

"……不是今天。"他举起手来，示意他们安静，"我不是说我要帮助你们。我是说，我现在看到了你们，也了解了情况。所以给我一些时间，我看看能做什么。"

"可是冬至连珠日马上就到了！"有人喊道，"预言说我们必须在冬至日发起攻击，那时候太阳最弱。"

奥括不大熟悉那人提到的预言，但他知道距离冬至日太近了，根本组织不了像样的战队。

"给我时间，"他重复了一遍，"我会很快再跟你见面，梅卡。让我回家见我姐姐。让我与护盾商议，在大宅里寻求关于这个预言的睿智见解。然后我们再谈。"

梅卡看着他，仔细考量。终于，他点了头。"到时候见，奥括大人。奥多黑会让你信守承诺。"

"我想也是。那么……"奥括把手放在腰间的毯子上，"我可以拿回裤子了吗？"

CHAPTER 24

托瓦城（郊狼之喉）
太阳历 325 年
(连珠日 12 天前)

> 旱地属于旱地人。天创滚回家！
> ——狼喉某处墙壁上的涂鸦

郊狼之喉是一处裂谷，横跨托瓦大峡谷的谷底。它隔开了天创区域和旱地。峡谷极窄极深，每天最多只有几个小时的日照，甚至更少，取决于一年当中的时节。即便是有日照的地段，也都位于上部，用以接待来狼喉游玩的游客和天创氏族。下部则处在永远的黑暗中，唯一的光亮来自树脂灯或火坑。

早在娜兰帕出生很久以前，她的祖先就在裂谷两面的石壁上开凿出他们的家园。至于为何不选择更宽敞更舒适的崖壁——那里后来是天创区域——她不清楚其中原因，虽说她在避静日当天在桥上对那个辅祭做过解释。但她感受到强烈的讽刺意味，一个来自偏爱永恒阴影的族群的人，爬到了太阳祭司的高位，又跌落成一无所有的无名之辈。

狼喉的顶层是市集，下一层是公共赌场和窑子。第三层则是开凿在坚固石壁内部的房屋，或者不如说是洞穴。它们之间有岩架，沿着裂谷的石壁蜿蜒盘旋，犹如装饰裙边的缎带，可作为四通八达的步道。其间的道路很窄，最宽的地方也只能容纳两人，大多数地方仅能单人通行。道路的长度和各层的跨度是一致的。它们之间又以梯子相连，供人通行，还有类似小型贡多拉的平台，作别的用处。娜兰帕小时候生活在第五层，常到第一层和第二层乞讨，但她知道狼喉一直向下延伸到河里。

她在第一层下了贡多拉，直接进了市集。扑面而来的是烹饪食物的气味。有胡椒味的玉米馅饼和南瓜豆子炖火鸡，浓烈馥郁的气味从餐馆敞开的大门、露天火坑和堪称当地特色的公共厨房里飘了出来。她垂涎欲滴。从避静日开始她就再也没有享用过丰盛的食物了，在艾尤欤家吃的那一顿倒是简单而滋补。但如今她带着满满一钱袋可可回来，不像旱地人，更像天创氏族，想买什么就能买什么。

环顾四周，她发现狼喉不受宵禁的影响。街上人流熙攘，有人借着昏暗的火光结束了傍晚的购物，而大多数人已经开始了当夜的狂欢。女人们身着鲜艳的单肩裙子，尽管天气寒冷，仍不吝裸露肌肤，男人们则穿着紧身裤以及装饰多彩吊绳和刺绣的包臀裙。音乐从门廊处流泻而出，有笛声、鼓声和喇叭声，伴随着歌唱和舞步的节奏。

她不记得狼喉有如此嘈杂和热闹，不过也许她的记忆偏差归咎于在天空塔保守而冷清的生活。为了确保太阳的回归，长达二十三年沉闷无趣的忏悔，使她难以接受这种毫不节制的狂欢。然而她不得不承认，这是快乐，是情绪的释放，让人感受到勃勃的生气。

一开始她看到一个年轻女人系在上臂的红丝带还不觉得什么，但她越深入狼喉，看到的戴着红丝带的人越多，而且店铺都在出售万寿菊干花束和用来焚香的白贝壳，她终于明白了：狼喉

依然在哀悼亚特莉扎的离世。葬礼之后，天创氏族已经移除了表达悼念的器物，但旱地还没有。

娜兰帕打小知道的是旱地传统的悼念方式——代表纪念的绿松石和洒在发间的骨灰。但她发现周围全是万寿菊和焚香，跟天创区域一般无二。旱地丢失了传统让她很难过，但她有什么资格来评价呢？她早就把昔日的自己抛到九霄云外。要是她看不惯当地人捧着干花，那可就太虚伪了，因为她自己日复一日穿着太阳祭司的长袍。至少，曾经是这样。

"来一条悼念丝带？"

娜兰帕闻言扭头，看到发问的是一个女人，应该是店主。对方递来一条细细的红丝带。与市集上半数人戴着的一样。娜兰帕一时兴起，接了过来。她将其系在胳膊上，从袋子里掏出一把可可。

"一个就够了。"店主微笑着说，从她手掌上拿走了所需的豆子。

"我在找人，"娜兰帕试探着问道，"也许你可以帮我？"

女人一脸疑虑，但瞅见娜兰帕身上式样简单但价格不菲的衣服，她点点头。

"当地的一个老大。他的名字可能是丹纳欧奇。"

刚才女人还是高高兴兴、和和气气的，突然就收敛了热情。"我不想惹麻烦。"她说着退了一步。

娜兰帕赶紧把手伸进袋子，掏出更多可可。"我也不想。他是……我的亲戚，"她开始胡编乱造，"我是从外面来的。我母亲答应了他母亲，要我来拜访他。"

店主目瞪口呆。"他有母亲？"她做了一个驱邪的手势，"不，先生。你看样子是个好人，但我可不想找他。"她歪着嘴唇，似乎有意不提他的名字。"他不是你家人以为的那样。"

"先生？娜兰帕愣了半响，才想起自己的衣着。不等女人走开，她一把抓住对方的手。她把可可塞了进去。店主瞪大了眼睛。可能比店子一个季度赚的都多。

"我受人所托。"

女人终于点头了。"第二层，一家名叫鲁冰花的赌场。据说他经常出入那里。他的替身在玩帕托的桌子上骗呆瓜的钱。"她面红耳赤，"你去吧，如果他愿意被你找到的话，他会找你的。"

娜兰帕点点头。

"别提我的名字，这家店子也别提！"她慌忙补充，"我不想被他盯上。"

"当然不会。"娜兰帕喃喃道。

现在她有了线索，可靠的线索。伊克坦说得对——只要有心，不难找到她的兄弟。她真的那么天真地以为自己完全与过去断绝了吗？这个想法令她既感安慰又觉沮丧，与此同时，她走下通向第二层的曲折小径。

她轻而易举地找到了鲁冰花赌场。那是一座开凿于石壁内部的圆形建筑，没有窗户，从街上只能看到前半边。刷白的外墙上绘有一种在沙地中生长的层层叠叠的紫色花朵，也是店名的由来。顾客必须爬梯子，从屋顶的活板门进去，赌场的设计很像天创区域用以举办仪式的圆形大厅，但在狼喉完全属于娱乐场所。一个彪形大汉蹲在入口处，粗大的手掌抓着一根战棍。他盯着爬梯子的娜兰帕。

考验来了。也是她女扮男装的原因所在。她知道赌场经常区别对待，但愿她所做的准备可以过关。她爬上屋顶，低着头，举起钱袋，表示里面沉甸甸的装满了可可。

她的伪装没能瞒过大汉，他撇着嘴角，无动于衷。不过随后他的目光投向她鼓囊囊的钱袋。于是他半心半意地咕哝了一声，打开活板门放她进去。

她向里头张望，却几乎看不清什么。一股浓烈的烟草味儿和仙人掌酿造的啤酒气息扑面而来，她被熏得头晕。她瞥见大汉咧嘴傻笑，便强自镇定下来，应付眼前的任务。

她抓着梯子，一级一级地爬下，直到脚踩上了环绕内壁的台阶。她停顿片刻，适应这里的氛围。底下传来男人们交谈的声音。赌桌边聚集了不少人。男孩们——据她估计其中有不少是女扮男装——在赌桌之间来回穿梭，把食物、饮料和赌注送给老大们。老大们坐在可以俯瞰整个赌场的包厢里，隐在一团烟雾之后。

她的兄弟在包厢里，但她不经邀请不能自行上楼。她需要引起注意，最好的方式就是开始赢钱。她知道这里或者说托瓦的每家赌场最受欢迎的游戏都是帕托。自从她成为辅祭、忙于各种事务之后就再也没有玩过帕托，但游戏规则记得很清楚。帕托讲究运气，讲究冒险，而这两样她一直不缺。

她深吸一口气，挺直脊背，信步走下鲁冰花的台阶。

她必须选择一张赌桌，属于她要找的老大。但哪一张是兄弟丹纳欧奇的呢？她在赌场里穿梭，寻找可能的线索。然后她找到了，立刻认出兄弟的势力范围。有一张赌桌的标志是挂在绞索上的鹰，鹰眼的位置画着两个大叉，画得很潦草。这个设计太粗俗了，很容易引发争议，感觉正是丹纳欧奇的做派。

她选择了接近赌场中央的、画有死鹰的赌桌，照明的树脂灯在桌面上摆了一圈。有两个男人正在玩，一个人有着苍白的皮肤和栗色的头发，毫无疑问是外地人，可能来自北方贸易城市。打

225

量对方的时候，她物色呆瓜的旧日技能又傍身了。他的装束是好几个季节前的过款。与赌场里其他人相比，他耳边的头发太长了。她猜测他是游客，或是到这里做生意的商人，来赌场体验一下当地特色。娜兰帕估计那人打算喝几杯啤酒，在赌桌上碰碰运气，等输掉一些可可后，可能上去找一家普通但像样的旅馆，在睡梦中完成这次旅行。

然而看他现在的样子完全不对劲。汗水在发际线积聚，左手的手指神经质地敲击桌边，视线在棋盘、棋子和骰子之间不断轮转，仿佛它们标记着他的生与死。也许真是如此。

另一个玩家是托瓦人，棕色皮肤，黑色头发。鼻子尖挺，眼睛稍斜，耍骰子的手法迅疾而熟练，一副以赌博为生的架势。老手，娜兰帕心想。肯定是她兄弟的手下，在这里钓那些呆瓜上钩，为老大的金库创收。

结局已是不可避免，她走近了看，外地人呻吟着，坐在椅子上左摇右晃，黑发男子一把揽过赌桌上的钱，她知道那个呆瓜被狠狠地宰了一大笔。

她不寒而栗，心生厌恶。有那么一会儿她还沉浸在兴奋之中，感到无比刺激，就像以前一样。但当听差过来把那人看起来仅剩的可可收走时，他绝望的表情让她无比怜惜。

"下一个谁来？"赢家问。赌桌周围的人群交头接耳，看客们跃跃欲试。

"我来下注。"她飞快地接茬，不等有人抢先，不等自己打退堂鼓。对方打量着她，观察她的衣着贵贱，她明显养尊处优的面庞和双手，甚至她在对面就座的举手投足。

她对视着他的眼睛，他歪嘴一笑，毫无疑问看穿了她的伪装。

"来贫民窟玩呢，子弟？"他慢吞吞地问道，傲气十足，"你给上面的家伙塞了多少钱让他放你进来？"

她听到人群中响起了稀疏的笑声。

"我是在狼喉土生土长的，"她反唇相讥，"怎么？你怕我赢了你？"

周围响起几声惊叹。赌徒抬头看向包厢。娜兰帕顺着他的视线望去，什么也看不见。她久久地盯着那里，目光锐利，想象着兄弟看到她该有多么震惊。他还能认出她吗？

不知道坐在对面的男人看到了什么，他似乎很是满意，点头示意守候在身边的听差。

"摆桌。"他命令，少年急忙照办。听差在方桌上放了三块小小的雕像。桌面划分为十六个区域，称为格子。命名为河流的线横跨其间。娜兰帕依次检查每一块雕像，选择了黑曜石野牛。对家挑的是绿松石羚羊。他们同时把棋子放进第一个格子。

听差拿走了无人挑选的第三块雕像，换上一套骨质骰子。娜兰帕一把将其抄在手里，摇来晃去。骨头相撞的响声很是清晰。她想起了赌博前常说的老话，于是咕哝了一句"愿命运揭开面纱"，随后掷出骰子，以平缓的角度扔到桌面上。

正如所料，骰子定住了，七点，还不错。她按照这个数字移动雕像，对家虎视眈眈。等她的野牛到位了，他拿起骰子，飞快地摇了摇，定在桌面上。十四点。看客们鼓起掌来。他第一次投骰子，还差两格就能走完一轮。

娜兰帕皱起眉头。她不大可能追上对家，她只能防守。她捡起骰子，手掌感受到了余温。出于习惯，她向太阳稍作祈祷，尽管他们玩的是旱地的古老游戏，相关的神明与太阳毫无干系。她扔出去了。

227

五点!

理解游戏规则的看客们倒抽一口气,娜兰帕笑了。五点当然不能让她在对家完成一轮之前追上,但可以让她掉转方向,吃掉他的棋子。她这样做了,掌声四起。

肾上腺素激增导致她面红耳赤。她理解为何那个呆瓜不愿离场,非要赌上最后的可可,为何人们到济贫院偿还赌债。她刚才的厌恶之情在赢钱的快感中消失了。

她对面的黑发男子颔首认输,听差跑来收拾棋盘,把一小堆赢得的钱推到她那边。

"继续?"那人问。

她用力点头,把手伸进钱袋。不等她掏出可可,一只手按在赌桌上。她抬头一看,阻拦她的是一个年轻人。他貌似托瓦人,但头发漂白了,染成明亮的金色。他的耳垂上吊着绿色的石头。新月海的风格,她心想。那么,也许是奎科拉人。

"老大说休息一下。"新来的人对她的对家说。那人溜下凳子,毫不迟疑地消失在人群中。

"老大要见你。"他对她说,转过头时,耳环晃晃荡荡。

她正要抗议刚刚玩了一轮而已,而每局一般是十二轮,但很快回过神来。赌博的目的就是吸引兄弟的注意,她成功了。

她松开了装满可可的钱袋,瞥了一眼依然昏暗的包厢,起身跟上了金发男人。

CHAPTER 25

奥布雷吉山脉
太阳历 320 年
(连珠日 5 年前)

> 我们变成了一个长久哭泣的地方
> 一间羽毛满地的屋子
> 天与地之间没有我们容身的家园
>
> ——摘自《刀兵之夜哀歌集》

塞拉皮欧十七岁生日当天,奥布雷吉的占卜师前来为他算命。他待在外面,躲在崖边巨大的松树底下。晚冬时节,他脚下的野草是脆生生的,而初霜尚未降临。他前后摇晃时,脚跟底下的土地依旧松软,但把脸颊割得生疼的寒风告诉他,冰封万物,奥布雷吉人窝着过冬,只是迟早的事。

"他在哪里?"他听见占卜师抱怨,那人尖厉颤抖的声音在上方的露台回荡,"我大老远过来的。那个男孩不想知道自己的命运吗?"

"那个男孩已经知道自己的命运了,"塞拉皮欧喃喃自语,"他只需要找到办法去实现。"

父亲的声音响彻户外,清晰得仿佛只有几步之遥。"去找他!"他喊道,"如有必要就把他拖过来。我的命令不容违抗!"

塞拉皮欧叹息一声，盘腿坐在树下。天气已经变得寒冷，他裹紧身上的羊毛斗篷，把骨杖横在膝盖上。至少还要再过一个钟头他们才会出来找他。

他希望最先找来的是珀瓦吉。乌鸦说过，它们看到一个老头在独自赶路，可能与他无关，但他希望是他的第三位，也是最后一位导师。毕竟，他十七岁了。时候应该到了。

他又坐了一会儿，听着喊声和跑步的响动，感受冬天的来临。

身后的落叶嘎吱作响，提醒他有人来了。他紧张起来，但随即又放松了，按照艾迪的教导，让肩颈和手脚保持松弛。他把杖子放到身边，抓握一端，仔细聆听。嘎吱一声，更近了。有人在接近，毫不在意脚下的响动。

如他所想，是珀瓦吉吗？也许吧，但他不确定。

他考虑要不要动手。又一步，陌生人离得很近了，他可以一棍子扫翻对方。转眼就让对方摔个四仰八叉。

树叶再次嘎吱作响，塞拉皮欧做了决定。

他出手了，旋身扭腰，杖子向前一送，然后横扫过去，结结实实地打中了某个东西。他换成双手持杖，再次挥击。随着一声大喊，他听见有人倒在地上。塞拉皮欧站了起来，拔出匕首，猫着腰冲过去，只听陌生人喊道："不要，求你了！饶了我！"

男孩停下脚步。他听见陌生人喘得厉害，从空气在肺部飞速流动的声音判断，对方的脏器羸弱不堪。老人。塞拉皮欧直起身子，收回匕首，但举着杖子蓄势待发。他用力一挥，打到了皮肉。他又使劲地捅了过去，陌生人闷哼一声，被杖子戳中了腹部。

"你就是乌鸦在路上看到的老头吗？"

"我是啥?"对方的语气充满茫然和困惑,"也许是吧?我、我、我不认得你的乌鸦。"陌生人的嗓音听起来上了年纪,应该是满头白发。"话说回来,我不是男人,也不是女人。但我确实是老人。"

塞拉皮欧不明白对方是什么意思,不是男人,也不是女人,但他没有追问。这无关紧要。

"你的名字是珀瓦吉吗?"

对方犹豫片刻,说:"珀瓦吉是我的头衔,不是名字。不过,是的,我是鸦神的第三位导师。那么……"陌生人嗤笑着,还没有喘过气来,"就是你了。很高兴见到你,塞拉皮欧。"

男孩思考了片刻。他从未想过,佩达和艾迪不是名字而是头衔。也就是说,他永远不知道他们真正的名字。他感觉怪怪的。

他回到了那个简单的问题,没有让他觉得自己受到欺骗的问题。

"你既不是男人,也不是女人,那你是什么?"

"第三种性别,我认为你在这个偏僻的小地方是不会知道的。我是拜耶基。但你更应该在意的是我的身份,守望者。"

"托瓦的祭司!"塞拉皮欧吼道,他摸向匕首。

"我不是你的敌人,塞拉皮欧,"珀瓦吉说,"差得远着呢。"

"但你来自天空塔。"

"是的。曾经是。很久很久以前。"

"现在呢?"他质问。

"我现在是它的敌人。"陌生人叹道,似乎不堪回首,"曾经我是天空塔不可或缺的一分子,刀兵会的成员,甚至发过誓要保护太阳祭司。"

"我的敌人。"

"我们的敌人。我们因为共同的仇恨而联手。"

"为什么?"

珀瓦吉犹豫了。"我们坐下来好好聊聊吧,塞拉皮欧。别让我这么躺着,肚子上还插着你的武器。我们时间不多,但我会把我知道的一切告诉你。"陌生人的声音激动起来,"我们把你隐藏了很久,尽我们所能,但是你现身的时间快要到了。"

他们坐在巨大松树的树荫底下。珀瓦吉摆好了一顿简单的午餐,食物是从塞拉皮欧未知的、气候温暖而潮湿的地方带来的。腌渍小鱼,无皮无骨,哧溜一下就进了喉咙,唇齿间只余咸味。加了辣椒的坚果在他口中灼烧。还有一种奇怪的带刺水果,珀瓦吉用刀子切开,里面是柔软多汁的果肉。最惊人的是一种浓稠的奶油状饮料,一开始在塞拉皮欧舌头上是苦涩的,然后变成令人愉悦的热辣口味。他只能将其描述为快乐的味道。

"在奎科拉语里,这个叫卡考。他们称之为神的饮料,"听了塞拉皮欧的感叹,珀瓦吉说,"适合你,乌鸦孩子。"

塞拉皮欧起初以为新的导师在取笑他,但彼的语气是真诚的。乌鸦们也来了,毫无疑问对陌生人感到好奇,塞拉皮欧喂了它们一点新奇的食物,但它们只喜欢饮料。不出所料。

"刀兵之夜,"珀瓦吉就着杯子,喝得呼噜作响,"萨娅跟你讲过刀兵之夜吗?"

"讲过,我五岁的时候。"塞拉皮欧说。那是母亲最早讲的故事之一,也是后来最常讲的故事。"她告诉我,守望者带着一支军队屠杀了所有信仰鸦神的人。她说刺杀者杀了我的外祖母、我的表亲,还有姨母和舅舅们。"

"还有吗?没有提到一个希悠转而保护她?"

塞拉皮欧皱起眉头。"她提到一个年轻的祭司在一个孩子的尸体跟前哭泣。祭司吐了自己一身,正在祈求原谅。"

"是的,好吧……"珀瓦吉叹道,"那样说也没错。"

"她说那个祭司帮她逃出了城,带她避难。"他抬起头,面朝珀瓦吉,"那个人是你吗?"

"是的。好多年前的事情了。"彼清了清嗓子,"我们逃跑之后,怎么说呢,我们都回不去了,所以我们去了奎科拉,我出生的地方。我在那里还有家人,不错的家庭,相当富有。一个表亲愿意雇用我打理进出口的生意。我在码头上为他干了两年的活儿,管理他的一间仓库。你母亲和我谈婚论嫁了,但她当时很年轻。不比你现在的年龄大。可我为她着迷,你懂的,非常宠溺她。"

"什么意思?"

"萨娅很固执。悲伤归悲伤,着迷归着迷。她一心想报复天空塔,让太阳祭司以死谢罪。那就是她的全部愿望。跟我不一样,她不满足于安逸的生活。她为了达到目的,又找了几个人。一个是托瓦的旱地人,出色的木匠,此人移居奎科拉,对祭司充满怨恨;一个是失去荣誉的长矛少女,因为抗命不从,被霍卡伊亚军事学院驱逐;还有我的表亲巴拉姆,一位名副其实的优雅领主,跟我一样发现了她的迷人之处。为了帮助她做这件事,他提供了各种便利。"

巴拉姆。他没有听过的名字。风吹得松树簌簌作响,松针如雨,落到他们周围。"做什么事?"

"巴拉姆热爱占卜和血魔法,在奎科拉不算罕见。但使得他与众不同的是,他拥有足够的财富可以投在爱好上。很快他就和萨娅整天厮混。一开始我很嫉妒，噢，太嫉妒了。我的表亲相当有魅力。"

"可你搞错了吧？他们不是爱人吧？"

"噢，他们是爱人，"珀瓦吉悲伤地承认，"但我直到很晚才发现。现在不重要了。我老了，我心中嫉妒的火焰早已熄灭。"

"然后呢？"

"萨娅告诉我，她和巴拉姆正在寻找一个方法，使用血祭让鸦神以人的形态复活。"

塞拉皮欧打了个哆嗦。

"是的，最初我也觉得可怕。然后就是好奇。血魔法在天空塔属于禁忌，整个梅里迪恩大陆都禁止活人献祭。普遍认为那是不文明的、野蛮的。"

"危险的。"塞拉皮欧本能地说。

"强大的，"珀瓦吉柔声补充道，"对人类而言太强大了。最好是遵循古法献祭活人，通过战争、饥荒和残暴的统治者。"彼的声音充满苦涩的滋味。

"然后你怎么做？"

"我加入了他们。"彼言简意赅。

"其他人也加入了？"塞拉皮欧问，整个故事在他脑子里逐渐成形，"佩达和艾迪？为了共同的事业？"

起初，彼沉默不语，接着是一声轻笑。"是的，我想事情已经很清楚了。佩达和艾迪是我们计划里的另外两个参与者，但她最需要的人是我——接受过训练，拥有解读星星的能力，理解天空轨迹的祭司。很惭愧地说，我感到高兴，能超越我表亲及其万贯家财，在她的需求层级中占据高位，但事实就是这样。"

"然后呢？"他渐渐地听得入了迷，关于他的诞生，他的

起源。

"我们还需要接纳神的容器,必须满足非常特殊和神秘的条件,巴拉姆找到的一本古老图籍有说明,不过萨娅可以实现。"

"那就是……"

"你,"他说,"我预测了下一次鸦神的力量达到巅峰的时间和地点,巴拉姆提供资金让你母亲来这里,佩达和艾迪保证尽全力帮助她。她让我们在无月的夜空下赌上血誓。对你的神来说,没有比血誓更强的约束力了。"

"那我父亲呢?他扮演什么角色?他知道吗?"他难以想象。他知道父亲爱过他,但在母亲做了那种事情之后,父亲一蹶不振。他再也没有接纳塞拉皮欧。听过珀瓦吉对母亲的描述之后,他怀疑马卡尔不愿接受的不是失明的塞拉皮欧,而是他的存在始终以一种激烈的方式提醒父亲,妻子已经不在。

珀瓦吉的声音带着歉意。"马卡尔只是最适合让她受孕的奥布雷吉人。有钱,能保证她衣食无忧,心地善良,能在她儿子出生后保护他。你父亲是实现目标的手段。"

塞拉皮欧悲哀地抿着嘴唇。他不爱父亲,时常痛恨父亲的傲慢不逊,却也接受不了父亲被描述成一个傻瓜,母亲则是不讲情义、勾引男人的幕后主使。他不知道有多少内容是珀瓦吉捏造的,又有多少是事实。

"你母亲非常漂亮,"珀瓦吉陷入回忆,恍若出神,"非常强大。她就像熊熊燃烧的火焰,塞拉皮欧。她遮蔽了所有人的光芒。谁也拒绝不了她的渴望,她渴望的就是你。"

"不是我。"他断然否认。他想起珀瓦吉说过的一个词:容器。

他的新导师沉默片刻。"你希望我说她爱你,"彼压低声音,但语气并不刻薄,"可我做不到。我熟悉的那个萨娅一切都讲究实际,她执念于复仇,也唯有复仇。"

"我知道她爱我。"塞拉皮欧反驳道,他想起母亲是如何抚摸他的脸颊和头发。她第一次染红他的牙齿、用刀在他身上刻画时眼中的爱意。"无论她一开始的目标是什么,我知道最后她是爱我的。"

他能感觉到珀瓦吉的目光。似是怜悯。他不喜欢。

"她的死亡不能证明这一点。因为她就是献祭的活人。仪式的最后一环。但是……"珀瓦吉若有所思,"也许正是因为她对你的爱,使得她的巫术在最后时刻那么有效,奥多·塞都。"

"奥多·塞都。"他重复着陌生的词语。风吹散了它们,扔过树枝,乌鸦们嘎嘎大叫,似乎又把它们抛了回来,他的整副躯体都炸开了。

随着词语掠过他的嘴唇,他浑身战栗,力量在骨头里震动。寒冷突然爆发,冻结了血液。他的皮肤在伸展,在破裂,释放出潜伏在体内的阴影。他张开嘴,试图尖叫,但是一个字都喊不出来。他倒在地上,直犯恶心,冰冷的眼泪流了出来。

他隐隐听见珀瓦吉悲伤的呼唤,含混不清,一只手伸了过来,被他推开了。

"不要。碰,"他吃力地说,"冷。还有……"他喘着气,伸出手,疑惑不解。"翅——翅——翅膀?"

就是那种感觉。仿佛翅膀随时可能从体内展开,他的人类形态即将毁坏,变成完全不同的模样。

"喝了这个。"珀瓦吉的声音从远处传来,语气急迫、惊慌。彼把什么东西送到塞拉皮欧嘴边,是一个陶瓶。"喝了它,塞拉皮欧。快!"

他强行张开嘴唇,让年迈的祭司把瓶里的液体灌进喉咙。他尝出了那个味道,尽管过了很久。那是日食当晚母亲喂他喝过的饮料。白如牛奶的药水。他咽了下去,浑身抽搐,珀瓦吉还在灌。

慢慢地,战栗平息了,他的皮肤和肌肉恢复了正常,他的血液也温暖起来。他侧卧在冬天的草地上喘息,余悸仍在体内翻滚,犹如山坡上隆隆作响的雪崩。

"那是什么意思?"他喘息着,终于开口,"那些词。是什么意思?"

珀瓦吉的语气充满敬畏和谨慎。"是鸦神的古名,在人类的语言里就变成了食腐鸦。那是你的真名,当然,不能轻易说出来。至少你不能。"

塞拉皮欧点点头,知道这是真的。知道他的名字就是力量,他控制不了的力量。知道说出来就会释放潜伏在他体内的东西。

"正如萨娅所预料的。"珀瓦吉说。彼难以置信地轻笑着。"她做到了。我不敢相信她竟然做到了。"

她做到了什么?

珀瓦吉抓着塞拉皮欧的胳膊,用力摇晃。他的牙齿在打架,他的胃拒不接受他吞咽的陌生食物。他躺在松脆的草叶里,疲惫而无助,冬天降临在他身上,他打着哆嗦,年迈的祭司却大笑起来。

"我的孩子,"彼无比敬畏地说,"你不仅仅是容器。你是能让太阳祭司和守望者下跪的武器。"

CHAPTER 26

新月海
太阳历 325 年
（连珠日 9 天前）

　　世上只有两种男人：一种早背叛你，一种晚背叛你。

　　　　　　　　　　　　　　　　　——滞克谚语

　　夏拉不知道自己睡了多久，等她醒来的时候，已经入夜了。她又回到了塞拉皮欧的屋子，躺在地板的床铺上，她以为一切都是梦。巴特的刀压进她的脖子，她被喉头的鲜血呛到，卡洛皮开肉绽惨不忍睹的下场，塞拉皮欧迎着诡异的大风，犹如某种羽毛、鲜血和复仇造就的黑暗神明。

　　她喉咙上的伤口阵阵疼痛。她摸向灼烧的部位，发现有条刚刚换过的绷带。血止住了，但伤口依然生疼，实实在在地证明船员们惨遭屠杀和先前的一切都不是梦。

　　她小心翼翼地转头，希望看到塞拉皮欧坐在他的凳子上，是她习以为常的样子，结果只有她一个人。

　　她闭上眼睛，任思绪纷飞；飞向金色的沙滩和孩子们无拘无束的笑声，飞向清洗渔网和修补茅屋的女人，飞向一百英里外那个弥漫着咸腥味儿、阳光普照、没有男人的地方。

　　家。

强烈的思乡之情攫取了她的心,令她害怕。她想回家。

然而这个选项是不存在的。

又一个画面浮现在脑海。她母亲面色晦暗如雨云。夏拉跪在一摊血泊里,不是她的血。村里的长老祈祷时嘴唇翕动,等夏拉开始奔跑,祈祷变成咒骂,她跌跌撞撞地跑进黑暗的海洋,拼命地游泳,泪水和咸咸的海水混在一起。

她收起膝盖,抱着双腿,默默地流下眼泪。过了一会儿,她又睡着了,但等待她的只有噩梦。她梦到了不属于她的血泊,梦到了逃跑时的咒骂,这一次,还梦到了黑色翅膀的鸟儿。

她再次醒来时如释重负。她立刻爬了起来,拿一块湿布擦了把脸,喝了几口宝贵的水。然后她想起船员都死了,对两个人来说淡水充足,于是她举起陶瓶,一口气喝光了。

她发现他坐在船尾处的船长凳子上,裹着黑袍,垂着脑袋,屈着膝盖,前臂搁在上面,完全是一个非常疲惫的普通人。她迈开脚步,随即又停了下来。她右边是一桶在迷途飞蛾的晚宴上喝剩的巴切酒,塞在一块油布底下,油布已被风暴撕得破破烂烂。她掀开残余的油布,抓起酒桶,走了过去,坐在船长凳子对面。

塞拉皮欧没有抬头打招呼,但他肯定知道她来了。

她用拇指扳开巴切酒的盖子,倾斜桶身,让带有酸味的酒水流进喉咙。吞咽的时候很疼,牵扯到尚未恢复的伤口,但巴切酒的味道棒极了,她懒得理会。又喝了一大口之后,她把酒桶递过去,碰了碰塞拉皮欧的膝盖。

"你们在沙洲上喝的饮料,"他轻声说,"我闻出来了。非常难闻。"

"气味不重要，"她耐心地说，"重要的是你喝了之后的感觉。"

"有酒精？"

"但愿有。"

他摇着头。"我不喝酒。"

她叹了口气，唯一活跃气氛的办法失败了。"那好，都归我了。"她举起酒桶又灌了一大口，将其放在身边的甲板上。她等他说点什么，但他再次陷入沉默，无休无止的沉默，仿佛他在很长一段时间里都不想说话。也许是永远。

但她已经感到焦虑了。她从来都接受不了冷场，只要有话说她绝对不会沉默。可是她要说什么呢？问他是否跟鸟儿对话了，是否命令它们杀死船员，打听他与突如其来的妖风和消失的太阳之间有什么奇怪的联系？一切似乎都不合常理、荒诞离奇，就像……啊，就像一个女人竟然能变成神话故事中的海洋生物。诚实地说，他表现出来的力量不比她身上发生的事情更诡异，她为了救鲁波一命潜得太深，大海让她变化了形态。很简单，这个世上存在魔法，存在她理解不了的事物。接受就好。

她窃笑一声。

他终于抬起头，带着询问的表情。

她咧嘴一笑，又想起他看不见，于是说："我刚才在想你是什么样的超自然生物，乌鸦人，然后我忽然想起了自己的古怪之处。"她耸耸肩，伸出一根手指，绕着酒桶的边缘转动，"我记得他们说，罐子和煎锅，半斤和八两。"

他的眉头拧成一团。

"没什么，"她说，"奎科拉的谚语。意思是你和我的相似之处多过不同之处。"

他的肩膀松弛了，笑意隐约，仅仅牵起嘴唇，抿着嘴角。"我们一点都不相似，夏拉。"他的语气带有不少歉意，不少渴望，所以听来不觉得是冒犯。

"你没有那么特别，奥布雷吉人。"她说，却是清冷的口吻。

她扫视了一圈，浑身颤抖。"全死了。"她的声音很轻，语气介于怀疑与遗憾之间。她望着血迹斑斑的船，一片狼藉的货物，听着船身在波涛中的呻吟，单调而冷漠，令人不寒而栗。尸体去哪儿了？她心想。他趁我昏迷的时候处理了吗？扔进了海里？或者，鸟儿把他们都吃光了？啄食筋腱、脂肪和肌肉，最后只剩白骨。她摇头驱散骇人的画面。他肯定把他们扔下船了。

他说话时嗓音低沉，如幽暗的振翅声。"死了。"

她打了个寒战，把手伸向酒桶。"是的，谢谢你，不然死的就是我。但是……"一幅幅画面再次不请自来。卡洛空洞的眼窝，巴特被啄烂的面孔。她颤抖着喝了一大口酒，毫不在乎是不是喝得太多太快了。"下回你还是用刀子吧，怎么样？"

塞拉皮欧突然抓住她的双手，掌心温暖而有力。她惊讶地眨了眨眼。他的动作太快了。他一直都是那么快，还是她已经醉得不轻了？继而，塞拉皮欧凑到了面前，距离很近，他的气息拂动了她的睫毛，让她止不住地眨眼。她不禁好奇，既然他看不见她坐在哪里，又是如何准确判断方位的。

"杀了你的船员，我很遗憾。他们没有残酷地对待过我，但他们打算杀死你，我不能放任那种事情发生。"

她的心脏怦怦直跳，一股热流涌遍全身。他是不是在说他很关心她？她的命对他来说很重要？很少有人在意她的死活，只关心她的涤克天赋能带给他们什么好处。而大部分人在分别的时候都很想让她死。他是不一样的人吗？

"他们本质上都是混蛋,没有例外,"她耸了耸肩,"包括该死的卡洛。"她的呼吸稍有迟滞,于是赶紧喝了一口酒。"你是逼不得已。"

他们坐在一起,一时间谁也不说话,但夏拉不断地喝着酒。他们还处于无风带——有几天了?她心想。他坐在这里,在平坦而无风的海面上等了多久,才等到她从睡梦中醒来?好吧,他帮她清理过伤口,给她饮过水。她试图回忆起总共有几次,但是想不起来。而且,随着灌进喉咙的巴切酒越来越多,无论想什么都越来越困难了。她就喜欢这种感觉。

"现在做什么?"她的嗓音有些含混不清。

听到她的问题,他神色诧异。"在连珠日抵达托瓦,"他说,"我的计划没有变。"

"当然,只是……"她指着辽阔无边的海面,"瞧瞧周围,小塞。就算我想送你去托瓦,我也不知道它到底在哪里。"

听到这个昵称,他的嘴唇翘了起来,但没有说什么。

"那边有一条大河的入海口。"他举起手,指着背后偏西边的方向。

"你是怎么知道的?"

他歪着头。仿佛是作为回应,一只乌鸦叫了。她扭头看向身后,动作太猛,扯得伤口疼痛。就在那里,一只巨大的黑色乌鸦,栖息在她此前睡觉的屋子顶部。它冲着她张开翅膀,又叫了一声,同时拍了拍翅膀以示强调。

"它们从哪里来的?"她问道,虽说屋顶上仅有一只鸟儿而已。

"陆地。自从我们离开海岸,我就一直跟它们说话,不过等到他们把你跟我关在一起的时候,我才开始召唤它们。"

她想象着那种景象。几百只乌鸦起飞,精准地越过大海而来。

"明白了,"她回头看着塞拉皮欧,"这么说它们就像你的眼睛?"

"在它们愿意的时候。"

"还是你的武器?"

"不是唯一的武器,但确实是的。"

不是唯一的武器?他还隐藏着什么样的力量?她想起了巴拉姆大人。显然,她在接受这次任务之前没有问清楚。

"好,你的乌鸦朋友说托瓦谢希就在那边。有几天的路程呢?"

他紧抿嘴唇,思考片刻。"它们对时间的流逝不是特别清楚。但这不重要。我们尽我们所能地航行,应该能在连珠日到达。"

"我们如何赶到那里?我好像失去了所有的船员。你的鸟儿不可能划桨吧?"

他皱起眉头。"不行。但它们表示可以制造风……"

她仿佛看见了抵达港口时的画面,一大群黑色的鸟儿拍打着翅膀,用小小的鸟喙殷勤地推他们入港。

"海水母亲啊,不要。先试试我的歌吧。"

"当然。"

"可是……"她伸出一根手指在面前微微晃动,"我想知道原因。"

"什么原因?"

"托瓦对你来说有什么特别的?还有,你为什么非要在连珠日赶到那里?再说,连珠日是什么?你一直在说,好像我应该明白似的。"她叹了口气,既重又急,"我受够了没完没了地提问。

243

我想知道所有的事情。"

他沉默了。天空啊,这个男人可以沉默到海枯石烂的地步。僵持之下,她正准备让步,他说话了。"连珠就是天体排成一线。那一天,太阳、月亮和大地排成一线,月亮的影子吞噬了太阳。"

"黑日,"她点点头,"渧克的说法。这种天象很罕见。"

"罕见,是的,但这一次最为罕见。这一次的连珠日将和托瓦的冬至日重合,也是太阳最弱的一天。托瓦差不多有四百年没有见过连珠日了,而且从未出现在冬至日。真的,那是太阳的力量一千年来最弱的一天。"

"你为什么非去那里不可?"她发问的同时,想到了太阳初次与他相遇的场面,太阳似乎在颤抖,在他的力量面前隐退。听来荒唐可笑,她很清楚。但她能感觉到——太阳畏惧他。

"那天我必须去出席一次会面。"

"去见太阳?"

"去见太阳祭司。"

"为什么?"

他没有回答。仅仅拉起她的双手递到嘴边,按在他温暖的唇上。她心跳加快,后颈窜上一股微微的刺痛感,仿佛他正贴着她的肌肤低语。她浑身战栗,却是因为愉悦,而非恐惧。

"你能送我们去托瓦吗,夏拉?"他嗓音低沉,充满热情,"你能唱歌呼唤大海,送我们去托瓦谢希吗?"

"我……"她忽然感觉醉意来袭,似乎巴切酒在一瞬间上头了。塞拉皮欧的嘴唇还在她的指节上,他的话语还回荡在她的耳朵里,她知道自己准备做傻事了。脑子里有个声音轻言细语地提醒她对方很危险,她对塞拉皮欧一无所知。但那不是事实。她知道他有幽默感,尽管掩饰得很好,知道他从未见过裸女,知道他

处理自己身上的伤口,还有,最重要的是,知道他救了自己的命。

"我能把我们带到托瓦谢希。"她答应了。

随后,因为巴切酒、惊骇和为失去船员而感受到的悲痛——包括蒙昧无知的卡洛、凶残无情的巴特和帕图的鸡蛋水果——还因为将近一周以来内心愈演愈烈的渴望,她凑向前去,越过数英尺的距离,吻上了他。

他一开始是抗拒的,似乎不知所措,她怀疑他从未亲吻过。但他的嘴唇很快放弃了抵抗,报以热情的回应。她爬上他的膝盖,跨坐在他的腿上,继续亲吻。感觉很好。他的皮肤是冰凉的,就像顶着炎炎夏日干了一整天的活之后喝上一杯爽口的冰镇饮料。他笨拙得很,倒也不至于妨碍,但显然缺乏经验,她很是喜欢,因为她占了上风,而且他是正常人的反应。他给人的感觉是舒服的、可靠的、真实的;他们挨得很紧,她抱着他。在亲吻的时候,她就不必去思考难以实现的海上航行、死去的船员和成群的黑鸟,只有她和这个男人,这个不知道是英雄还是恶棍的男人,但也许她不必知道,只要脱掉他的长袍和——

他唐突地站起身,她也随之上升,双腿缠着他的腰。

"夏拉,"他讷讷地说,"我不能。"他把嘴唇移开了。她欲罢不能地凑近,不希望这种感觉到此为止,她要在巴切酒和肉体之间忘我地迷失,可他缩了回去,扭开头。

她骂了一声,放开双腿,落在甲板上,胳膊也收了回来。

"我不能。"

她笑了,他肯定把她的咒骂理解成了字面意思。她笑着笑着,打了个嗝,然后叹息一声。"信仰的束缚吗?"她问。

"什么?"

"没什么。"

她尴尬地站在那里，目光低垂，羞得满脸燥热。值得庆幸的是，他大概看不见她的样子。可她在骗谁呢？他正在打量她。聆听她的心跳，感觉她越来越强烈的耻辱，闻到她兴奋的气息，不管他做什么，他无需视力就能读懂她的心思。她认真地考虑过要不要接着喝巴切酒，借着酒劲缓解尴尬，但最终还是放弃了。她不禁为自己惊人的意志力而洋洋自得起来。

"托瓦。"他急切地说。

她抬起头来。他的头发被她抓得乱蓬蓬的，他的嘴唇因为激烈的亲吻而微微肿胀。他绝对是人类，但也许有点像怪物？这样的描述同样适用于她。此刻只有他们二人，这些标签和分类有意义吗？

"我会把你送去的，让你和太阳祭司会面，"她开口了，"这是我答应了的。"

他似乎满意了。"你想不想给我讲个故事？"

听到他的要求，她使劲地眯起眼睛，惊讶万分。"不，塞拉皮欧，"她说，笑意在她受伤的内心蠢动，"今晚不讲故事。"

"好吧。我可以跟你坐在一起吗？在你对大海唱歌的时候？"

她摩挲着残缺的小手指。他很危险，拥有深不可测的魅力，却又不可靠近，因为他全身心地投入在某个任务上。噢，夏拉，她心想，叫他走开。说不。说。不。

"当然可以。"她坐到船长凳子上，拍了拍身边的位置，"我还是给你准备了一个故事。讲一个劫数难逃的人鱼和拒不接受她的神秘爱人。你会喜欢的。我发誓。"

CHAPTER 27

托瓦城（郊狼之喉）
太阳历 325 年
（连珠日 8 天前）

  托瓦人民热爱游戏。主要表现在郊狼之喉里各式各样的赌场，以及最流行的名为帕托的掷骰游戏。帕托在托瓦的流行程度正如奎科拉的舞会。我一开始以为这种游戏只是消遣用的，但东道主告诉我，游戏是神圣的。他们视其为连接天与地的另一种方式。我指出玩游戏常常是为了赢得可可。他固执地反驳，极尽耐心地向我解释其中的哲学，可我还是理解不了。
  ——《受奎科拉七大商贾领主委托撰写的旅行报告》
  朱提克著，来自巴拉施的旅行者

  娜兰帕以为金发男子会带她去老大们就座的包厢，不料他走向了赌场深处，走过了圆形房间的前半截墙壁。慢慢地，人少了，顾客、听差和饮料的气味都没了，四处空空荡荡，散发着泥土的气息，光线幽暗。
  地上的树脂灯火光摇曳，一路照明。它们的光线非常微弱，只能为行人指点下脚的位置。它们也驱散不了她心中滋生的不祥预感，更不能改变越来越深入地下的现实。在帕托赌桌上激发的肾上腺素还留在血管里，但此时令她疲惫不堪，不辨方向，提防着任何一处阴影。地面倾斜而下,深入狼喉的心脏。

那人扭头看过她一次。她冲对方点头示意,但他已经转回了头。她发现呼吸吃力。像旱地人那样呼吸,她告诫自己。此地位于岩层的深处,空气稀薄。不要像养尊处优的天创氏族那样大口呼吸。你离开那么久了吗,娜拉?

"还有多远?"她终于发问,嗓音细弱。

"不远了。"

她强行集中精神,记忆走过的路线,这种事情她小时候做过无数次。当年是一种本能,现在非常困难。很快她就想不起他们来时的路了,也很清楚她一个人是回不去的。

这是有意为之,她心想,给我来个下马威。提醒我,我在此处无权无势。这个地方已经不属于我了。

他突然止步。"到了。"他说。

她窥视着阴影。"哪里?"

他示意前方,但前面什么都没有,直到她的目光投向下方。

他们站在一个地洞的边上。有一架梯子从洞口伸出来。细长的木杆最高不超过她的膝盖。她需要坐下来,双脚放进洞里,向前伸手,直到快要摔下去,才能抓住木杆。

"你要我爬这个?"她难以置信地问。

他点点头。

"还有别的路吗?"她想起了此前在天空塔外墙上的攀爬。她好不容易来到狼喉,已经精疲力竭,害怕回去时再爬一次。

"我奉命告诉你,真正的娜拉什么都敢爬。"

她大笑一声。"那是二十年前了。"她表示抗议。

"二十三年。"有人喊道,那么响亮,那么清晰,她敢肯定说话的人就在不远处,"下来吧,姐姐。"

"丹纳欧奇?"

"你费了那么大的劲儿跑来找我,"弟弟带着戏谑的口吻说,"多爬几步梯子算什么?"

她看着向导,后者却站在那里无动于衷。

一个游戏。丹纳欧奇正在跟她玩游戏。好吧。她玩就是了。

她愁眉苦脸地坐了下来,要想体面地坐到地上真是太难了。她倾身向前,去够木杆。她的整个身体很快就失去平衡,一下子撞在梯子上,她不禁骂了句脏话。慌乱之中,她的一只脚踩到了第一级横档上。然后是第二级。她的脚在狭窄的横档里卡得难受,攀登鞋提供不了多少保护。

攀爬的距离远比她以为的短,大约爬了六级,她没入黑暗之中。她依然可以看到头顶上的金发男子,如果她个子再高一点,甚至可以伸手摸到他的脚。她右边有一条隧道,入口的高度正好合适,她个子矮,不用弯腰就能钻进去。大多数人需要低头,也许需要弯腰,才能进去。他迫使人们谦卑地走到他面前,她心想。

她走进去了,不过就像刚才的梯子一样,隧道也很短,走了几步空间就变得开阔了。

她所在的房间比狼喉的大多数房间都大。绝对大过生养她的那个两房穴居。长宽都有二十步,树脂灯挂在洞顶,洒下柔和的光线。以狼喉的标准,这里算得上宽敞明亮,不过以她后来养成的天创氏族的视角来看,依然是狭小而幽暗的。房间正中央摆着一张大桌充当书案,还有一把进口的靠背椅。一张托瓦样式的长凳放在前面供客人就座。远处的角落里有人坐在地上,与其说她是看到的,不如说是感觉到的。那人藏身于阴影之中,显然在旁观察,也可能是保镖。但她没有时间进一步判断,因为她弟弟,也只可能是他,问候她了。

"欢迎,太阳祭司,"他朗声说,语气充满嘲讽的意味,"我本该设宴招待,但我不知道你要来。"

她不理会他的嘲弄。她早就料到了,也理应如此。她没有想到的是,情绪的波动令她难以承受,她喘不上气,飞快地眨着眼睛,忍住突如其来的泪水。

自从他六岁以后,她就再没有见过他,但无论在哪里她都能认出他来。因为那双眼睛。既大又黑,还很明亮,有一圈漂亮的睫毛,现在也一样。母亲总说丹纳欧奇在他们当中是眼睛最漂亮的。他曾经是个可爱的孩子,不过如今长大成人,她发现那些可爱的特质大多已从他身上消失了。他现在很精瘦,是东边平原上郊狼越冬时的那种精瘦。他看样子很空虚,是一个饥渴无度的人。他抹了油的黑发梳向脑后,而且剃得很短,不及耳朵。半边脸从耳朵到鼻子有一道粗厚的伤疤,说明他差点被人杀死过。他戴着唇塞和翡翠耳环。一层层翡翠、绿松石和珊瑚组成的项链挂在他细瘦的脖子上,压着一件刺绣精美的衬衫。椅背上铺着一条昂贵的豪猪刺毯。

"欧奇。"她选择用他儿时的昵称问候他。

他盯着她。"你哭了吗,亲爱的姐姐?"

"很高兴见到你,"她简单地回答,"我很想你。"

他嗤笑一声,但嗓音有几分粗鲁。是悲伤吗?她只能这样希望。

"我们的重逢要从谎言开始吗?"他问。

她如芒在背。他这话确实刻薄。他有这个资格。是她一有机会就离开,并且再也没有回头。"我说真的。时间过去太久了。"

"我算下来有二十三年。我可以给你精确到天,精确到小时,

如果你想知道的话。"他倾身向前,双手交叠,搁在面前的桌子上,"不过制定日历是你的活儿,不是吗,祭司?"

她鼓起勇气走到凳子前,坐在他对面。距离拉近后,娜兰帕发现他的右手少了三根手指,两根完全没了,还有一根自第二个指节处被切断,而且他的双手布满烧伤的疤痕,似乎曾经被按在火堆里。

她差点打了个寒战。他的神色微微一动,似乎注意到了她呆滞的凝视。

"你恨我吗?"她问。

"是的,"他盯着她的眼睛,"但我理解你为何抛弃我们。我要是有机会,也会做同样的事。"

她闭上眼睛。她向来以离开家人从此不回头的决绝和多年的祭司生涯为荣,本打算以强硬的姿态与弟弟会面。但她欺骗了自己,背井离乡的羞愧感淹没了她。"我很抱歉丢下你一个人。"

"一个人?"他猛地一拍桌子,吓了她一跳。坐在他身后的阴暗角落里的人,或者某个东西,也受惊了,发出叽叽咕咕的微弱声音。娜兰帕不禁汗毛倒竖。"你误会了,姐姐。我从来都不是一个人。"

"可是……他们不是都死了吗?"

"他们?你都不提他们的名字吗?你说的是被你遗忘的家人吗?"

她仰起头来。"他们从未被遗忘!"

他冲着她摇了摇手指。"瞧?我就知道。我对妈妈说,娜拉永远不会忘记我们。虽然去了花里胡哨的天空塔,生活在天创当中,但她是个好姑娘,永远不会忘记她的家人。在她临终的时候我一直这么对她说,咳嗽把她的肺毁了,一声声索她的命。"他的语气变得冰冷,"阿克偷了一个老大赢来的钱为妈妈买药,他被扔下悬崖的时候,我也是这么对她说的。还是那个老大出现在我们家门口要求还钱,而我们唯一能赔的只有我的时候,我依然是这么对她说的。我在窑子里的第一个客人,一个天创子弟睡了我一晚上付的可可比我们一年见过的都多时,真的,我对着他压在我脸上的枕头说了同样的话。"

她感到一阵恶心。"你去过窑子?"此刻记忆中的漂亮小男孩的形象腐坏了,变质了。

"至于那么惊讶吗?狼喉让我们所有人都成了天创的娼妓。"

他是不是这样看待祭司的?取悦天创的娼妓?

"我承认,这种事情并非出于自愿。"他继续说下去,不带任何感情,仿佛只是跟老朋友叙旧,"直到他们发现我对充满暴力的床上游戏很感兴趣。我不否认,有一阵子,这种口味反而成为我的救赎,于是我在窑子里迎合客人们的特殊口味,后来遇到了一个人,为我赎了身。"

"买下了你?"

"恰恰相反,"丹纳欧奇说,"放我自由。"他面带微笑,但那苦涩的笑容是别扭的,阴沉的,她相信那位恩客,如果真是恩客的话,最后死在丹纳欧奇手里。不,他已经不是她可爱的小弟弟了。她离开后的苦难生活重塑了他,将他扭曲成现在的样子。这是她的错吗?是她造成的吗?或者,假如她留在这里,一切也会照常发生吗?为了偿还阿克的债务,被卖到窑子里的人会不会是她呢?她会不会成为双手沾血的杀人犯?

弟弟深吸一口气,坐直身子,眼皮睁开又闭上。"抱歉,愤怒让我失态了。我那时还是孩子,都是很久之前的事了。然而,再次见到你,过了那么多年……"

她低下头，眼里充盈的泪水更多了，她双手交握，放在膝盖上。"我那时也是孩子，"她低声说，"自私的孩子。我很抱歉。"

他靠着椅背，望着她。他似乎还要说什么，但最终只是拍了拍手，打破了回忆在他们周围编织的黑暗咒语。

"但我们已经不是孩子了，"他又轻笑一声，"你我都不是。瞧瞧你成了什么。"他夸张地做着手势。"托瓦的太阳祭司，多厉害！"

已经不是了，她心想。她说："而你，狼喉最声名狼藉的黑帮老大。"

"过奖了。"他嘴角一动，笑容冷漠而虚伪，那些天创主母最擅长此道。

娜兰帕忽然意识到这次寻找弟弟是个错误，寄希望于过了这么久他们还能了解彼此，他还会对自己抱有同情。这是愚蠢的最高级别。对她而言甚至可以说是傲慢。

但你来这里是有原因的，娜拉，她提醒自己。你对过往的羞愧和不安不能与之相比。她一直在凳子上缩成一团，他的言语似乎能造成身体上的伤害，吓得她避之不及，此刻，她坐直了。说话之前，她深吸一口气。

"来这里，是因为我需要你的帮助。"

丹纳欧奇的双拳顶着下颚，倾身向前。"我在听。"

她感觉到后颈出汗了，在他的凝视下，她心跳加速，但她硬着头皮说下去。"托瓦有危险。需要你的帮助。"

"城市需要我的帮助？"他平淡的语气带有一丝怀疑，"我以为你说的是你需要我的帮助。"

"是的，我需要你的帮助，"她承认，"也是为了帮助城市。"她匆匆补充道："我需要你帮助我拯救城市。"

他歪嘴一笑。"我能给太阳祭司提供什么帮助？你有听你调遭的刺杀者,为你效力的医疗者。天创主母们不问过你的星图都不敢拉屎。我能怎么帮助你?抱歉,我是说城市。除非……正是那帮人成了问题本身。"

她咽了口唾沫。

"真是这样吗?"他嗓音轻柔,惊讶地问,"你众叛亲离了。"

她以为他会大笑,嘲弄她,羞辱她,但他只是盯着她。

她的手掌在大腿上抚过。"确实,我好像树了不少敌人。"

"树大招风,像你这样爬得太高的人都避免不了。"他靠了回去,指头敲打着下巴,"他们恨你,不是吗?因为你不是天创出身,无论你有多么努力。你洗不掉你身上的旱地味儿,对吧,姐姐?"

她不喜欢他极具先见之明的洞察力,但她知道他说得没错。"我在天空塔遭到了挑衅,我承认,但我想说清楚,欧奇。我来这里不是为我自己。我来找你是因为城市——"

他摆摆手,翻了个大白眼。"噢,又提到城市了。我知道你是认真的,娜拉。我看到了你的诚意。可他们想杀了你,不是吗?你所珍视的祭司想要你死。"

她摇摇头。"不是祭司。是乌鸦的狂信徒。他们刺杀我未遂。两次。我们抓到了第二个刺客。还来不及审问,他就被杀了,但他身上有黑翰。"

"食腐鸦确实恨你,"他这话接得太快了些,令她心中不悦,"如果他们自认万无一失,他们会毫不犹豫地杀害太阳祭司,杀光天空塔里所有的人。但他们太聪明了,不会直接采用刺杀的法子。他们知道其他氏族必然转而针对他们。还有,事关信仰,他们还在等待时机。"

"等待他们的神回归。"她说着摆了摆手,对这类胡说八道不

屑一顾。

"多好啊,他们将复仇大业托付给一位愤怒的神明,而不是舞刀弄剑地对付你。"

"你刚刚还说他们不是傻瓜。对天空塔使用武力就是愚蠢的。"

"没错。要我说,既然有人企图杀死你,那么你最好仔细查查自家后院。"

她明白他在暗示什么,但听来着实荒唐可笑,尤其是最近她被赶下台来。"如果祭司有心害我,他们每天有一百次机会、无数种方式杀死我。"

"啊,有没有一种方式可以栽赃给食腐鸦呢?不过随着他们的主母被杀,也许他们决定不能再等了。"

她没听错吧?她脊背发凉。"亚特莉扎死在自家床上。"

他嘴里发出啧啧声,冲着她摇晃手指。"他们从河里捞起了她的尸体。我在各家主母身边都安插了眼线。这是事实,虽说食腐鸦已经尽力保密了。新主母和她的护盾不是狂信徒的朋友。我认为,如果狂信徒知道他们的主母是被人谋杀的,托瓦会血流成河。也许流的是他们自己的血,但无论如何都会造成伤害。"

"可是……"她摇着头。谋杀?"不可能。"天空啊,伊克坦知道吗?她面红耳赤,觉得自己像个傻瓜。伊克坦当然知道。问题是为何彼不告诉她。

丹纳欧奇眯起眼睛,一开始迷惑不解,随后喜笑颜开。"你当真不知道?真有意思。我以为祭司需要对她的死负责。"他阴郁地笑了,"我觉得你信错了人,姐姐。不过,你瞧,你说托瓦有危险,也不算完全说错。风暴要来了,是的,但不是来自你以为的地方。"

CHAPTER 28

托瓦城（郊狼之喉）
太阳历 325 年
（连珠日 8 天前）

> 必要的是，辅祭们须脱离他们加入祭司之前的亲属关系和责任。他们唯一的忠诚对象只能是天空塔的同僚，否则他们的目标可能会南辕北辙，真理之路可能会被个人情感阻塞。
>
> ——《太阳祭司手册》

娜兰帕坐着不动，思绪纷飞。她一直以为自己的处境很复杂，而这却是一叶障目。丹纳欧奇看到的是整座大山。

他站起身来，在房间里踱步。她注意到他微微跛行，左腿跟不上，她紧抿嘴唇，以免忍不住提问。毫无疑问，那是他人生中的又一个印记，连同脸上的伤疤、缺失的指节和烧伤的双手。忽然之间，她再次为曾经的可爱男孩感到心疼。

她知道自己不能信任他。他的谴责犹在耳畔，他对祭司的鄙夷深入骨髓。但她大老远地找过来，而且无论如何，他在帮她。另外，他知道一些内幕，在城里有一定的势力，是她在天空塔里做不到的。于是她做出了决定。

"还有一件事情你应该知道。我不得不来找你的真正原因，现在再明显不过了。"

他转头面对她，一脸怀疑。

"塔里的人提议让刀兵出手，报复食腐鸦，金雕从中协助。也许还有别的氏族，我不知道。但我认为水黾跟他们的计划没有关系。"

丹纳欧奇点点头，似乎她的消息在他意料之中。"他们行动前我们还有多少时间？"

"最晚到冬至。昨天的骚乱之后他们才做出决定。就在他们剥夺我的头衔，把我关在房间里之前。"

弟弟笑了，低沉而冷漠的嗤笑。"哎呀，哎呀。"

她默然忍受羞辱，专注于真正重要的事情。"我们不能让刀兵之夜重演。整个城市都会完蛋的。"

"你也许不信，狼喉的老大们也关心这座城市。我知道，我刚才不把你的话当一回事，但民不聊生对我们都没有好处。到时候生意大受影响，带着可可的朝圣者和游客都会被吓跑，尤其在冬至日之前。无论是奥多黑还是祭司先动手，刀兵之夜重演都是我们所有人的末日。托瓦将一蹶不振。新月海的城市早就当我们是成熟的果子，等着摘我们呢。奎科拉痛恨被我们掐着脖子，如果他们撕毁协议，霍卡伊亚也会跟进。天创只要走出一步蠢棋，我们所有人都会面临危险，这次内讧有可能就是转折点。"

娜兰帕从来没有想到过奎科拉和霍卡伊亚。"天空啊，欧奇。天创和守望者已经与世隔绝了吗？完全忽略了我们真正的威胁？"

他盯着她的眼睛，默默盘算。她刚才也这样观察过弟弟，在她决定公开自身处境之前。她坦然接受弟弟的审视。

"你刚才提到了金雕，"他说，"他们参与其中。也许天创对即将到来的危险略知一二，他们有自己的打算。"

醍醐灌顶。她觉得自己像个傻瓜。她指责祭司太过封闭，满足于现状，可她自己也一样。她的眼光没能越过托瓦，没看到整个大陆都逼到了家门口。

"那么你有什么建议？"她问。

他举起完好无缺的那只手，打了一声响指，喊了一个名字。

幽暗的角落里传出一个声音，她此前知道那里有动静，后来在激烈的讨论中忘了这回事。一个影子在黑暗中现身，一点一点地向前靠近，最后成为人形，一个女人。

她既不平庸，也不漂亮，这方面有点类似娜兰帕，但娜兰帕个子矮，她个子高，娜兰帕生得圆润，她则瘦削而修长，饥渴一如丹纳欧奇。她的头发短得可以看见头皮，身着一条从脖子裹到脚的、深褐如河中淤泥的裙子。她微微一笑，露出了牙齿。

"告诉她，你施法看到了什么，扎塔娅。"

娜兰帕的下巴差点掉了。"女巫？"

"她是我的顾问，"他说，"我信任她。"

"欧奇……"娜兰帕连连摇头。有那么一会儿她很是佩服弟弟，折服于他的神通广大和洞察力。可这算什么？"魔法是蠢人的倚仗。玩的就是手法和迷信。"

女巫挺起腰杆，显然被激怒了。"不是只有你们能解读未来，"她说，"你们观察星星，我们旱地人观察别的迹象。火和石头也会说话。"

"巫术，"娜兰帕斥道，"不能与祭司的科学相提并论。"

"娜拉，拜托，"弟弟带着愠怒的口吻说，"是你来找我帮忙。思想要开明。"

"思想开明是没错。可你要我相信这种蠢事。"她说着站了起来，"我不可以——"

"你可以！"他吼道。她吓了一跳，目瞪口呆。"你可以。"他

压低了声音，语气也平静了，"如果你真想拯救自己和这座城市，你就听着，姐姐。还有，你别忘了，你尽管说服自己你是天创的人，但你出生在旱地。这——"他指着女巫。"这才是你的身份，而不那座塔。现在……"他示意她就座。

娜兰帕不禁愕然，一屁股跌坐在凳子上。

弟弟抚摸着项链，似乎那些石头能让他冷静下来。他点点头。"继续，扎塔娅。"

"我读了火焰，"她说，"窥探过阴影。"她从衣服里掏出一个巴掌大的镜子吊坠，抓在左手中。娜兰帕坐立不安。她认出那是一块占卜用的镜子，是南部的巫师们常用的。

"这不是旱地的魔法。"她咕哝道。

"别急。"丹纳欧奇说。

扎塔娅闭上眼睛，低声吟诵咒语。娜兰帕仔细分辨那些词语，但女巫声音太低，娜兰帕听不清。

她重复吟诵了一遍咒语，轻柔的嘶嘶声充满了房间。

他们等待着。

咒语又吟诵了一遍，再一遍。汗水从女巫的发际线和脖子上渗出，她摇摇晃晃。

娜兰帕又一次看向弟弟，但他打了个手势，让她保持耐心。

终于，扎塔娅说话了，嗓音阴沉而诡异。"风暴渡水而来，不停不歇！"她喊道，"南方的黑暗力量正在积聚。随着太阳变弱，他在变强。"

娜兰帕眉头紧锁。听起来像是胡说八道。"我不明白。"她看着丹纳欧奇，"他是谁？南方哪里？我们说的还是奎科拉吗？她可以看到食腐鸦的情况吗？金雕呢？"

"一个一个问题地来。"丹纳欧奇喃喃道。

"好吧。他是谁?"

丹纳欧奇点点头。"扎塔娅?"弟弟问。

女巫似乎更专注了,此时浑身颤抖的幅度大到清晰可见。当鲜血从扎塔娅的手上滴落,娜兰帕瞪大了眼睛。镜子肯定割伤了她。

她张嘴正要说什么,但丹纳欧奇摇摇头。他们头顶的光线摇曳着,阴影在房间里跳跃。娜兰帕摩挲着忽然发冷的胳膊。

"怎么回事?"她的声音轻如耳语。

扎塔娅呻吟着,低沉而痛苦。鲜血从她抓着镜子的手上不断渗出。她的呻吟变成了哀号。她脖子上的绳子被拉长。

"叫她停下来,欧奇。"娜兰帕忐忑不安。

"她必须做完。"

"做完什么?她在伤害自己!"

"别管她,娜拉。"

"不!这太鲁莽了。"她起身走向那个女人,打算用力地摇晃对方,让其摆脱这种丧魂失魄的状态。但不等娜兰帕碰到,扎塔娅就瘫软在地。娜兰帕准备去扶,女巫却伸出血淋淋的手阻止她。

"天空啊,欧奇!至少给她包扎一下。"她说。

"她没事。"他吼道。

扎塔娅的肩膀再一次震颤。太疯狂了,他们都疯了。扎塔娅终于睁开眼睛。娜兰帕从中看到的只有挫败。

"嗯?"丹纳欧奇凑近了问。

女巫摇头。"我看不到工具,只有结果,"她气喘吁吁地说,"他来了,他带来了风暴,但他在阴影中旅行。我看不穿阴影。"她望向娜兰帕。"但我看到了别的东西。"

娜兰帕不安地扭动着。她不信,但也并非完全不信。

"什么?"丹纳欧奇急切地问。

"我预见了太阳祭司的死亡。"

姐弟俩对视一眼。

"有办法阻止吗?"丹纳欧奇问。

女巫从地上撑起了身子。她晃晃悠悠的,随时可能倒下,娜兰帕想去帮她,但她再次拒绝了。扎塔娅走到桌边,从腰间的袋子里掏了一大把东西,堆在桌上。她用沾血的手指在其中翻找,找到了想要的。先是一条项链,吊坠是一个小小的雕像。娜兰帕认出那是她在玩帕托的赌桌上挑选的棋子,黑曜石小野牛。

"你怎么拿到的?"娜兰帕问。

扎塔娅不予理会。然后她拿起了一条荆棘。不,是一根魔鬼鱼的鱼刺,有她手掌的两倍长,骨白色。这是南方巫师施行血祭的道具。

"我不会把我的血给你的。"她断然拒绝。

"如果你想活下来,你非给不可。"扎塔娅厉声应道,她的嗓音恢复了正常,精力显然也恢复了。

娜兰帕瞪着弟弟。他摊开双手以示无辜。

"不。"她说。

"娜拉,这又不难。扎塔娅知道她在做什么,现在她要救你的命。"

"伸舌头,祭司。"

娜兰帕感到恶心。她确实不愿意被鱼刺扎穿舌头,但尤为反感巫术。在她接受的理念中,巫术不仅是迷信,也是对祭司及其生活方式的诅咒。不过话说回来,她已经走了很远,再远一点又何妨?

她伸出舌头。女巫拿着鱼刺扎了进去,手法迅速且熟练。娜兰帕眼泪汪汪,但疼痛来得快去得也快,没有她想象的强烈。扎塔娅用一只小陶碗接住娜兰帕的血,端回到桌上。她把小野牛雕像放进碗里,让雕像浸在血中。等雕像通体浴血,她将其取出来挂上项链。她把项链递给娜兰帕,后者戴在了脖子上。

"这有什么用?"她问。

"只要你戴着,喊我的名字,我就能听见,不管你在哪里,我都能找到你。"

"我以为你会说这能保住我的性命。"

"我能做的只有这个。"

"可这什么都不是!"她表示不满。

"死亡找上了你的门,祭司,很快就来了。避无可避之时,召唤我,我会找到你。"

娜兰帕把野牛捧在手心,半信半疑。

"你可以留在这里,娜拉,"丹纳欧奇说,"你可以跟那个塔、那些人一刀两断。我身边有你的位置,只要你愿意。我们可以共同迎接即将到来的风暴。"

她抬起头。他望着她,面如止水。她也想留下来,逃离天空塔,再不回头。但她小时候不正是这样做的吗?她不愿意重来一次。"我必须回去。不过你能替我办一件事吗?"

他无动于衷,但她洞察到他内心的失望。无论如何,他还是开口了:"说吧。"

"你提到你在食腐鸦有眼线。你可以替我送个消息吗?书面的。"她又问,"你有纸笔,对吧?"

丹纳欧奇嘲弄地冲她微微欠身,从桌子里取出纸、墨和书写工具。她猜测,他也许不信任别人替他做记录。

她坐下来，酝酿着要说的话。

她在赌他识字。不过他在军事学院受训，默认他能理解写在纸上的字句，也许不算赌博。她使用简单的字符写完了信，折好，密封，将其递给弟弟。

"尽快送去，"她说，"给那个儿子。"

"我保证今天就交到他手上，"他答应了，"这段时间你有什么打算？"

"做我一直在做的事情。"她瞥了一眼扎塔娅，"保命。"

CHAPTER 29

托瓦谢希河
太阳历 325 年
(连珠日 4 天前)

  托瓦谢希是个可怕的地方。雨水没完没了,食物包含来自周围沼泽里的食材。我不推荐。
       ——《受奎科拉七大商贾领主委托撰写的旅行报告》
         朱提克著,来自巴拉施的旅行者

  他们眼前便是港口城市托瓦谢希,一英里长的沼地三角洲,低矮的木石建筑排列其间,人烟稀少。寒冬已经在新月海更靠北的海岸上安顿下来,奎科拉的热带景观让位于芦苇茂密的湿地,远处则是雾气弥漫的黄石丘陵。密布的云团降下轻柔而持续的蒙蒙冷雨,天地之间不见雨帘,却是湿漉漉的。
  夏拉扯紧了临时披在身上的毯子,潮湿得难以忍受。毯子是从盖着残余货物的油布底下抢救出来的。手感很硬,一点儿都不暖和,但可以挡雨,而且比船员留下来的衣服安全。目前看来,她和塞拉皮欧被关在屋子里,使得他们幸免于感染上帕图携带的疾病,但她依然不想冒险。还有,毯子闻起来有一股霉味,她不喜欢这么旧的。她依然穿着塞拉皮欧给的衣服,但也脏了,血迹斑斑,还发了霉。

"这里最好有澡堂。"她一边引导船,一边喃喃自语。

叫人讨厌的是,这种天气似乎让塞拉皮欧心情不错。他站在船头,不戴兜帽,仰面迎接雨水。雨水打湿了他的脸庞,在他卷曲的黑发上凝结为水珠。他的乌鸦回来了一些,绕着他盘旋,轮流落在他的手掌上接受爱抚。他轻抚它们长长的光滑羽毛,兴致勃勃地喃喃念叨。它们则欢乐地冲着他嘎嘎大叫。

码头出现在雾气中,长长的木台从沉积的沙堆向远处延伸。码头基本上都是空荡荡的,一开始夏拉担心有什么疾病在蔓延,但她很快想起时值冬季,一年的这个时节没有哪艘船蠢到在新月海航行。大多数船都停泊在干船坞里,忙于修补和窝冬。

"就像那些理智的人。"她自言自语地评论道。

她驾着船,与一处木台平行,然后塞拉皮欧抓着拴船的缆绳,轻盈地从甲板上跳了过去。他信誓旦旦地保证他可以做这个活儿,尤其是有乌鸦的帮助,她相信了他的话。

她干了同样的活儿,把船尾的横档拴好了。

"我得去找港务长,"她走到塞拉皮欧面前说,"也许雇几个码头工帮我们卸货。当然,还得找个地方卖掉。"她看了一眼天空。他们抵达的时间比较晚,再过几个钟头天就黑了。她需要做的事情很花时间,而她的时间不多了。他们当然可以继续睡在船上,但她决定找个澡堂和一张床铺。

"别忘了我们四天后必须赶到托瓦。"塞拉皮欧系好了中部横档的缆绳。她看着他操弄缆绳,修长的手指灵巧有力。"那是我们的当务之急。"

"我以为奥布雷吉没有船,"她惊讶于他的熟练程度,"这个绳结打得很结实。"她伸手试了试。

"我们是没有船,"他退后一步,"但我做了很长时间的木工活。打绳结也不是太难。"

她赞叹地咕哝了一声。"神秘天赋。"

他闻言一怔，转头面对她。"是的。"他说话的语气，仿佛她偶然发现了一个意义重大的事实，但他并不解释。

"另外，我没有忘记。不讨价还价，直接……卖掉。"她说话时神色黯然。

他的笑声干巴巴的。

她挺胸抬头，环顾四周。唯有雾气弥漫。"港务长在哪里？"

"你去找港务长，我去找河上的交通工具。"

她歪着头，眯起眼睛。两人相处多日，她逐渐习惯了他的存在，但他依然惹眼。黑袍，红牙，蒙眼布。尽管他身上的黑翰大部分都被遮挡了，他依然非常非常古怪。不过话说回来，也许随着距离托瓦越来越近，他更容易融入当地。谁知道呢？也许圣城里的每个人看起来都跟塞拉皮欧一样。

海水母亲啊，她不希望这样。不是因为他古怪，而是因为她老是情不自禁地想要接触他，再次感受他光滑的皮肤，感受黑翰的粗糙瘢痕，唇间的咸味，双手的触感。

"好，"她赶紧应道，悔不该放任自己胡思乱想，"你去吧。其余的事情我来办。我们在哪里见面？"

"我到时候派乌鸦找你。"他背着一个超大的旅行袋，拿起一根骨杖。她在船上的屋子里注意到了那根杖子，但从未见他用过。也许船上空间太小，用不上它。杖子貌似拐棍，又像武器，他使得很熟练。

"乌鸦可以找人？"

"当然。"说完他便走开了，杖子在手里，旅行包在背上，乌鸦紧随其后。

她没有找到港务长,但找到了一个渔夫,矮墩墩的,愁眉苦脸地在偏远的码头上撒网捕鱼。她拿一桶他们用不着的腌鱼打听到了港务长的住址。距离不算远,于是她一边走在雾气弥漫、空无一人的街道上,一边怀疑这样做的意义。发生了这些事情之后,她真以为还能回去见巴拉姆吗?卖掉货物,留在托瓦或者这个垃圾填埋场,等到春天再带着一船新招募的船员和鼓囊囊的钱袋回去?塞拉皮欧呢?她一直不允许自己思考连珠日之后的事情,但如今那一天近在眼前,她打心眼里不想离开他。不是因为迷上他了,她还没有到那个地步。或者说,不是那种性质。她没有坠入爱河。但她对他的秘密产生了浓厚的兴趣,而且两人的亲密关系是如假包换的。她不知道自己到底想要什么,但她确实想要……更多。

她找到渔夫指的屋子,敲响了门。须臾,一个女人出来开门。她的肤色很深,比夏拉更黑,橙色的头发在头顶盘了一个式样繁复的发髻。夏拉不能一眼看出她的出生地。大陆上的某处,仅此而已。

她上下打量夏拉,显然在评判后者粗劣的衣着和不修边幅的形象。

"我在找港务长,"夏拉说,"听说他住这里。"

"是她住这里,"女人纠正道,"我就是港务长。"

夏拉咧开嘴,发自真心地笑了。她习惯了奎科拉的风俗,在那里男人掌握了大部分权力。回到新月海的另一边好多了,掌权的往往是女人。

"抱歉,"她说,"我刚刚进港。我的船停在最远的码头,有些货物需要卸,还有……"

女人怀疑地挑起眉毛,双手叉腰。"你从海上来?刚到?就你一个人?"

夏拉早就料到这个问题了,回答中混杂了一部分真相,使其更具可信度。"我有船员。我们从奎科拉出发,途中遭遇毁船者,绝大部分船员都死了,只有我和另一个人活了下来……"她低下头,真心为鲁波他们感到悲哀,包括卡洛。巴特和帕图还是下地狱吧。"我们幸运地找到了海岸。"

"大冬天的,哪个愚蠢的领主派你们出新月海?"港务长出离愤怒,"他简直是草菅人命。"

"我只想卖掉剩余的货物,"夏拉解释,"找个蒸汽澡堂,还有一张软床。"她流露出绝望的神色,其中多少有些真实的成分。

女人眯起眼睛。夏拉窥见了其中的贪婪。啊,有了。贪婪才有戏。

"明天再来吧,"女人说,"我到时候找码头工给你卸货,再给你找个买家。这个时节不容易找到,不过还是有人希望打个季节差。尤其是考虑到托瓦发生的事情。"

夏拉皱起眉头。"托瓦发生了什么事情?"

"明天再来。"女人准备关门。

"等等!"她伸手挡着门板,"明天来不及了。我要今晚成交。"

"没有人——"

"拜托!我只要……"她深吸一口气,下定决心,"我只要你们平时出价的一半。今晚成交就行。"

港务长不做声了。

"额外奉送我的船。"她补充道。

"你的船经受了一场风暴吧,船员死得差不多了?"女人抄着双臂,鼻孔朝天,"那种船八成已经毁得不成样子,还闹鬼。"

"免费奉送。"星星和天空啊,太难受了。她咬着牙不皱眉头。塞拉皮欧欠她的。

港务长犹豫片刻,兴味索然地哼了一声。她转身消失在屋子里,夏拉在门口等了几分钟,她回来了,披了一件防雨御寒的羊毛斗篷。

夏拉羡慕地看着她。"你还有没有这样一件能卖给我的?"她问。

"我们去看看你的船和货,"女人说,"如果合我心意,斗篷就免费送你了。"

这是目前的情况下她能得到的最好的出价,于是夏拉带着港务长穿过湿漉漉的黄昏,回到了码头,回到她抛弃希望和梦想的地方。

一个钟头后,夏拉跟着一只乌鸦走在岸边,挨着流经托瓦谢希的一条水道。天气定了调子,雨水持续不断,她拉起羊毛斗篷的兜帽,裹紧颤抖的身体。她手里提了一瓶施塔本图酒。这瓶施塔本图酒是她唯一没有卖给港务长的货物。没有私人物品,没有衣服。她名下什么都没有,真正的不名一文。

你这是怎么了,夏拉,她一边就着瓶嘴灌酒,一边对自己说,你荷包里的可可留不过一天,在任何地方歇不过一周。除了怪她自己,还能怪谁呢?她想要怪罪糟糕的运气、背信弃义的船员或者一桩被诅咒的交易。但这不是第一次她沦落到只有一瓶酒和几件衣物的地步了。她身上有某种错得离谱但她不愿仔细探究的特质。至少这一次,她快活地想着,你没有蹲监狱,也不是一个人。不是很好,但也不赖。

一条驳船映入眼帘,是低矮的平底船,停泊在野渡口。船头和船尾的杆子上挂着树脂灯,简易的梯子架在堤岸和甲板上。它有几分类似她刚刚免费奉送的那艘好船,但长度只有一半,刷黑的甲板大部分都封闭了起来,仅在两边各留了一块狭小的露天区域,船尾处的稍大,可供多人聚集。驳船连接着一副空荡荡的挽具,朝着上游的方向。夏拉仔细观察这个装置,却搞不清楚它能套上什么东西。要么是十几个人,要么是某种巨大的兽类,不然就是完全想象不到的事物。方形船身的各个角落都配备了横杆,毫无疑问是为了避免驳船在被神秘力量牵引、于浅水中航行时碰撞河岸。

她的向导落到驳船上的茅草屋顶,发出嘎嘎的叫声。她朝着鸟儿敬礼致谢,然后踩着梯子下到船上。她刚刚在甲板上落脚,塞拉皮欧就从阴影中现身。

她吓了一跳,轻声尖叫。她的夜视能力还不错,应该可以看见他,但他融入了这里的黑暗,甚至比在海上的时候更难区分了。

"我不是有意吓你,"他道歉,"我听见乌鸦回来了。"

"没事。"她说着,驱散了激涌的肾上腺素。她环顾四周,不过船上大部分都笼罩在渐浓的暮色之下。"看样子你把我们上船的事情搞定了。"

"一个铺位,跟另外三个旅客同住一间房,不过船长保证他可以在连珠日前把我们送到托瓦。"

她咕哝了一声。还有三个人?好吧,强过睡在船员当中。"就是那间?"她从塞拉皮欧的肩膀一侧探出脑袋,望向他背后的

房间。

"我身后的?是的。"

她绕过他,又停下脚步。他闻起来很干净。有清水和肥皂的气味。

"你洗了澡?"

"在河里洗了。"

她整个人都失望地垮了下去。"不是蒸汽浴?"

"河水。非常清爽。"

类似于光着身子坐在冰冷的池水中。她要热气,不要冰水。但也许总比没有的好。

她透过芦苇编织的墙壁窥视。房间很小,三个人在里面就已经很挤了,他们头碰头坐在地上玩某种掷骰游戏。

"里面的人就是跟我们同住的?"

"朝圣者,"他说,"为冬至日而去的。"

"赌博的朝圣者?"她哈哈一笑,深感怀疑。

他耸耸肩,漠不关心。"你找到港务长了吗?"

"全都搞定了,"她说,"我有了一件新斗篷。"她拉起来给他看,然后想起他看不见。"羊毛的,"她解释,"防水。"

"提醒我了。"他从脚边捡起什么东西递过来。看起来是一包棉布。她将其解开,棉布分成了两部分。衣服。她举起来看。

"是裤子吗?"他问。

"还有一件衬衫。"

衣服样式简单,但做工精良。衬衫方方正正,长袖缝在肩上。尺码似乎太小了,但也不是不能穿。裤子既长又宽松,不过她拿到身上一比画,裤脚只到小腿处。穿着便鞋会冷的,但如果她能在哪里找到一双靴子也能凑合。衣裤跟她现在穿的一样都是

271

暗白色，不过裤脚和裤腰有彩色刺绣，衬衫是短身样式。"这是小孩的衣服吗？"

"我从一个朝圣者手里买来的。本来是给侄子的礼物。合身吗？"

"我要是穿上去，就像个有胸有屁股的青春期男孩，"她发着牢骚，"不过……"她叹了口气。"至少是干净的。"

朝圣者所在的房间传来一阵胜利的欢呼，他们扭过头去。伴随着友好的喊叫声和凳子的挪动声，几个人很快就吵吵闹闹地出了门。打头的人差点撞上夏拉，最后时刻他被一把拽住了。

男人抬眼与夏拉对视，她发现对方根本不是男人，而是一个很有魅力的女人，两侧的头发剪得很短，梳了一个显然属于男士发型的发髻。

"抱歉。"女人咕哝道，夏拉在她微笑时呼出的气息里闻到了酒味。港务长是夏拉数周以来遇到的第一个女人，这是第二个，她感到肩头的压力有所缓解。她爱大海，爱奎科拉宏伟的建筑和先进的文化，不过海水母亲啊，梅里迪恩的另一边真是天堂。

"不用道歉。"她报以微笑。

女人醉醺醺地打量她，一脸轻浮。"你和你的朋友要不要跟我们一起去？"她问，"我和兄弟们准备找个地方吃晚饭，继续喝酒。可以的话，找一张赌桌。"

她的兄弟们已经踩着梯子往上爬了。

"去吧，夏拉，"身边的塞拉皮欧说，"去享受你的夜晚。"

"那你呢？"她转身端详他的脸庞，但在兜帽的阴影之下，很难看清他的表情。

"我给不了你想要的。"他轻声说，只有她能听见，其中暗含的意味令她不堪重负。

"怎么样?"女人伸出手指,在夏拉的胳膊上划了一下。渴望突如其来。不是对陌生人的渴望,虽然对方很有吸引力,可以让她度过一个兴奋的夜晚,但她渴望的是身边的男人。得不到的男人。她暗自咒骂。

"不了,"夏拉果断拒绝,"多谢邀请。"

"那就下次吧。"女人淡淡地说,爬上梯子,喊兄弟们等等。夏拉听着他们的笑声在夜色中远去,重重地呼了一口气。

"你为什么不去?"塞拉皮欧问,"她好像对你很有兴趣。"

"闭嘴。"她咕哝着,把他推进了空无一人的房间,"显而易见,我不想跟那些有趣又有魅力的人共度欢乐时光。我就想跟你一起阴沉沉地坐在空房里喝闷酒。"

她观察了一番他们的临时住处。相比此前船上的,这里可算奢侈。房间几乎与船身等宽,两头各有一张高低床,还有两张加高的芦苇垫子贴着对面的墙壁摆放,一共六个铺位。房间中央有一张桌子和两张凳子,刚才的旅客将其推到一边,好在木地板上掷骰子。每张床上都堆着貌似崭新的毯子,门对面开有一扇小窗。住两个人堪称完美,但是六个人就太挤了。

"真不错,"她说话时,塞拉皮欧提起杖子探路,"看来他们已经挑了一张高低床和靠墙的铺位。另一张高低床是我们的。"

"这里吗?"他把旅行袋放到正确的床铺上。

"我应该睡上面吧。"她看着上铺说。近距离观察,床铺不太牢靠。

"你可以跟我一起睡。"塞拉皮欧提议。

"当心点,乌鸦人,"她笑了,"我在船上熬了两周没有开荤。你说这种话,谁知道有什么后果?我的自控力是有限的。"她只是开玩笑,而他早已熟悉她的做派。他露出他特有的似笑非笑的表情。

"我给你讲个故事怎么样?"

她正在把新到手的斗篷搭在高低床的脚蹬上,闻言一怔。"什么?"

"我们很快就到托瓦了,是时候告诉你抵达后会发生什么事。"

她早有同样的想法。她觉得两人共处的时间急剧减少。在驳船上的房间里度过短短几天之后,他们就会分道扬镳。她需要面对一团乱麻的生活,搞清楚接下来怎么办。但最重要的是,她会想念他。

一阵寒意席卷全身,不是因为外面潮湿的冷空气,而是因为令她胃痛的恐惧。她以微笑掩饰,却又意识到对他来说纯属浪费表情,于是接道:"当然!不过先得洗个澡!"

她咬着嘴唇。她的反应就像个傻瓜。但他什么都没说,没有揭穿她的谎言。

他四仰八叉地躺在床上,双手垫在脑后。兜帽拉了下来,只有嘴巴露在外面。"去吧,我在这里等你。"

她抓起干净的衣物、桌上的肥皂,还有她从船上带来的酒,匆匆出了门。

CHAPTER 30

托瓦谢希河
太阳历 325 年
(连珠日 4 天前)

我今天看到了一件可怕的事。十几只乌鸦，体形不大，却凶猛得很，攻击了一只闯入它们领地、体形比它们大不少的猫头鹰。猫头鹰袭击了它们的巢穴，吃掉了一只雏鸟。乌鸦用鸟喙和利爪攻击它，不过猫头鹰拿它们不当一回事。它甚至在空中抓住了一只乌鸦，折断脖子，然后将其甩向底下的峡谷。

——摘自《乌鸦观察》，萨娅著，时十三岁

夏拉回来的时候，塞拉皮欧假装在打瞌睡。树脂灯快烧尽了，但他躺着很舒服，懒得重新点亮。夜色中一切都变得影影绰绰，他在完全黑暗的环境里跟在灯光下看到的一样，反正都看不见。然而，随着冬至临近，他感觉到体内的阴影也在增长，他的感知变得越发敏锐。他从十二岁开始看不见东西，如今依然如故，但他注意到夏拉在他的感受中似乎格外明亮，格外热烈。他不知道是因为体内的神在成长，还是因为她的滞克魔法，但他更强烈地感觉到她的一切，在她不在的时候思念她。

他听见她在房间里走动，轻手轻脚，不想吵醒他。他想再邀请一次，两人一同睡在狭窄的床铺上，但又担心她拒绝。害怕。

这种情绪他很久不曾感受过了。渴望也不是他近来感受过的情绪，如今体验到了，一种埋在胸中的痛楚。他想要靠近她，想要闻到她身上阳光、盐和海洋魔法的气息。

他觉得这不难解释。托瓦快到了，时间所剩无几，他当然有所恐惧，有所渴望。但他没有料到的是它们都围绕着这个女人发生。他试着回忆第一位导师教他的一些方法，帮助他训练注意力的方法，但他很快便走神了。因为夏拉爬上床来到他身边，温暖、干净而柔软。

"过去点。"她嘟囔着，轻轻推了推他的肩膀。

他顺从地挪开了。

"这张床是给一个人睡的，"她嘟囔着躺了下来，"而且肯定不是给奥布雷吉巨人睡的。"

"你要是喜欢的话，我们可以睡在地上。"他提议。

"七层地狱啊，塞拉皮欧，"她说，"我已经在地板上睡了好几周了。床才是我想要的，哪怕是窄得睡不下两个人的床。"似乎是为了强调到底有多窄，她把腿搁在他的腿上，头靠着他的胸脯。

他心跳加快，肌肤相亲之处的温度在升高。一时间，他希望不必告诉她接下来会发生什么，也许他们可以就这样待着，假装托瓦还远在天边。

"你知道，"听她的声音已是昏昏欲睡，"你不碰我也许是最好的。"

他惊得差点吞下舌头。

"我的意思是，"她继续说，"我有过。很多次。湉克对这种事情放得很开，而且我喜欢。不过有个朋友也很好。"

"我没有说我不——"

"可你不是老想着压制吗?"她自顾自地说下去,当他没有开口。

他皱起眉头。"压制什么?"

"原始冲动。我是说,你不——"

"请不要再说这个了。"

"——也不喝酒,我从没见你享受过。而且你发出的那种声音很难说是笑声。你太严肃了。那样不会变老吗?说起来,你多大啊?"

"二十二。"

"地狱啊,"她喃喃道,"我比你还大五岁?"她长叹一声,依偎得更紧了。

两人沉默片刻,他考虑干脆不讲自己的故事了,但也许这是他们最后的独处机会。等他们开始逆流而上,同住的旅客回来了,他就没机会了。而且他不知道连珠日之前在托瓦等待他的是什么。此时不讲,更待何时。

"我是容器。"他说。

"嗯?"

"我是……"他希望她能理解,但不知道该如何解释。他决定还是从头开始。"我不是生来就失明的。"

"事故吗?"

"不,是有意为之。我母亲做的。"

他感到她在手臂底下挪动,知道她撑着胳膊肘盯着他。"怎么做的?为什么?"

"她有她的理由。把我作为合适的容器。把我的眼睛作为神力的入口。"

他感到她落了回去。她的手臂扒在他胸前。"我不确定我信不信神,"她坦白,"我是说,你确实有奇异之处,别误会我的意思。你的鸟儿也是证据。还有太阳……"她欲言又止。

"你的魔法如果不是神的力量,那是什么?"他好奇地问,"你的大海不是女神吗?"

他感到她耸了耸肩膀。"淊克不是这么想的。"

"这是托瓦人的想法。"他想到守望者和太阳祭司,纠正自己的说法,"食腐鸦的想法。古老的文化。"

"怎么说呢,淊克的历史也不短。"

"你在家乡发生了什么事,为什么不能回去?"

仅仅一瞬间,他感到她浑身一凛,焦虑犹如一波黑色海浪在身上涌现。

"我母亲以前也是虐待成性的怪物。"她贴着他的胸口低语。

他觉得与其说自己的母亲是怪物,不如说他才是怪物,但他理解她的意思,而且她在坦承自己的过往,所以他没有反驳。

"她和我姨妈把我赶出来了。说如果我胆敢回去,我的小命就没了。对于淊克来说,流放通常等于死刑。我们适应不了陆地人的世界。我们很容易落到无耻之徒手中,下场很惨,不然就是早早把自己喝进坟墓。"

"你正在这样做吗?"她进来时他闻到了呼吸里的酒气,又想起航海时的巴切酒。

"我试过。"她承认。她翻身躺下,一侧臀部贴着他,于是他挪向墙边,为她腾出空间,不过能让出来的极其有限。他们紧紧地躺在一起,身体的侧面贴在一起。

"回家的感觉如何?"她问,"你要回到家人的怀抱了,不是吗?等我们到了托瓦,你就去找乌鸦氏族。鲁波是怎么说那个地方的?奥多?你就像一个走失已久的孩子。我很好奇,他们都跟

你一样有染红的牙齿和黑翰吗?"

"我回去不是为了跟家人团聚。"他柔声说,带着几分惊讶。她是这样想的吗?"我告诉过你,我要去见太阳祭司,天空塔的守望者。"

"是的,"她说,"不过然后呢?见过之后又怎样?我是说,你跟那位祭司见了面,就回到你的氏族当中。难道你要返回奥布雷吉?到时候可是一趟漫长的旅程。"

"夏拉……"他不知道说什么。她的描述再寻常不过。

她摆摆手。"别在意,只是我的想法而已。我相信你作为神的容器要干大事。我就是……"她叹了口气,既深又长,"我总能找到的,找个活儿。可你觉得在那种地方有什么适合滞克做的活儿?大海离得很远,现在已经很远了。我在河里,河不认识我,塞拉皮欧。它不认我是它的孩子。"

他摸着她的头以示慰藉,手掌自上而下轻抚她的头发。他听见她在轻轻啜泣。

"啊,该死,"她说,她的呼吸犹如轻柔的打嗝声,"我好像喝醉了。我可能把那瓶施塔本图酒落在河边了。"

"别管了,"他说,"跟我在一起就好。"

于是她不管了,呼吸渐渐平稳,身子也柔软下来。等到她安然入梦,他才沉沉睡去,命运未知,但明天很快就要到来。

CHAPTER 31

奥布雷吉山脉
太阳历 325 年
(连珠日 5 个月前)

  一天乌鸦遇到了老鹰，老鹰说："瞧啊，乌鸦大人，你的羽毛真漂亮，我想凑近了欣赏。你愿意吗？"但乌鸦清楚老鹰是她的天敌，于是说："你就在那里欣赏，不要靠近了。我不相信你。吃掉我是你的天性。"真的打算吃掉乌鸦的老鹰只好作罢。
    ——摘自《乌鸦组诗》，乌鸦氏族的口述历史

  "你杀了另外两个导师吗？"珀瓦吉问。
  他们坐在塞拉皮欧老屋子外的巨大松树下。他在练习召唤阴影。四年前他们相识后不久，塞拉皮欧告诉导师他用来打败艾迪的镜子把戏。珀瓦吉听了，嗤笑一声。
  "只有祭司和操法者需要借助物品传递神力，塞拉皮欧。你跟他们不一样。"
  "解释。"
  "你是鸦神的化身。你的力量不是来自别处。你不需要从天上或者火炉或者你的血中抽取力量，虽然我认为你的血相当有潜力。"彼似乎一时失神，思考着塞拉皮欧祭血的可能性。他理应不太舒服，但早已习惯了。

"无论如何,"彼的注意力又回来了,"萨娅已经为你做到了。如今神力在你体内。你感觉不到吗?"

他感觉得到。阴影似乎日渐接近皮肤的表层,一种活的涟漪般的存在。只要他召唤,就能从指尖释放,感觉它绕着指间起舞的冰冷触感,听见它如振翅般冲击时沉闷的咆哮。

"那就是我面对太阳祭司时要做的吗?"他问,"让乌鸦之影熄灭他的光?"

"她的光。新任的太阳祭司是女人。但男女不重要。我们针对的是组织。"

塞拉皮欧不置一词。他听多了珀瓦吉对天空塔的说辞,说守望者如何坏心肠,他们如何对彼以及无数人作恶。他想起佩达抱怨小时候在托瓦一个叫狼喉的地方遭受虐待,木匠把他的穷困潦倒归罪于天空塔和天创氏族。塞拉皮欧常常感到好奇,不知道他谴责的氏族是否包括食腐鸦,不过因为他们第一次见面后他就判定佩达非死不可,也就没有费心询问。艾迪的控诉则具有战略高度。她想要削弱托瓦的势力,那样一来,她的同胞——他们似乎因为她所犯的罪行驱逐了她,但她从未说清楚究竟是什么罪行——便可以长驱直入,占领圣城。塞拉皮欧很高兴能从她身上学到那么多东西,但并不热衷于她的征服计划。当乌鸦逼她飞翔的时候,他并不悲伤。

"我刚才问,你杀了他们吗?"珀瓦吉的问题打断了塞拉皮欧的遐想,将他拉回现实。

他仔细思索该如何回答。以他的判断,既然珀瓦吉问了,必然已经发现他所做的事情。

"你怎么知道的?"

"比如说,那根杖子。杖子是艾迪的。它落到你手里,说明她已经死了。我第一次跟你在树下相遇时我就知道,你当时用杖子把我打倒。"

塞拉皮欧抚着杖子。"我让它成了我的。"他确实是这样做的,把他学到的雕刻木头的技艺运用到更难雕刻的骨头上。他在杖子中部和顶端的把手处做了处理,设计得优美而精细,酷似紧密连接的乌鸦翅膀。

"这是长矛少女的武器,"珀瓦吉说,"别人不会携带骨杖,她们也几乎不用了。这是属于另一个时代的武器,霍卡伊亚协议之前的时代。"

"现在我有了一根,而且对他们的协议没有兴趣。"

珀瓦吉叹了口气,塞拉皮欧不知道彼想到了什么。

"他们不是好人,珀瓦吉。"

他唯一幸存的导师轻笑一声。"没错,他们不是。我们有谁是呢?我是吗?你是吗?"

塞拉皮欧琢磨着问题。这样提问很是奇怪。他的大半个青春期都在接受母亲及其同谋们的塑造,成了他现在的样子。父亲从他被改变的那一天起就放弃了养育他的责任,不过完全放弃是在他的十七岁生日后,塞拉皮欧搬到了远离主宅的一间看守人的小屋。他不知道珀瓦吉对马卡尔说了什么,让父亲轻易地放任塞拉皮欧自流。也许没说什么,只提到"负担"和"摆脱",从此以后他再未见过父亲。

"坏人可以通过行善而成为好人吗?"他问。

"什么意思,乌鸦孩子?"

"如果我们同意说佩达和艾迪,也许包括你珀瓦吉,都不是好人,但你们训练我是为了崇高的目标,正义的目标,那么也许你们终究还是好人。"

"鸦神是正义的神?"老祭司嘲笑道,"我可从没有听说过。"

"那就说复仇好了。复仇难道不是正义的吗?"

"复仇可以是为了泄恨。仇恨会吞噬你的内心,剥夺你所有快乐的源泉,让你成为普通人。瞧瞧它对你母亲的影响。那叫正义吗?"

塞拉皮欧思索着。他大部分时间自觉不像人类,不过他也不知道成为神是什么感觉,哪怕珀瓦吉非说他是神的化身。他认为能让他快乐的事情就是复仇,至少是他要去托瓦这件事,为他的祖先而行动,既然他们自己做不到。

"你训练我四年半,不是为了让我去履行一个关于仇恨的承诺。"他信心十足地说。

"那么,你为什么杀死他们?"导师问。

塞拉皮欧诚实地回答:"佩达不断地鞭打我。经常的事。他要我和肉体的痛苦做朋友,为了达到目标很是上心。但我原谅了他的行为。"

珀瓦吉含糊地咕哝了一声。

"但他还威胁我的乌鸦。说如果我不按照他说的做,他也要鞭打它们。它们可能被打死。"

"那家伙一直都很小心眼,性子残暴。"珀瓦吉喃喃道。塞拉皮欧能察觉到彼的审视。"所以因为他威胁你的朋友,你杀了他。"

塞拉皮欧点点头。

"那长矛少女呢?艾迪?她威胁了什么?"

"我的氏族。"

须臾,珀瓦吉重重地呼了口气。"她老是大谈特谈自己的利益。猜得到她终有一日因此被杀。"又一声叹息,"那么你打算如何杀死我,乌鸦孩子?"

塞拉皮欧也考虑过。"你救过我母亲的命。为她遮过风挡过雨,爱过她。"

"是的。"

"我不认为她希望你死。"

祭司不无惊讶地大笑一声。"可我罪孽深重,塞拉皮欧。我以祭司的身份杀过很多人,很多都是你的氏族同胞。你,重生的鸦神,复仇的化身,还要饶我一命?"

彼说话时带着幽默的口吻,但塞拉皮欧知道彼是说真的。他很早以前就注意到珀瓦吉心理负担很重,驱使彼的是某种阴暗的动力。

"有时候让一个人戴罪生存,好过让他以死解脱。死了的祭司不能赎罪。活着的……嗯,总是有选择的。"

"那么,乌鸦孩子,"彼的声音充满疲惫,年龄和选择压得他不堪重负,"也许我终究没有错误地度过这一生。但仁慈的许诺不要给得太快。我还有最重要的一课必须教你:你在连珠日的任务。"

"太阳祭司和天创的主母们将于日落前到达太阳岩。连珠将于太阳接近地平线之际发生。连珠仅有几分钟而已,最多十二分钟,你必须好好利用那段时间。"

"但那里有刀兵。"塞拉皮欧说。

"是的,刀兵毫无疑问将在那里出现,包括天创主母和她们的护盾。你必须想办法通过他们所有人的阻拦。"

"你是指杀死他们。"

"是的,不过等你杀到最后,阴影将是你的刀。"

"什么意思?"

"萨娅有个猜想。注意了,只是猜想,但她猜对了很多事情。毕竟,她成功地打造了你。她相信守望者曾经是神的工具。"

"容器?"塞拉皮欧惊讶地问。

"不是。也许以前是的,但后来不是。祭司相信他们的力量是经过修炼的天赋,这个观点很有价值。对于我们这些最多爬到辅祭地位的人来说,可能并没有什么。但萨娅相信那些戴面具的家伙体内拥有精魂,祭司首领在授职时发生了变化,神的精魂灌输到他们体内。"

"授职是什么意思?"

"地位上的晋升。"

"那就是一种仪式。巫术。"他自信地说。

珀瓦吉的笑声短促刺耳。"仪式魔法?也许吧,不过祭司视其为异端邪说,要是谁提出来,非得被他们杀了不可。"

"那也不能减损事实。"

"当然不能。乌鸦和太阳是夙敌,"彼继续说,"有人说在神之战以前就是了。萨娅相信如果鸦神在实力达到巅峰的时刻吞噬太阳的精魂,而太阳祭司受其影响位于低谷,那么我们的世界之力将朝着有利于乌鸦的一面变化。"

"这样说来,你和我母亲针对的不仅仅是组织,而且是神。世界的终极秩序。"

珀瓦吉一言不发,塞拉皮欧听见彼的呼吸在脆弱的肺里咯咯作响,就知道他猜对了。

"你肯定认为我们是傲慢的傻瓜。"彼终于开口。

"我要怎么杀死她?"塞拉皮欧问,"太阳祭司。这种事情我不会让乌鸦去做。"

"我认为也不该让你的乌鸦去做。"

又一声沉重的叹息，塞拉皮欧听见珀瓦吉吃力地呼吸着，双脚紧张地挪来移去。

"你在害怕什么，珀瓦吉？不要担心我。我不害怕。"

"我在流汗，"老祭司自嘲地笑了一声，"因为事到如今，我不希望被你批评，但我很自私，我渴望得到你的爱。"

塞拉皮欧屏住了呼吸。母亲之后，没有人爱他，他不知道听了祭司的话该作何感想。

"艾迪说你们不是我的朋友，我不能多愁善感，因为我终将离开。"

"啊，没错，也许我应该让艾迪来劝劝我。"彼说着，发出犹豫不决的轻笑，继而笑声消失在剧烈颤抖的呼气声中。

"你……你在哭吗，珀瓦吉？"

"我就不配流几滴泪吗？"

他恍然大悟。"我会死，对不对？"他其实早有怀疑，本能地察觉到体内的力量将会把他消耗殆尽。他是容器。珀瓦吉一开始就说了。他是那种必须被打破才能释放所容之物的容器，如果要毁灭另一个神的话。

"我……天空和星星啊，孩子。我很遗憾。"

"不，"他立刻应道，"自从母亲缝上我的眼睛那天起，我的命运就已经注定了，也许要从她生下我的那天算起。我是容器，不是吗？神的化身。"他清了清嗓子，"告诉我怎么做。"他只希望痛苦不要太剧烈。他跟痛苦做了朋友，没错，但这份友谊需要小心维护。

"你什么都不用做，活下去就行。"祭司说，"等时候到了，你说出你的真名，你的眼睛会睁开……然后你就不存在了。"

他原本希望见证太阳祭司的死亡和鸦神审判的结果，但他明

白这是不可能的。连珠日也是他的末日,是向他的神作最后的献祭,为了他从不认识的同胞,而他也将永远不为同胞们所知。

CHAPTER 32

托瓦谢希河

太阳历 325 年

(连珠日 3 天前)

> 他们对我们说,
> 吞灰烬咽胆汁
> 高兴吧,饶你们不死。
> 还不如死了喂乌鸦。

——摘自《刀兵之夜哀歌集》

夏拉独自醒来。一时间她惊慌失措,费力地辨认面前低矮的天花板,身下缓慢流淌的河水,发间陌生而浓烈的肥皂味儿。然后她想起了驳船,在冰冷的河水里洗澡,她把施塔本图酒放进了一个土坑,然后回到房间,爬上了塞拉皮欧的床。

她扶着额头,笑了。她爬上床时,他那副表情差点引得她再一次吻上去。他满脸都是原始的欲求,她兴奋而满足地打了个激灵。她很有把握,如果昨晚她真的要了,他不会拒绝的。但是他想要告诉她一件事情,一件重要的事情,所以她没有要。只是她现在想不起来他究竟说了什么。该死的施塔本图酒。

她坐起身,双腿荡到床边。那些朝圣者昨晚的某个时刻回来了。她依稀记得说话声和笑声。但此刻他们都走了,塞拉皮欧也

不在。她望向窗外,通过天色判断时间,似乎还是上午,但她显然睡过头了。

她套上鞋子,裹好斗篷,走了出去。

雨还在下,淅淅沥沥,仿佛天空朝着她的脸不断地吐唾沫。驳船在托瓦谢希河逆流而上,将同名的镇子远远抛在后面。河岸远处是低矮的草地和嶙峋的黄色丘陵,冬季的草叶泛着褐色。面对全然陌生的风景,她已经开始怀念丛林的炎热和新月海南部的咸腥空气。

她看了一会儿两岸的风光,只注意到景色变化。但随后她发现船的行驶速度比撑篙要快得多,又想起昨晚看到的挽具。她怀着好奇心,走向驳船前部。

挽具不是空的。

她试着理解眼前的场景,但因为宿醉未消,脑子很不好使。那是一只动物。它有腿,六条腿,跟原木一样大,从身上伸出来,由粗到细,但膝关节以下仍有树干那么粗。前腿引导其前进,后腿在长长的身体两边保持稳定。它的身体有半个驳船的宽度。中间的腿犹如船桨,平缓而高效地向上游移动。

"海水母亲啊,"她低语道,"那是什么东西?"

"水黾。"她身后传来一个声音。

她扭头一看,走过来的是昨晚那个女人,就是邀她同行的朝圣者。

"大家伙,不是吗?"她随和地冲着夏拉笑了笑。她身着一件长衫,其上系在脖子处,其下盖过她狭窄的臀部。长衫是白色的,面料对夏拉而言前所未见。绣有黑色花边的袖子遮住女人的胳膊肘。贴身的裤子和长及腿肚子的羊皮靴遮住腿脚;双耳和鼻子佩戴绿松石饰物。

"我记得第一次看见它们的时候,"女人接着说,"只是幼虫,可我差点尿了裤子。它刚刚孵出来时就跟我整个人一样大。我叫艾谢。"

"夏拉。"

"你不是这里的人。"

"奎科拉。"她撒了个谎。她不熟悉这个艾谢,不至于自报身份,既然艾谢认不出她那双泄露天机的眼睛,那么她就只是传说故事里的玩意,无关紧要。

"我在托瓦出生长大。"艾谢说着走上前,背靠栏杆,依然面对夏拉,"确切地说,水鼋氏族。"

夏拉面色发白。"这些虫子和你的氏族同名?"

"这一只叫派派。"

"它还有名字?"

"它们其实都非常友好。如果你愿意的话,等一会儿可以摸它。"

"不用。算了。"夏拉的神经并不脆弱,但似乎没必要太靠近这个大家伙,"它是你的宠物?"

"这条驳船的老板是我母亲的丈夫的兄弟。他当然也是水鼋氏族的人,我母亲把派派借给他以应付特殊情况。它非常温顺。"

"什么特殊情况?"

"冬至日。很多人为冬至日而来。"她的目光在驳船上游移,"怎么说呢,一般来说有很多人,但食腐鸦主母的去世和太阳岩的暴动,给节庆活动泼了一盆冷水。"

"主母?"

"主母就是氏族的首领。食腐鸦的主母上周死在了她床上,还是上上周?总之,有流言说那不是意外。她的葬礼上发生了暴

动。十几个人受了伤，两个乌鸦死了。全城宵禁已经有好多天了。总之，对游客的打击不小，可以肯定。还有，这种天气？"她伸手接雨水，"难怪那么多乡下人决定留在家里。"

塞拉皮欧知道他的氏族首领死了吗？知道他来到了一个岌岌可危的城市吗？这个消息应该就是昨天港务长提到的。她忘了说这件事，不过平心而论，塞拉皮欧说他不认识食腐鸦的任何人，而且他去那里也不是为了认亲。也许她的死不算什么，但城里毕竟很危险。

"我以为你和你的兄弟们是朝圣者。"

"是泰欧迪说的。他开玩笑呢。"她翻了个白眼，"他是个笨蛋，但基本上不算坏人。把衣服卖给你朋友的就是他。"她冲着夏拉努了努嘴。"如果你喜欢的话，我可以借你几件。至少是合身的。"

夏拉皱起眉头。"这么说，你们不是朝圣者？"

"不是，我的兄弟们是保镖，我照顾派派。"艾谢上下打量她，仔细观察了好一会儿，"这么说，你是狂信徒的同伴。你怎么喊他来着，塞拉皮欧？"

"什么？哦，是的。塞拉皮欧。"

"昨晚我要是知道你有主了，我就不会喊你跟我们一起去。"

夏拉没听过有主这个说法，像是翻译成贸易用语的托瓦方言。不过她能猜个大概。

"我们只是朋友。"

艾谢坏笑着，一脸怀疑。

"你为什么叫他狂信徒？"又一个她不懂的词。

"他不是吗？他看起来就是。"

"我不明白。"

"狂信徒自称奥多黑。他们是古老传统的追随者，憎恨守望者。关于他们的事情，你可以去问我叔叔。他知道的更多。总之，我是来带你到后面去的，让你看一场战斗。"

夏拉还在消化艾谢所说的一切，但刚才那句话惊得她下巴都掉了。"战斗？"

"比武。你的朋友——"她会意地眨眨眼，强调朋友二字，"真是不可思议。他已经打败了扎什一次，还准备同时对阵泰欧迪和扎什。人家都看不见！"她摇头叹道。

"塞拉皮欧还能战斗？我们说的是战斗吧？"

艾谢两眼放光。"噢，是的。你肯定会满意的。"

艾谢带她走过狭窄的舷边，来到驳船后部的甲板上。这里有一片宽敞的空间，足够十几个人聚会……或者三个人比武。还有一个人站在边上，靠着一根驳船的杆子，可能是艾谢提到的叔叔，不过夏拉的视线集中在临时竞技场的中央。

两个男人赤裸上身——她现在已经知道他们的名字是扎什和泰欧迪——绵绵不断的雨水浇湿了他们。其中一人手握一把杀气腾腾的利刃，有夏拉半臂之长，刀尖是黑曜石。不过夏拉看见黑曜石刀尖被布裹着。但即使不用刀尖，刀刃依然可以割开皮肉。另一个兄弟挥舞一把木制长矛，向前戳刺。而绕着二人轻盈踏步，避开刀刃和长矛之人，正是塞拉皮欧。他同样是赤膊，用那条蒙眼布将头发束在脑后。他的动作行云流水，骨杖画出的弧线大而威猛。

"中！"叔叔喊道，泰欧迪低下头。

扎什笑了。"你太慢了，兄弟。现在是三比一。再挨一下我们就输了。"

塞拉皮欧肯定打到了泰欧迪，不过动作太快了，她没有看

清。她瞥了一眼艾谢，后者扬着眉头，一脸欣赏的表情。

"不是我的错，"泰欧迪吼道，"我虚晃一招，他不上当。"

"你不能对一个瞎子玩虚晃一招。"扎什哈哈大笑。

"他纯粹是运气好，"泰欧迪嘟囔着，直起身子，刀子换手，"这种事情不会再发生了。"

然而事与愿违，就在夏拉眼前，同样的事情发生了两次，他们的叔叔大喊："中！五分了。"

泰欧迪筋疲力竭地跌坐在地上，扎什则笑着走向塞拉皮欧。

"星星和天空啊，乌鸦，你在哪里学的武艺？"他拍着塞拉皮欧的肩膀，快活地问道。塞拉皮欧浑身僵硬。夏拉如今已经很了解他，知道他不确定如何回答，于是快步走到他身边，抓住他的手，让他知道她来了。因为活动了一番，他的手暖洋洋的。皮肤冰凉是他的常态。

"我有导师。"他坦率地回答。

"那么，你的导师肯定是真正的精英，"扎什说，"我真是大开眼界。"

"而且他看不见。"泰欧迪终于也来了。他还在喘气，一时半会平静不下来，但欣赏的表情让他满脸放光。

"失明可以适应。"塞拉皮欧说。他似乎放松了些，不像是要逃离热闹的人群。

"很荣幸见识你的武艺，"叔叔说着，来到他们身边，"我只在霍卡伊亚军事学院见过这种打法。"

"长矛少女！"扎什打了个响指，"兄弟，还记得艾赞吗？那次他被一个长矛少女狠狠地打了屁股。"

"而且是以很丢脸的方式。"泰欧迪笑道。

"长矛少女？"夏拉问。她从未见过塞拉皮欧的这一面，又一

黑日 BLACK SUN

个秘密被揭露了。"你们是说他打斗像女孩子?"

兄弟俩听了,爆发出一阵大笑,叔叔微笑着说:"那可是整个梅里迪恩最厉害的女孩子。她们不是谁都训练的。哪怕是军事学院的学员,也不是全都那么有幸能接受少女们的训练。"

"是这样的吗,塞拉皮欧?"艾谢问。她走了过来,神秘兮兮地观察着他。"训练你的是长矛少女?"

"还有一个希悠,天空塔的刀兵。"

夏拉能感觉到他们顿生敬畏。泰欧迪的身子晃了晃。"啊,见鬼。怪不得我输了。"

"不丢人。"扎什表示同意。

"谁会跟着这些人训练?"叔叔喃喃道,他投向塞拉皮欧的目光发生了变化。夏拉很熟悉这种表情,因为她以前经常看到。有尊敬,有嫉妒,更多的是把她当成一颗坚果,一心想着撬开来看看里面有什么宝贝。

她说:"真是太有趣了,这场打斗。不过我是不是错过了早餐?我饿坏了。"

叔叔的视线移了过来,仿佛忘了她在这里。"噢,当然。我失礼了。你们付了餐费。"他推了推侄子。"给我们的客人拿食物来。你。"他示意扎什,"收拾桌子。我们进去吃,不用淋雨。还有你。"他走过去,揽着塞拉皮欧的肩膀,却被塞拉皮欧灵巧地避开了,男人的手臂落了回去。"啊,好吧,我们聊聊。我们还有两天到托瓦,有很多故事可以讲,不是吗?很多故事。"

他们围着桌子就座,这个房间在他们睡觉的隔壁,布置得一模一样,那位叔叔——他非要让夏拉和塞拉皮欧也喊他叔叔——

就着一顿玉米饼和河鳗的简单早餐,把一连串问题抛给了塞拉皮欧。她在海上吃得比这好多了,但因为太饿,她还是清空了盘子。

"你说冬至日?"叔叔问,"回去是为了冬至日?"

"没错。"塞拉皮欧回答。

"今年的冬至日好像很冷清。"扎什说。

"往年托瓦谢希挤满了游客,"泰欧迪补充道,"驳船的房间俏得抢破头。去上游的航程还可以涨价。今年,就只有你俩。"

夏拉说:"艾谢说食腐鸦的主母死了,那里发生了暴乱,城市可能处在戒严状态。"

塞拉皮欧歪着头。"什么情况?"

"港务长说了同样的事,"她说,"我本想告诉你的。"

"进城会有问题吗?"

叔叔耸了耸肩。"等到了那里我们才知道,不过对我们来说应该没问题。我们是天创,完全可以开个后门。"他冲着夏拉眨了眨眼,夏拉勉强笑笑。她依然不相信这个人。

"艾谢还提到了狂信徒,"她直截了当地说,"说你可以告诉我们详细的情况。"

那人看了一眼塞拉皮欧。"是,我认为塞拉皮欧知道他们所有的事情。"又来了。饥渴的表情。

她坐到塞拉皮欧身边,向后靠去,以便在看见他的同时能盯着叔叔。"他不会说那么详细,"她说,"也许你可以告诉我。"

塞拉皮欧推桌起身,凳脚在地面刮擦,众人都吃了一惊。

"如果诸位不介意的话,我要休息了。"他说。

叔叔也站了起来。"当然。如果有什么我们可以做的,能让你的旅途更舒适……"

"没有必要。只要我们能在冬至日之前到托瓦。"

艾谢拍了拍夏拉的胳膊。"驳船上除了聊天喝酒,没什么事可做,不过我们可以玩游戏。你赌博吗?"

"还能钓鱼,"扎什补充道,"坐看风景来而又去,再舒坦不过了。"

"在雨中吗?"泰欧迪抱怨。

"坐在屋檐底下,笨蛋。"

"我不介意玩一两局,"夏拉说,"赢回我们的旅费。"

"嚯!"扎什笑了起来,"你觉得自己很厉害吗?"

"掷骰子?"

"我们玩帕托,"他说,"本地发明的,你知道。托瓦的官方游戏。"

"好啊,就让我在你们的官方游戏里打败你们。"她微笑着说。

众人大笑起来。泰欧迪匆匆跑去拿棋盘和骰子。

塞拉皮欧准备离开,夏拉按着他的胳膊。"你没事吧?"她问,"我玩一会儿可以吗?"

"当然。我只是去休息。我就在隔壁。"

她紧抿嘴唇,当着陌生人的面,欲言又止。最终她只说了一句"我晚些去找你"。

泰欧迪很快带着游戏回来了,他们一边摆布棋盘,一边大声讲解规则和赌注,夏拉置身于欢声笑语之中。等她选好了棋子,叔叔和塞拉皮欧都离开了。

将近日落时分,夏拉蹒跚着走进他们的房间,发现塞拉皮欧

坐在他们昨晚睡觉的床上,手握一把刀。她往中间的桌子上扔了一把可可,然后一屁股坐在凳子上,得意洋洋地笑着。

塞拉皮欧抬起头。

"你赢了?"

"我的那份船费,还有多的。"她宣布,"另外赢了几件衣服,不是给青春期男孩穿的。"她摸着白衬衫的深红色滚边,"永远不要跟水手玩赌运气的游戏。我们胜算大。"

"卡洛可不会这么认为。"他说。

她泄了气,好兴致被一扫而光。游戏玩了一个钟头,其间扎什开了一桶巴切酒,他们一起喝。这是几个月来她最惬意的时光,新月海上的苦难被暂时抛在脑后。

她叹了口气,手指插进发间。她向后靠着桌子。"你那是什么?"

塞拉皮欧抬起双手给她看。"木雕。"

她怀疑地挑起眉毛。"你会雕木头?"

他点点头。

"又一样才能。先是打斗,现在是雕刻。你是什么人啊?"她本想说得轻松搞笑,话一出口却变了味儿。

"这是我十几岁时学到的手艺,"他说,"我当时是个很难教育的孩子。沉浸在自己的世界里,胡思乱想。我的一位导师教我雕刻木头,训练我自律。"他紧抿嘴唇,似乎暂时地迷失在回忆中。"他不是仁慈的人。他殴打我,教我忍受疼痛。但他也教我制作漂亮的物件,让我动手做活儿。"他伸出右手,展示他正在雕刻的东西。

她接了过去。雕的是她。好吧,不完全是她,是有着女性的上半身和一弯鱼尾的海洋生物。他已经雕出了一片片的鱼鳞,正

297

在用凿子刻画卷曲的长发,发丝精美得似乎在起伏波动。

"真漂亮。"她真心诚意地叹道。

"送你的,"他说,"等我做完。"

"你在船上的时候怎么不雕刻?"她好奇地问,"在海上闲得无事可做。"

"没有木头。"他的回答言简意赅,"你怎么看我们的船主?"

她递回木雕,在他膝盖上敲了敲,他接了过去。"他们人不错,"她说,"挺讨人喜欢的。家庭和睦。玩他们自己的宝贝游戏可就不怎么样了。"她哈哈一笑,摸了摸赢来的钱。

"你相信他们吗?"

"还行,"她说,"对叔叔不那么信。他看你的表情很奇怪,塞拉皮欧。他有求于你。"

"我知道。"

她诧异地看了他一眼。"你知道他要什么吗?"

"他是水鼋,因为母亲的出身决定了他的氏族,但他告诉我,他的祖父在刀兵之夜被杀了。他是食腐鸦。"

"这么说他是你的族人?"

"勉强算吧。"

"他想要什么?"

他又拿起凿子,在交谈的同时旋转着雕刻木头。轻柔刮擦木头的响声在房间里荡漾。

"艾谢跟你说过狂信徒,她是这么称呼的。奥多黑。"

"她没说多少。只说他们是某种宗教团体,憎恨守望者。就是祭司,对吧?你要去见的就是他们。"

他点点头,双手不停地在木雕上忙活。

"她说她认为你也是其中一员。"

"祭司?"

"狂信徒。"

"叔叔给我讲了奥多黑的事情,"塞拉皮欧若有所思地说,"他说他们祈祷鸦神回归。说他们遵照的预言显示他们的神将要回归,从守望者的统治下解救他们,恢复食腐鸦的荣光。"

她嗤之以鼻。"我这人从不操心什么预言和命运。我更喜欢白板一块的生活,女人自行书写的命运,而不是老人们口中和落满灰尘的卷轴上面的说辞。再说了,预言总是会出错的,不是吗?预言许诺你一个救世主,结果那个救世主不是吃婴儿就是踹小狗,而且被预言的可怜虫免不了一死。另外……"她想到了之前的船员和多年以来共事过的一班又一班船员。"预言是滋生投机分子的土壤。是恶劣行径的借口。不能相信预言。"她的小指关节摩挲着旁边的手指。"一旦有了命中注定的机会,他们就会抢走你的骨头。"

她说话没有影响他手里的活计,但这时候他停了下来。"我觉得你没有听明白,夏拉。"

"明白什么?"

他沉默片刻,继续雕刻,灵活的双手在木头上从无到有地创造着形态。"我就是他们即将实现的预言。"

她的第一反应是想笑。预言不会爱听睡前故事,不会把多余的衣服借给你。预言不会说一口糟糕的奎科拉语,不会不知道怎么吃该死的鱼。预言也绝对不会在你喝多了酒自怨自艾的时候抱着你。但预言会跟鸟儿说话,浑身散发魔法的气息,星星和天空啊,还让太阳畏惧地回避。

"海水母亲啊,"她喃喃道,"你是认真的。"

他点点头。

"可是……怎么做到？你是……你只是一个人！我以为预言说的都是神和凡人女性生的孩子，类似这样的故事。"

"有别的方式可以造神。"他轻声说道，依然一刻不停地雕刻着木头，"找到原材料，然后塑形，打造成可以容纳神的外壳。"

"什么意思，塞拉皮欧？你是神？神是什么？我不明白。"

"据说几千年前，我们的世界曾经居住着神明。他们是我们的祖先。但是爆发了一场大战，神之战，很多神都被杀死了。而且那些没有在战争中被杀死的也开始死亡。有人说他们因为强烈的遗憾而逝去，有人说他们还活着，但他们太过孤独，去了遥远的北方，再也没有出现。还有人说他们返回了天上，那是他们来大地之前居住的家园。他们的鲜血洒在何方，尸身陈于何地，那里就会发生伟大的奇迹。巍巍山脉拔地而起，滚滚河流奔腾如血，星星于灾变中诞生。他们在万事万物中都存留了一分神力——太阳和星辰，大地和天空的生命，岩石、河流和海洋。当人们发现了周围的事物、地域和生命都拥有力量，他们就开始为了满足自己的欲望而摆布它们。很多地方称其为巫术，从一个源头抽取力量，放进另一个东西，通常是你自用的物品，就像护符或者药剂。奎科拉人的巫术和南方海岸的类似，只不过他们还通过鲜血和献祭来强化力量的转移，以获得深不可测的巫术之力。祭司们却排斥这种理念，宣称他们对太阳和星辰的研究是理性而非魔法，但我的老导师相信他们并非一直如此，祭司们只是忘记了他们的魔法。"

那么多陌生的信息涌入夏拉的脑子，老实说，她并不需要。但有一件事情她必须知道。"你是哪一种？"她轻声问道。

"我不一样，尽管在塑造我的过程中使用了巫术。我是神的化身。我是物品，是容器，是神力的载具，但不同于太阳、石头

和大海,如你所说,我是人。但又不仅仅是人,夏拉。别搞错了。"他抬起头,闭合的双眼与她四目相对,方位准确得惊人,"我也是神。"

她打了个寒战。她听到了他声音里振翅的响动,想起了他的魔法气息,他的力量。

"我相信你。"她只说了一句。

"那么你便知道为何这个驳船的老板和奥多黑对我有兴趣。还有我为何非得去托瓦对付太阳祭司。"

对付太阳祭司。他之前不是这么说的,不是这么介绍奥多黑的。"你是说杀死太阳祭司,"她试探地问,"你说过你要跟守望者会面,但你的意思是杀死他们。"

他点点头。

"海水母亲啊,塞拉皮欧,你是说整个祭司组织?"

"他们是这个世界的祸根。如有可能,他们会消灭所有的神。"

"但他们肯定有一百个,也许更多。你不能杀死一百个人!"

"你没有见过我显露力量,"他说,"完全的力量。我在船上救你时所展露的不过是一点皮毛。我不害怕。"

她的本意是不应该杀一百个人,而不是超出了他的能力。鸦群上船之后,她思考过他究竟是英雄还是恶人,如今这个问题再次浮现在她的脑海。然后,她想到了另一件事情。

"所以你就是预言里提到的人?"

他递来木雕。是一条美人鱼,漂亮,精致,堪比奎科拉顶尖匠人的顶尖手艺。"礼物。这样一来,我在你的记忆中就是美好的。"

"不⋯⋯"她感觉恶心,赌博时喝的巴切酒在胃里翻腾。她捂着嘴以免吐出来,浑身开始发抖。因为如果塞拉皮欧就是预言中的角色,那么只意味着一件事。

"你还好吧?"他关切地问道。

她摇着头,但他看不到。"不好!"

"你需要医师吗?"

"告诉我,是我想错了,"她低语道,恐惧使她不住地颤抖,"告诉我,这不是真的。"她哭了,泪水滑落脸颊,她拼命地喘气。但没用。她仿佛溺在水中。

"告诉你什么不是真的?"他问。

"你去托瓦是送死。"

CHAPTER 33

托瓦城
太阳历 325 年
(连珠日 1 天前)

　　守望者的四会必须为了梅里迪恩人民的利益始终如一地通力合作。假如其间存在分歧,必须召开主祭会议,当着全体祭司和辅祭的面统一意见。不可推三阻四,因守望者乃理性与科学的组织,非纠缠于口舌之争的凡俗。

——《太阳祭司手册》

　　伊克坦来找娜兰帕的时候,她已经从狼喉回来一周了。
　　她没有坐以待毙。她说服了仆人协助自己,也就是女孩蒂娅和男孩雷阿亚。蒂娅答应去打听食腐鸦那边有没有回音,务必做到小心谨慎,雷阿亚答应给水凫的艾尤欸送信,把娜兰帕的情况告知对方。娜兰帕则竖耳聆听,与她当仆人时一样,吸收一切讯息。但终究因为被困在房间里,她打探不到祭司们在谋划什么。
　　扎塔娅关于她即将遭到谋杀的预言一度令她不安,然而随着日子一天天过去,紧张感逐渐减弱。与丹纳欧奇的重逢对她来说也是意料之外的安慰。不过随着冬至日临近,她知道自己采取行动的时间所剩无几。
　　她本想把从丹纳欧奇那里听说的消息告诉祭司,警告他们风暴来自南边,奥多黑蠢蠢欲动。但她怀疑他们已经知道了,不是不相信就是相信但不在乎。还有,如果她现在说出来,她需要解释丹纳欧奇的问题以及她去过狼喉的事,也许还会暴露她和奥括以及艾尤欸的联系。不,最好是保持沉默,让他们自己去发现吧。

刀兵祭司几乎悄无声息地进了房间。彼身着柔灰色常服,长衫和斗篷,刚刚剃了头。她不愿承认,但她依然觉得彼的身体很有吸引力,甚至说得上美丽迷人。这颗叛逆的心啊。但至少她清楚地知道,不能再相信彼了。

"你要干什么?"她以平静而冷淡的口吻发问,但愿情绪的变化不要流露在脸上。

彼抄着胳膊,倚着门边的墙壁。"明天就是冬至日。"

"我很清楚。"她挑起眉毛,"你们决定恢复我的职务了吗?"

彼的笑容若隐若现。"不。"

"埃切怎么样?"她尽可能不带怨恨地问道。

"他可以胜任。话说回来,他不算有灵性,也不够聪明。但他知道怎么玩政治游戏。他能做好。"

"那我呢?"她脱口而出。她本来不打算问,但她想知道。

伊克坦叹了口气。"禁足只是暂时的措施,娜拉,直到我们解决食腐鸦的问题。我们正在争取其他氏族的支持,埃切很擅长这方面的事情。"

"你的意思是,他是马屁精。"她毫不客气地说。

"马屁拍上天了。"

她情不自禁地笑了笑,但欢乐转瞬即逝。她的双手再次颤抖,嗓音却依然稳重,几近轻快。"你跟我一样清楚规矩,伊克坦。太阳祭司至死才会卸任,所以,不要骗我。"

"对你会有例外。否则我当时不会答应。"

她嗤笑一声。

伊克坦动了动,神色忽然一变。她懂得彼的这种表情。彼找她要某样东西,她不愿意给的东西。

"我需要面具,娜拉。"

她屏住了呼吸。她不自觉地望向那个狭小的梳妆台,太阳祭司锃亮的面具摆放其上。暴动之后,她把面具清理干净了,金色的图案上没有了奥括的血迹。

"天空啊,"她低声说道,双手交握于膝间,"到了现在,我心里仍然不愿相信这是真的,你要做得这么彻底。"

"这是真的。"彼的语气并不刻薄。

娜兰帕勉强起身。从这里到梳妆台的路途仿佛无比漫长。她拿起面具,摸着它宽阔的面颊,欣赏那精美的工艺。戴上它曾是梦想中的人生巅峰,整整二十三年都奉献给了祭司事业。如今回望,一切愚蠢至极,儿时的梦想化为乌有。

她走了回去,交到伊克坦手里。

"埃切什么时候授职?"

"冬至日之后。我们需要编造一个你退位的理由。"

"当然了。"

"娜拉……"

"他们永远不会接受我,对吧?"她轻声问。

"是的,"彼说,"天创和旱地之间的鸿沟太深了。"

她想起伊克坦是羽蛇出身。"那你呢?我俩之间的鸿沟也很深吗?"

"你知道我一向不是很在乎这种制度,这方面远不及你。我认为它充满虚伪和谄媚,但我的确很喜欢我的职务所涉及的某些方面。"

"你是指暴力。"她摇摇头,不无悲伤地说,"你总是说这种大逆不道的话。"

"可我真的非常在乎你,娜拉。"

她的笑容带着淡淡的哀伤。"希望我可以相信你。现在我会怎样?隐退?也许我可以加入河畔僧侣的行列,或者在东边打理一个漂亮的花园?"

"有那么糟糕吗?比死亡要好,不是吗?"

她浑身颤抖,转身面朝窗户,背对伊克坦。

"基图埃任命你为太阳祭司就是在害你。他对你的要求是不可能实现的。本来没必要到这一步。"

她叹了口气。"去吧,伊克坦。你拿到了你要的东西。请……回吧。"

时间在沉默中流逝。她扭过头,发现自己孤身一人。

唯有此时,她才允许自己哭泣。

最多过了一刻钟,她的门再次打开。她正在洗脸,听见有人进来,她怒气冲冲地转过身。

"你回来做什么?我说了……"

然而门口的人不是伊克坦。

"你要干什么,艾芭?"她厌恶地说,"你是来幸灾乐祸的吗?"

年轻女人微微一笑,自得而又放肆。"我为什么要幸灾乐祸,娜拉?这种事情太让人难受了。不过我觉得我们可以达成共识,埃切从一开始就该成为太阳祭司,如今事情走上了正轨。"

"我问你要干什么?"

艾芭叹了口气。"我提前道个歉,我们当中有一部分人讨论过了,认为你最好不要留在塔里。"

"我知道。伊克坦说等到冬至日之后在东边——"

"你误会了。"艾芭打了个响指,四个仆人走进敞开的门。他们块头很大,不像仆人,棕色长袍在宽阔的肩膀上绷得紧紧的。他们看样子年纪太大了。而且,他们的面孔完全是陌生的。

"他们是什么人?"娜拉问,恐惧从腹部爬了上来。

"抓住她,"艾芭下令,"动作要轻。不要被任何人发现。"

"不要被任何人……等等!"然而四个男人粗暴地控制了她,拖向门外。

"住手!"她大喊,"你们不能——"

一个男人打中了她的太阳穴。她摇摇晃晃地靠在另一边的男人身上。他闷哼一声,把她推开。她踩到了自己的长袍下摆,重重地跪在地上。她的牙齿在打架,咬到了舌头,疼得直哼哼。

"拉她起来。"艾芭嘶声说。

他们拽着她的胳膊,把她拉起身来。又有一个男人走进她的房间,把什么东西扔到她床上。她好一会儿才认出那是一具尸体。起初她以为是伊克坦,差点尖叫出声。不过,那是自从上次她遇刺后就一直守在门外的年轻女人。以一敌五,但她终究被干掉了。

"噢,天空啊……"她颤抖着,强烈的恶心感席卷全身。

"闭嘴!"艾芭嘶声说,"没有别的办法了。"

"伊克坦会杀了你。"她深信不疑。不仅绑架她,还杀了彼的一个辅祭。

"那就让彼死在前面。"

娜兰帕厉声大笑，笑得歇斯底里。"随你带多少金雕卫兵进到塔里。你永远杀不了彼。"

艾芭面色一沉。"你太高估那个希悠了。"

"你不知道你做了什么。"

"够了。"她示意卫兵。他塞了一团布堵住娜兰帕的嘴，两个卫兵又在她身上罩了一件仆人所穿的棕色长袍，拉下兜帽挡住脸，然后他们拖着她穿过塔里的走廊，不知前往何方。

CHAPTER 34

托瓦城
太阳历 325 年
(连珠日 1 天前)

> 愿你在浅水里被淹
> 愿你的歌声无人听见
> 愿你爱上一个男人
> 愿你嘴里永远满是盐
>
> ——滞克的咒骂

　　他们于冬至日前一天的寒冷下午抵达了托瓦。驳船载着他们穿过蜿蜒的峡谷,峭壁上的玄武岩渐变为红色岩石,河水也湍急起来。要是没有水黾拖着他们前进,夏拉估计这条河道根本无法通行。仿佛是印证她的想法,河岸上的步行者越来越多,驳船沿路停靠接客,帮那些旅行者节省最后几英里的脚力。等到船在一处码头抛锚,艾谢告诉她这里是提提迪区的河滨之时,船上已经挤满了热情的游客和为冬至日而来的朝圣者。

　　自从她明白塞拉皮欧是来执行自杀任务之后,两人就没怎么说过话。噢,她趁着船上其他乘客听不见时冲他吼过。在他灵敏的耳朵边嘶声宣泄。凶狠地瞪向他所在的方位。甚至哭过、哀求过,直到她耗尽了情绪和言语。他似乎对她的反应感到震惊,继而纹丝不动地坐在那里,接受她的嘶吼与咆哮。

某时某刻,她考虑过使用她的歌改变他的意志,但他看了她一眼,虽然他目不能视,却令她为之震颤。她相信他对自己的想法一清二楚,绝不会任由事情横生枝节。她不认为他会伤害自己,但在这件事情上,她不愿意拿对方的好意冒险试探。

"你们还是不说话?"夏拉帮忙打结时,艾谢问道。在他们航行的第二天,夏拉就坦承自己也是水手,后来就帮助艾谢及其家人处理驳船上的事务,因为无聊,也是为了避开塞拉皮欧。

"不说。"她回答。

"你到了托瓦打算做什么?"

夏拉耸了耸肩。她不知道。她甚至不知道塞拉皮欧是否还想要她同行,或者,她是否还想与他同行。一天。他只剩一天生命了。这个事实令人懊恼和害怕,更是荒诞,每每想起她就怒不可遏。

"我叔叔想带塞拉皮欧去见奥多黑。"

"理所应当的吧。"

艾谢拴好了一根杆子,走向另一根。"你呢?"

夏拉心里一沉。"我原以为我们会一起在城里晃悠,不过现在……"

"你可以跟我走。"

她转头看着这位新朋友。

"我是说,如果你和他结束了,我不介意有你做伴。"她咧嘴一笑,言下之意再明显不过,"如果你们还没有结束,我的大门也为友谊敞开。"她紧盯夏拉,目光流连,充满暗示的意味。"不过那样的话就太遗憾了。"

夏拉笑了。艾谢很有趣,也很随和,尽管热情得过了头,但

夏拉并没有感到不适。事实上，艾谢直来直去的性格也符合滞克的风俗。然而艾谢还不知道她是滞克，甚至不知道滞克是什么意思。夏拉相信如果她跟这个女孩走，日子会过得甚合心意。没日没夜地喝酒，等到分手时也会断得干脆利落。

然而艾谢不是她想要的人。

"你准备好了吗？"

她扭头一看，塞拉皮欧在她身后。

"什么？"

"我们靠岸了，我答应过今天陪你在托瓦城里走走。你做好了进城的准备吗？"

"不要因为答应过就勉强自己。"她怒气冲冲地说。

他皱起眉头。"我没有。我……"他顿住了，一脸忧愁。

"我就不打扰你们说话了。"艾谢打好了结，说道。从夏拉身边走过时，她碰了碰夏拉的胳膊。"我的邀请不变。去提提迪大宅附近的端犬旅店，很容易问到，打听我就行。他们会告诉你上哪儿找我。"她轻轻地捏了捏胳膊，走了，留下夏拉与塞拉皮欧独处。

夏拉抄着胳膊等他说话。

他的语气是犹豫的，毫无把握。"我不是答应过才勉强邀请你，夏拉。我邀请你是因为我希望跟你度过我的最后一天。"

她的心碎了，一切托词都从脑子里消失。"海水母亲啊，塞拉皮欧，"她轻声说，"你为什么要这样做？为什么？艾谢的叔叔不在乎你的死活，那些奥多黑听上去就是只会利用你的投机分子。你还这么年轻，你的生活才刚刚开始。你不用这样做！"

"我只能这样做。我以为你会理解。"

"我理解，可是……"她咬着嘴唇，咽下了两天以来重复了

黑日 BLACK SUN

好多次的抱怨。"噢，地狱啊，"她喃喃道，"我有什么资格劝你珍惜生命？我自己都过得一团糟。我没什么建议能给你，我的生活也没什么值得说的。我都回不了家。"

忽然之间，一切都说得通了。塞拉皮欧终于回家了。回到不认识他的人当中，回到他永远不会真正生活的家族当中，哪怕他能做的就是为他们而死。他要承受他必须承受的痛苦，因为在一个短暂的瞬间，他将不止是他自己。他将成为全体食腐鸦，成为族人的拳头，成为神尖利的喙与爪，他不是孤单一人。还有，夏拉很清楚，孤单一人不算是生活。

"你愿意跟我共度这一天吗？"他问。

"当然，"她说，"我不会离开你的，除非你叫我走。"

他微笑了，真正的笑容。她的心碎得更厉害了。

他们离开旅伴，登上通往圣城的陡峭台阶。夏拉听说托瓦漂在云端，但直到现在她才明白真正的意思。

"海水母亲啊，"她咕哝道，"瞧瞧这个地方。"

提提迪已经正式开始举办冬至日庆典，虽然艾谢声称今年参加庆典的人不多，但街上到处都是人。很多人身上的裙子都染成夏日天空般的亮蓝色。还有人穿着皮草和带兜帽的长袍以御寒。乐师在街上演奏，笛声和鼓声在夜幕中飘荡。

"给我讲讲，"塞拉皮欧说，"我想知道。"

她微微一笑。他就像第一天晚上求她解释滞克的航海术那样，好奇得像个孩子。

她为他描述人群、乐师和这个漂亮的地方。花园银装素裹。路边环绕水道，一帘巨大的瀑布流经这个区域，在她的左侧上方

赫然可见。"这里有树,某种果树,不过现在树叶落光了。树上挂着纸灯笼,各种颜色都有。红色,蓝色,绿色,黄色,还有橙色,紫色。还有更多颜色。它们在发光,塞拉皮欧,就像夜空的星星。"

"那个气味,是什么?"

她深深地吸了口气。"到处都点着篝火,你闻到的是木头燃烧的味道。"

"接近甜味。"

她又吸了一口气。"香料和坚果?"

"不,你说的我以前闻过。是别的东西。"

她环顾四周,终于确认了他闻到的东西。她笑了。"巧克力,是那个吗?"

"跟卡考一样吗?我想尝尝。"

她带他找到卖饮料的男人,买了两个圆柱形小杯子,其中一杯盛满泡沫丰富的饮料。

"你想加点什么?"

"辣椒。"

"最辣的。"塞拉皮欧补充道。

她冲小贩微微一笑。"那就最辣的。"

他在她手中的空杯子里加了辣椒,然后她高举饮料倒进空杯子,来回几次,让佐料混合均匀。等她感觉可以了,便将浓稠的液体平分在两个杯子里。她尝了一小口,液体灼烧着她的舌头。

"很辣。"她发出警告,但塞拉皮欧已经喝了半杯。

"你觉得怎么样?"

"噢,"他听起来很高兴,"非常好。我以前喝过类似的,但这个更好喝。"

"他们说这是神的饮食。"

他面带微笑。"我知道。不然呢?"

她带他穿行在城中,路过赛跑的孩子和在街上跳舞的人群。她为他描述种种场面,无论好笑的还是壮美的,他听得入迷。当夕阳西沉,他们停步于一个摊位前,一个女人正在分发太阳形状的糖果。夏拉接过一个,分了塞拉皮欧一半。

他迫不及待地咬了上去,深色的蜜糖流到下巴上。

"小心。"她喊了一声,伸手擦去缓慢流淌的蜜糖,以免弄脏他的衣服。她的手还没收回来,突然被他抓住了。她呆若木鸡,呼吸停滞在喉咙里。

他把她的手举到嘴边,开始舔舐手指上黏糊糊的蜜糖。她浑身颤抖。当他的下唇抵在她的拇指下方时,他暂停了片刻。

"认识你之前我都不懂得享受食物,夏拉。"他轻声说。

"塞拉皮欧……"

"嘘。"他说。

她屏住呼吸,他接着一根一根手指地吮吸蜜糖。等他舔完,他把嘴唇贴在她的掌心里,然后才放开。

她大声吁了口气。"七层地狱啊。"她喃喃自语。

"我有东西给你。"

"好。"她的声音在颤抖。

"驳船主介绍了一家附近的旅店,我想带你去那里。"他说出旅店的名字,"我需要你带我们过去。"

"你要做什么,塞拉皮欧?"她的声音起伏不定,浑身绵软无力,满脑子都是他的嘴唇贴在皮肤上的感觉。

"我要送你一件礼物。给我这个机会。"

他伸出手,她牵着了,然后他们找到了去旅馆的路。

夏拉不知道该期待什么,但这辈子从未想过会是这样。旅店建在一座天然的温泉上,塞拉皮欧包了一个单间,泉水流进深深的池子,木地板的缝隙里蒸汽腾腾。

等旅店老板带他们进了房间,塞拉皮欧锁上房门,牵着她到房间中央的木凳上坐下。他小心翼翼、动作缓慢地脱掉她的衣服。等她身无一物,他领她去浴池,她爬了进去。她沉进热水里,发出愉悦的叹息,闭上双眼,让数月来积累的紧张、疼痛和悲伤瓦解消散。

他先是清洗她的头发,用旁边凳子上的香皂在她头上打起泡沫,又用修长的手指按摩她的头皮。等她的头发洗干净了,他打湿了一块布,抹上香皂,清洗她的身体。他从她的双脚开始,缓缓向上洗去,聚精会神,不慌不忙。

他的袖子湿透了,于是他从头上脱下长袍,扔到角落里。透过沉重的眼皮,她欣赏着他的身材。他很瘦,也许太瘦了些,但覆盖在他胳膊、胸脯和后背的黑翰,在浴室昏暗的光线中变得柔和。她发现,它们讲述了一个故事,一个关于失去、悲伤和回忆的故事。他身上带着族人的痛苦,她心想,美得不可思议。

但她随之想到了明天,又一次心如刀绞,于是她闭上眼睛,专注于他的抚摸。

他的双手顺着她的身体线条一路向上,摩挲着她的小腿、大腿,当湿布擦过她的双腿之间时,他停了下来。她张开了腿,以示鼓励。

当他的手指第一次触碰到的时候,她的下身发出一阵颤抖,犹如被闪电击中,炙热而惊心。她把手伸了下去,引导他的手,

黑日 BLACK SUN

向他展示自己的需求。他跟随她的引导，两人的手完全合拍。慢慢地，那种感觉变成温暖的嗡鸣，直到高潮到来。一波愉悦感席卷全身，她呻吟起来。

"塞拉皮欧……"

她抓着他的胳膊，想要拉拢到近前，但他温柔地吻了吻她的指节，阻止了她的意图。他牵起她颤抖的手，放在她的腹部，继续清洗她的身体。先是每一只手臂，从手指到胳膊肘再到肩膀，然后是胸脯，最后是颈背。

等他洗完了，他拧干湿布，搭在浴室凳子上。她看着他添了煤，给房间升温，然后倒了一杯冷水递给她。

他收起他的湿衣服，拿起他的杖子，亲吻她的头顶。

"我撒谎了，夏拉，"他耳语道，"是你送了我一份礼物。"

说完他离开了，房门在他身后关闭。夏拉坐到浴缸里哭泣，眼泪混进池水，水变成了盐。

CHAPTER 35

托瓦城
太阳历 325 年
(连珠日 1 天前)

哪怕身负刀剑弓弩,即便手握千军万马,长矛少女最厉害的武器还是她的舌头。

——摘自《军事哲学》,霍卡伊亚军事学院教材

"有个人想见您。"

正在读书的奥括闻声抬头。他坐在大宅的藏书室里,周围摆满了树皮纸古籍和篆刻着陌生文字的石头。书大多是用奎科拉语写的,这种语言他还算能熟练使用。天空塔收藏着他真正想读的书籍,不过如今肯定对他关闭了大门。

但也未必。桌子的抽屉里有他收到的一张纸条,据说是太阳祭司所写。他已经看过十几遍,依然不确定是什么意思。纸条上画了三个符号:风暴,背叛,友谊。他送信请求见面,但杳无回音,随后他的注意力转移到了手头的工作,他对奥多黑的承诺,还有身为新护盾长在凶险局势中的繁冗职责。

"什么人?"他揉着疲倦的眼睛,问道。他有那么几分期待是梅卡,来问他为何不回去。奥括认为应该维护与奥多黑的关系,至少可以盯着他们。他不希望突然听说他们半夜偷袭天空塔,酿

成不可收拾的局面。还有一个原因是，他在藏书室里翻阅文稿，是在寻找……他也不知道能找到什么。可以说服梅卡，让奥多黑忍辱负重的证据？或者说，至少不该诉诸武力？他觉得自己像个伪君子。是他让他们放弃复活神明的愚蠢信念，等到他们似乎要采取更实际的方案实现复仇大业的时候，又是他不顾一切地寻找鸦神重生的迹象，比疯子的祈祷更有说服力的证据。

"他自称水凫氏族的一个驳船主，但他祖父出身食腐鸦的一个小家族。他说他有您想听到的消息。"仆人欲言又止。

"继续。"

"奥多黑所希望的。"

这话引起了他的注意。他起身离开桌子。"带他去我的私人办公室，我在那里见他。"

仆人匆匆走开，奥括回到自己的房间。他不喜欢在一个隔墙有耳的地方谈论奥多黑的事情。他被梅卡带走，次日才返回大宅的那次意外已经够糟心了。埃莎快急疯了，还有采亚，他眼圈淤黑，绷带从手腕缠到胳膊肘，却热情地拥抱奥括，仿佛已经不抱再次见面的希望。他解释了事情的经过，获知有两个护盾死在与金雕卫兵爆发的冲突中。

"他们欠我们两条人命，"采亚说，"还有对你的伤害。"

"他们会付出代价的，"埃莎斩钉截铁地说，"天创议会负责处理。以恰当的方式。"这就意味着代价是可可，而非鲜血。

暴动发生后，根据奥括在走廊里听到的只言片语，似乎越来越多的市民支持奥多黑。他深感不安，更为努力地寻找解决办法。他只是不确定能否在书中找到。

他进去的时候，那人已经在等他了。

"听说你有奥多黑的消息？"

那人眨了眨眼。"是的，大人。"

"那就说吧。我时间不多，你最好别浪费。"

那人似乎对他生硬的态度很是吃惊，但很快恢复常态。"我见到他了。"

奥括皱起眉头。"见到谁了？"

"奥多·塞都。"

奥括的肩膀无力地垮落。虽然他此时此刻很想相信这是事实，但他实在难以想象重生的鸦神在托瓦谢希河上乘坐驳船的样子。他揉着脖子，失望地紧抿嘴唇。"听着，我相信你以为——"

"不！"

他警惕地抬头，伸手摸向佩在腰间的刀子。

"拜托，"那人举起双手以示清白，"我、我知道我应该怎么说话，大人。像我这样来找您的人不在少数。但我驳船上的那个人，他……"他欲言又止，眼中神采奕奕，奥括在梅卡家的那些人眼中见过。

"您应该去瞧瞧他的武艺。他说他接受的是霍卡伊亚长矛少女的训练。"

奥括哼了一声。"不可能。她们很少训练男人，而且绝对不可能训练学院之外的人。我之前就在那里。长矛少女训练过的男人，我一只手就数得过来。"

"不仅仅是长矛少女，还有一个塔里的刀兵。"

"希悠？"那就更离谱了，甚至可以说侮辱。他倾身向前，摩挲着伤口未愈的下巴。"他对你撒谎了。只有希悠才会训练希悠。这条规则不容改变。从未改变。"而且他们是我们的敌人，他心想。但他不敢对外人说。

"我亲眼见过他的武艺！"

奥括失望地吁了口气。驳船主遇到一个武艺不错，甚至很高强的人，此事或许不假，但刚才所说的肯定是骗局。

"他自称奥多·塞都？"

"不。"他摇头道，"我说他是。他说他来自奥布雷吉，也有着奥布雷吉人的相貌，但他身上有黑翰，还有血色的牙齿，鸦群跟在他身后。"

"鸦群？"

对方点点头。"它们响应他的召唤而来。他跟它们说话，还有……"他犹豫了，似乎不知道该如何措辞，"他好像利用它们看东西。他没有发现我在观察他，我看到他独自坐在房间里出神，我相信当时他正在跟着鸦群飞翔。"

"千里眼。"他听说那是南方巫师精通的魔法，常常借助一种被称为星粉的东西施展。

"他是盲人，大人。"

奥括若有所思地靠着椅背。他来了兴致。一周以来，他梳理的那些预言表述得模棱两可，大半没用。对旧神和血魔法的说辞极尽夸张。不过所有的预言都提到与乌鸦交流。

"这个人现在在哪里？"

"在这里，大人。进城了。他告诉我，他打算在明天的冬至日对付太阳祭司及其守望者。"

奥括差点从椅子上摔下来。

"七层地狱啊，老兄。带路！来人！"

门外的卫兵进来了。"传护盾来见我，我有任务交给他们。快！"

卫兵跑了，上了年纪的驳船主面露微笑。"这么说您相信我了？"

"我相信那个人不管是谁,都很危险。在我听来,他疯了,不过一个伪神跟真神一样要命。太阳岩暴动发生后,这个城市已是凶多吉少。如果他要对付太阳祭司,哪怕没有你说的那么能打,这件事的矛头也会指向我们,我们所有人都要为他的荒唐行为付出代价。"

"他不会失败的!"

"随你怎么说。但我要找到你说的奥多·塞都,自行判断。"

"您到时候自然知道。"那人点头说道。

"我会的。"如果我不得不杀死他以保护我们所有的人,奥括心想,那就这样吧。

CHAPTER 36

托瓦城
太阳历 325 年
(连珠日)

  今日我任命娜兰帕为我的继任者。你们当中有很多人,包括我的刀兵,都反对这一任命,但你们必须相信,以我这把年纪,也许我读懂了你们无法读懂的上天所预示的未来。你们也许认为这一选择令你们费解,你们是对的。不过伟大常常发端于意料之外。
  ——摘自太阳历 325 年娜兰帕授职仪式上太阳祭司基图埃的演讲

  娜兰帕在一座桥上。她只知道这些。
  她之前睡在潮湿的石地上。绑架者把她拖到天空塔的深处,她不知道还有这样的地方,位于托瓦城底下的古城遗迹。她一直愚蠢地指望伊克坦出现,以彼悦耳且冷淡的声音呵止这些凶残的男人,以鲜血回敬他们的凶残行径。她老是批评伊克坦的残暴行为,然而,她现在愿意拿一切换来彼的一点点暴力。
  他们终于停了下来,她被要求等在原地。他们在周围热烈地交谈,但她听不明白内容,随后她双手被缚,双眼被蒙,嘴里塞了堵口布,继而被粗暴地扔进了一间屋子,孤身一人。她在寂静之中度过了不知道多少个钟头,陪伴她的唯有遥远的水声和她自

己的呼吸声。

终于,她睡着了。

她被开门的响动惊醒,有人恶狠狠地把她拽了起来。他们带她顺着台阶原路返回,来到一扇门前。门开了,一阵刺骨的冷风扑面而来。她颤抖着缩起身子,尽可能保暖,然而徒劳无益。他们拉着她走进寒风之中。

新鲜的积雪冻结成薄冰,在她赤裸的脚底嘎吱作响,让长袍的边缘变得光滑。她呼吸不畅,鼻子里灌满冰雪,全身剧烈地颤抖。

隔着蒙眼布,她看到的也是黑暗。她确认现在是夜晚或者凌晨,黎明前最后的黑暗。冬至日的黎明。她想知道伊克坦在做什么,彼是否在准备仪式,或者仍在床上,还是如她所担心的那样不在人世,尽管她对艾芭说过狠话。她摇摇头。哪怕到了现在,她还在关心彼的命运。

她的脚踩上了粗重厚实的纤维,是连接欧扎和其他区域的某座天空桥。粗糙的纤维割伤了她的脚,但脚板早就冻麻了,只是隐隐作痛。他们过桥时,桥梁摇摇晃晃,她想象着托瓦谢希河在他们下方奔流。

"停!"

他们停下了,抓她的手用力太猛,她咬着堵口布叫了一声。

"怎么了?"

第二个声音是艾芭的,听到熟悉的声音,她竟然有几分感激,尽管是她的敌人。

"我们必须回去,奥多的下桥处有人。"

奥多,他们要带她去食腐鸦,她以为是金雕。她振作精神,专心聆听。

"我们不能回去。我们好不容易偷偷摸摸地带她出来了。那个该死的希悠在塔里扫荡。"

她从颤抖的齿缝里挤出一丝笑意。伊克坦没死。不过,既然彼在塔里闹腾,那么在奥多下桥处等待她的人也不会是彼。

"至少有十几人,可能更多。"第一个人说,显然是艾芭的手下。

艾芭咒骂着,娜兰帕从未听过她说脏话。"他们在那里做什么?"她抱怨道,"天还没亮。我们需要把她的尸体扔到奥多,不然这事就不成。"

啊,这就是她的计划了。把杀人的罪名栽赃给食腐鸦,便有正当的理由消灭他们。不是为了狂信徒;艾芭从来不把他们放在眼里。他们只是达成目的的手段。那个目的与金雕有关,毫无疑问,也越来越接近丹纳欧奇的怀疑,事关托瓦之外的势力。

"他们只是站在那里,不过他们把路堵了。我们必须回去。"

"你什么意思,回去?我说了我们不能回去。"

"现在天还黑着,但如果我们待在这里,等太阳升起来了,他们就会看到我们。"

娜拉咬着堵口布笑了。他们在桥当中进退失据。

有人扯掉了布。"你笑什么?"艾芭问,因为紧张和清晨的寒冷,她惯常的甜美声线逊色了几分,"无论怎样你都会死的,娜拉。"

"噢,艾芭,"她依然笑个不停,"你为了追求私利,总是聪明得过了头。这是谁的主意?埃切?不,他脑子太简单。我嗅到了金雕的气味。他们许诺了你什么?他们许诺了他什么?"

艾芭眯起眼睛,似乎打算回答,这时候,奥多那边传来喊声。

"他们发现我们了！"一个卫兵说。

艾芭张皇四顾。"割了她的喉咙，把她扔进河里，"她说，"我再想办法挽救局面。"

卫兵们抓住她，她拼命地挣扎、尖叫。

"等等！脱掉她的袍子。"娜拉依然穿着被带出来时掩饰身份的棕色仆人袍，"如果她的尸体被冲上来时穿着这个，有人会怀疑到天空塔头上。"

几只手抓住她的领口，从她身上扯下袍子。蒙眼布和堵口布都取掉了，她的双手也松绑了。寒冷的冬日清晨，她赤身裸体地站在桥中央，前方是奥多，身后的欧扎不在视野范围内。

"项链呢？"有人问。

"留着吧。没关系。"

娜兰帕眨了眨眼。扎塔娅的项链，沾有她鲜血的小野牛。她怎么会忘了呢？

"扎塔娅，"她低语道。然后嗓门提高了："扎塔娅，救我。"

"娜拉，得了，"艾芭斥道，"祈祷是救不了你的。"

娜拉微微一笑。艾芭不明白她正在求救。现在她只需要拖延时间，等扎塔娅找来。她只有一个选择。

她压上全身的重量，撞向左侧的卫兵。对方栽倒在纤维编织的栏杆上，桥梁随之倾斜。艾芭大喊一声，卫兵们手忙脚乱地保持平衡，一时间，他们对自身性命的担忧胜过了对娜兰帕的关注。

她趁机冲向栏杆，抓着顶端，一跃而起，翻进了半空。

小时候在狼喉，她总是很害怕坠落，害怕身体垂直掉进底下湍急的河水，她认为必死无疑。

然而对于娜拉，坠落的感觉如同飞翔。

CHAPTER 37

托瓦城
太阳历 325 年
(连珠日 1 天前)

　　祖父鸦对第一个女人说,讲述你的故事,我也许能从中知道你是谁和你看重什么。如果你的故事是关于战争的荣誉,我就知道你看重权力。如果你的故事是关于亲人,我知道你看重亲情。如果你的故事里有很多孩子,我知道你看重遗产。但如果你的故事是关于适应与生存,久远的记忆与复仇,那么我知道你是跟我一样的乌鸦。

　　　　　　——摘自《乌鸦组诗》,乌鸦氏族的口述历史

　　离开夏拉后,他按计划前往太阳岩。冬至日的节庆气氛依然充满了大街小巷,他像一道影子走过人群。有她在身边,带他领略庆典时,世界是美妙的奇观。风景、声音和色彩变得鲜活,听她的描述比他亲眼所见更加美好。那几个钟头是他有生以来最好的时光,有那么一刻,当她在浴池里,在他的指尖颤抖,弓着背,愉悦而轻柔地呼吸时,他对身为普通人的感受充满好奇。

　　另一种人生在他眼前闪过。在那样的人生中,他生活在氏族和家人之中,他把美丽壮观的托瓦称为家园,滞克船长每天早晨在他床上醒来,他们在节日庆典上喝巧克力,在沙滩上喝巴切

酒，一起赌博，一起欢笑。他会有驳船上的兄弟那样的朋友，他会和夏拉慢慢变老，儿孙满堂，他会照顾他的乌鸦，为它们雕刻木头房子，他唯一的复仇就是享受长久幸福的生活。

导师佩达曾经告诉他，痛苦是他唯一的朋友，他应该待它如爱人。他一度以为对方指的是肉体的痛苦，手掌打上塞拉皮欧脸颊时的刺疼。但他如今理解了，佩达所言的痛苦意义更深。他不知道如何与离开夏拉的痛苦成为朋友，它沉重地堵在胸口，不被接纳。

他停下脚步，拉出挂在脖子上的星粉皮袋，舔了些许粉末，迎接体内奔涌的肾上腺素。他召唤一只乌鸦帮他观察城市……然后尖叫起来。

黑色的翅膀塞满了他的脑子。一个巨大的、敏锐而好奇的意识钻了进来，与他的意识接触了。他瘫软在地，周围的人不以为意地绕开了他，嘴里嘀嘀咕咕，说他是喝多了的乌鸦。

他的心脏在胸腔里狂跳，简直快要爆炸了，一个词出现在他脑子里：贝伦达。

你是谁？

他思索着答案，但想不起自己的名字。他的名字无论如何也不恰当。

于是他回想自己的人生。他在露台上观看乌鸦吞噬太阳的那一天。乌鸦在他摊开的手掌上啄食时，羽毛刷过掌心的快乐。他召唤乌鸦袭击夏拉船上的船员时指尖的阴影。

祖父。我们听说你要来。

谁说的？他心想。

小家伙们。他们说有一只强大的乌鸦假扮成人，一路向城市旅行。它们称你为携夜者和噬日者。是真的吗？你是来吃掉太阳的吗?

是真的。

那我们要如何为你效力?

我需要视物。你愿意帮我吗?

远处传来一只巨大乌鸦的叫声,在峡谷里回荡,压过了人群的喧嚣。人们驻足聆听,发现叫声停止了,便又继续狂欢。

然后塞拉皮欧看到了一切。

他在黑岩大宅顶部,巨鸦们生活的鸟舍里。里面暖洋洋的,铺得厚实,有食物,有同伴。墙上悬挂着毯形鞍具和缰绳。十几只乌鸦望向贝伦达,仿佛它们同样感觉到了他的存在。

你们有多少?他问。

除了你看到的这些,在我们西边的栖息地还有很多。我们在群山深处产蛋,远离人类,包括乌鸦氏族。

我只需要你,贝伦达,他心想。

那么你将拥有我。

它飞上天空,翅膀宽阔得遮天蔽月。它越过城市上空,借它的眼睛,塞拉皮欧看到了天创的家园。底下是深邃的峡谷,河流在月光的照耀下犹如碎银。吊桥结了冰霜,在星光底下苍白如蛛丝。远处耸立着天空塔。

在贝伦达的视野里,塔似乎不是特别大。一座圆形的石屋,六层高,独立于一方台地之上。此时此刻,墙内就有他的敌人。他恨不得立刻就去那里,打倒那些欺压乌鸦氏族、企图扼杀奥多·塞都的声音的恶人。

等等,他告诉自己。你应该等到最黑暗的一刻再出手。现在不要急躁。

他让贝伦达远离欧扎。

带我看看太阳岩,他请求。

它乘着峡谷的风向东,朝着他所在的提提迪飞来,向他展示一处独立的台地、四座相连的桥梁和圆形场地。他在它的视野里看到了自己,一个通身黑色、静立不动的身影,周围是色彩和狂欢的海洋。看到贝伦达展示的前往桥梁和太阳岩的道路时,他露出微笑。此刻,在越来越明亮的月光下,太阳岩显得空荡、黑暗、荒凉。明天,那里将会挤满人,包括主母、氏族成员和守望者,最重要的是,有太阳祭司。

开始下雪了,细如微尘。但狂风骤起,噬咬他的皮肤,雪花纷飞。

风暴将至,噬日者。风暴将会带来严寒,有可能冻死未作防备的乌鸦。你最好暂避一晚,明日再去太阳岩。

我今晚就睡在太阳岩,贝伦达。如今我就是最大的风暴,无处可避。

CHAPTER 38

托瓦城
太阳历 325 年
（连珠日）

> 兄弟不认兄弟
> 视其为仇敌，说
> 你的眼是我的眼
> 你的肤是我的肤
> 你的嘴是我的嘴
> 但我们已分别太久
> 我站在你面前，你也认不出我。
>
> ——摘自《刀兵之夜哀歌集》

奥括站在鸟舍里远眺三轮太阳。一年当中最短也是最后的一天的黎明姗姗来迟，不过，当天空破晓，场面蔚为壮观。太阳沉甸甸地匍匐在东边的天空，一分为三，每一轮都明亮耀眼，如同在大地上燃烧的篝火，火焰呈弧形向上飞升，照亮冬季的天空。

昨夜下过雪，不过降雪后来变成降雨，积雪凝结成冰，此时他底下的冰封世界在晨光中五彩斑斓。他裹紧鸦羽斗篷，不明白三轮太阳代表着什么。肯定是某种信号，不过，是有利于太阳祭司呢，还是预言了他们的毁灭呢？唯一清楚的就是守望者自己，

而他不相信他们,认为他们会为了私利而歪曲真相。

奥括揉着脖子,尽量放松僵硬的身体。他没有睡好。鸟舍里的鸦群整夜焦躁不安,他估计是天气所致,等天亮了他上来之后,发现贝伦达不见了。这种情况并不罕见——她可以自由来去。不过,他还是感觉不妙。

他知道它不会错过早晨的喂食,便决定等它,然而等到中午它还没有回来,他开始担心了。他考虑带上库察或别的坐骑出去找它,但又觉得反应过度了。它是巨鸦,是捕食者。它几乎没有天敌。

脚步声在他身后响起,奥括扭头发现一个护盾走了进来。他昨天派他们全城搜索驳船主所称的陌生人奥多·塞都。他们一整天都运气不佳,后来有报告说一个女人在提提迪看到了符合描述的对象。他派人去进一步搜寻,依然没能找到。

另一件值得担忧的事情,他心想。奥多黑,这个自称是神的家伙,而如今连贝伦达都不见了。

"有消息吗?"他问那人。

"有消息,大人,"他说,"不过很奇怪。"他咽着唾沫,神色不安。

奥括眉头一皱。"快说啊,老兄。"

"我们认为我们找到了您要找的人。"

"在哪里?"

"有人昨晚在提提迪看见他,一路跟着他。他过了桥,去了太阳岩。"

果然。他早该想到先去那里寻找。既然这个奥多·塞都今天打算对付太阳祭司,应该会选择她和其他守望者在太阳岩的时候。

"去找采亚。叫他集合护盾,"他下令,"我们要抢在天创氏族和天空塔之前找到他。"他所能想到的就是即将造成的灾难,对食腐鸦的巨大冲击。"还有,派人去找我姐姐。告诉她,冬至日所有食腐鸦都不去太阳岩。"他还要告诉采亚,让巨鸦飞到空中,离开奥多。或者它们可以去栖息地,在那里更加安全。

他看了一眼天空。天色明显变暗了,一道道阴影洒在他脚边的地上。等临近日落时,太阳和月亮会排成一条线,奥括知道,当太阳处于最弱的时候,托瓦受到日食的影响,奥多·塞都无疑将在那一刻出手。

这意味着他还有一点宝贵的时间赶到那里。贝伦达在哪里?如果有他的坐骑,他几分钟就能飞到太阳岩。

"还有一件事,奥括大人。"

他差点忘了那人还在。他不是吩咐了去召集护盾吗?"什么?"他恼怒地问。

"我们找到了您的乌鸦。"

他眉头紧锁。"贝伦达?"他胸口一紧,"它没事吧?"

"它看样子没事,大人,不过它在太阳岩,跟奥多·塞都在一起。它似乎一整夜都在为他遮风挡雨。"

CHAPTER 39

托瓦城

太阳历 325 年

(连珠日)

刺向他的刀会断裂

贤者失去巧言

无可救助

太阳,衰弱下去

直至死亡

——向奥多·塞都的祈祷,奥多黑的一次会议记录

"他们看起来并不可怕。"塞拉皮欧说。他坐在巨鸦的翅膀底下,轻抚它黑色的羽毛,观察到来的祭司。他又吃了些星粉,以便看着他们,贝伦达允许他共用视野。

人不可貌相,贝伦达告诫他。他们杀了很多乌鸦。

"我的导师把他们描述成怪物,我以为他们是那种噩梦中出现的东西。可他们不过是衣着光鲜的凡人。"

他观察领队的四位祭司。他们身着长袍,戴着与袍色匹配的面具——红色、白色、黑色和黄色。他判断这些人是四个会的首领。他最先注意到红衣祭司。导师告诉他,刀兵祭司身着红袍,是最难干掉的。

塞拉皮欧的目光投向戴黄色面具的祭司。他急切地向前探身。导师说太阳祭司是女人,但这个似乎是男人。无关紧要。面具后面的个体对他而言不重要。他是来终结祭司组织的,如果珀瓦吉没说错,也是改变世界的平衡。

更多祭司跟着戴面具的首领鱼贯而入。辅祭,他想起导师对他们的称呼。他们是受训中的祭司,他将消灭他们于萌芽状态。

"其余的是什么人?金色、绿色和蓝色衣服的?"根据夏拉昨天的描述,他知道了蓝衣的身份,"他们是天创氏族,不是吗?"

正是。

"食腐鸦在哪里?"他好奇地问。

你的氏族同胞很聪明,今天没有来,奥多·塞都。

我的氏族,他心想。我有氏族,有家。他的目光转向东南边隐约可见的黑色悬崖,那里便是奥多。我是为你们而来。请原谅我。

他等待着,贝伦达也沉默不言。他靠着它强壮的胸脯,舒舒服服地藏在翅膀底下。他唯一的遗憾是他们没有机会飞上一次。

祭司和氏族正在唱歌,歌词描述的是驱散黑暗、迎接太阳回归。然而为时已晚。

阴影增长,天光暗淡,正如他小时候那样。鸦神吞噬太阳的同时,他底下的歌声越嘹亮,在他听来越绝望。

"我该走了,贝伦达。"他说。

我知道。一路走好,乌鸦孩子。等一切结束后我们再见。

"贝伦达……"

我明白。它拍打着巨大的翅膀,冲上天空。塞拉皮欧断开了与他的连接,最后一眼看见的是自己仰头张望,脸上洋溢着喜悦。

他孤身一人。母亲最后的话语在脑海中响起。

你必须回到托瓦……在那里你将再次睁开眼睛，成为神。

他腰间有两把黑曜石刀，此时他抽出了一把。他用另一只手撑开合拢的眼皮，割向那道细细的瘢痕，一次解决一只眼睛。他强忍着尖叫的冲动，牙齿咬破了嘴唇，口中满是鲜血。更多鲜血从伤口涌出，他痛得弯下腰，但依然不停手，直到两只眼睛都睁开了。

他还是看不见。很久以前他的视力就遭到了破坏。但在黑日的光芒下，他不需要人类的视野。

他稳稳地接了一掬鲜血，用手掌将黏糊糊的液体抹上头发，将其贴在脑后。他吃力地起身，扒掉衬衫，露出身上的黑翰。他把杖子拿在手里作为武器，召唤阴影到指尖。阴影从他皮肤上渗透出来，温柔地包裹了他，宛如舒适的黑暗斗篷。

要做的事情只剩下一件。说出来。

一时间，恐惧攫住了他。他不想死。当珀瓦吉告诉他非得这样时，他轻松地接受了自己的命运。甚至当夏拉在驳船上斥责他时，他都没有动摇。然而，那一刻即将到来，他希望……有所改变。他希望成为塞拉皮欧。但自从十二岁起，他就不再是塞拉皮欧了。"是容器。"他提醒自己。不是凡人，不是男人。是武器。他强行呼吸，让鲜血的气味充满鼻腔，充满口腔。疑虑随之溜走，余下的只有决心和目的。

"我是奥多·塞都。"他低声说。

他感觉自己碎成无数片，感觉黑暗充满他、撕裂他，将他重塑为真正的形态。他放声尖叫，欣喜若狂，世界颤抖着迎接他的到来。

底下的人群停止了歌唱，乱作一团，他更多是感觉到的而非看到的。当奥多·塞都来到人群中开始屠杀时,混乱变成了恐惧。

他挥舞骨杖,打断骨头。右边有动静,他闪转腾挪,杖子换手,横扫过去,将对方打翻在地。他向上一挑,击中了某个柔软的部位。他收身退后,继而向前猛地一戳,柔软化作湿滑。一个女人惨叫着倒地。

更多人围了过来,他一一将他们打倒。他周围的阴影在扩散,以死尸为给养,地上只剩灰烬与骨头。

他此刻能闻到他们的恐惧,听到他们急促而恐慌的喘息,他们吓得双手直打哆嗦,武器在手也不能保命。他咧嘴笑了,享受着他们的恐惧,内心充满了邪恶的满足感。

氏族的人四散而逃。他放他们走了,他的目标只有祭司。

刀兵冲他而来。等他们来到近前,他扔掉杖子,拔出刀。

他们开打了,希悠犹如一群野狗发起攻击,企图将他撕成碎片。但他清楚他们的打法和淬毒的刀刃,每一次进攻都在他预料之中。他速度太快,难以捉摸。他化成一阵旋风。无从触碰。变化莫测。所向披靡。

他杀了所有的人。

他割开白袍祭司的喉咙,她瘫软下去,脑袋撞在岩石上。戴黑色面具的祭司企图逃跑,他割开对方的膝盖窝,然后攀上后背,拿刀接连猛击头骨,直到对方不再动弹。

刀兵祭司最为勇猛,有那么一会儿,他边战边退,但他随即召唤阴影到手上,就像很多年前那样扔了出去。刀兵立刻失明,步履蹒跚。他一脚踹上祭司的胸脯,对方踉跄后退。他向前一冲,跪地滑行,不等刀兵恢复平衡,他自下而上发起攻击,一刀插进祭司的肚子,切开了整个髋部。

最后只剩下太阳祭司。

他想象着面前的祭司看到的是怎样一幅画面。鸦神来替他的孩子们报仇,他牙齿血红,脸颊和头发沾满鲜血。他的身上雕刻着记忆,他的眼睛是深不见底的阴影之池。

祭司扯下面具,棕色眼睛充满惊恐,睁得老大。他说着什么,但那不重要。他哭喊着,然而太阳岩上没有一个活人能听见。

"我的宿敌啊。"奥多·塞都轻声说,犹如千只翅膀同时振动,"为了复仇我等了太久。请原谅,让我享受一下。"他做了个深呼吸,贪婪地嗅着充盈鼻腔的死亡气息。此前含苞待放的满足感,已经开出朵朵鲜花。他情难自禁,笑得满脸放光。

他释放出阴影,阴影之力的触角犹如最锋利的刀,钻进祭司的胸膛,寻找太阳神的精魂。然而,他一无所获。

触角炸开了。他脖子上的黑色血管猛地收紧。黑暗从他眼里渗出,犹如沥青。

"你不是太阳祭司。"他声似雷鸣,阴沉可怖。那是杀手挫败的呼喊。"你是骗子。"

"饶命!"

他歪着头,四处寻找。她就在这里,在某个地方。对于会飞的乌鸦来说不算太远,也不至于隐蔽到他发现不了。但时间紧迫,他的身体正在衰败。他必须另作安排。

有什么东西刺了一下他。他回过神来,看着假祭司。此人从自己的黄金面具上掰了一块残片,插进他的肚子。他将其拔出来,看了看,扔到一边。

假祭司双膝跪地,因为此番侮辱和谎言,奥多·塞都用黑曜石刀取下了他的脑袋。

CHAPTER 40

托瓦城
太阳历 325 年
(连珠日)

聪明的滞克在风暴中幸存,但明智的滞克完全避开风暴。

——滞克谚语

夏拉站在端犬旅店的露台上,与其他客人一同观看黯然失色的落日。仆人们在房间里走动,熄灭所有的光源,包括火把和树脂灯。她看到街上也正在进行同样的操作,居高远望,一条条街道都在变黑,最后整个地区都漆黑一团。周围的地区、峡谷对面依稀可见的那一片也一样,包括太阳岩。

她在黑暗中发抖。这就像午夜时分黑云之下的大海,除了黑洞两边细细的红色新月,那便是此前的太阳。她周围的人开始大喊大叫,呼唤太阳回来。

她拍了拍身边女人的肩膀。

"出什么事了?"她问,"他们为什么熄灯?"

"这是仪式的一部分,"女人解释,"年末所有的灯火必须熄灭。不过别担心。这时候太阳祭司正在太阳岩上点燃新火。信使会带着火种去城里的四个区域,用她的火种燃起所有的新火。新的一年!"

夏拉点头道谢后走开了。她举起抓在身边的酒瓶喝了一口，双手颤抖。自从睡醒了来到这里之后，她一直在喝酒，想去找艾谢，忘记昨晚的事。但她还没有勇气去打听那位朋友，满脑子都是塞拉皮欧如何抚摸她的身体，他的嘴唇如何舔舐她手指上的蜜糖，如何亲吻她的头顶。

她试着回想自己为何放他离开，为何没有更强烈地反对。她是浠克，而浠克都很固执。浠克不会放弃。她有自己的歌，足以改变人的意志。为何她没有无视他的反对，直接逼迫他留下呢？

人们唱起了另一首歌，有人开始焦躁地跺脚，呼唤太阳回来。她扫视身边的陌生人。她喜欢热闹，喜欢酒馆，但此刻一切似乎都变了味儿。空虚。

"见鬼去吧。"她说。她抓住身边的客人，一个披着花斗篷的男人，把酒瓶塞给他。

"拿着，"她说，"我请客。"

那人一开始莫名其妙，但见夏拉面带微笑非要给他，他便接了过去表示感谢。

夏拉挤过露台上的人群，下了楼，回到街上。人们在黑暗中来来去去，或者聚集在篝火边，等它被新年的火种点燃。她能察觉到浠克的瞳孔变大了，到处吸收光亮，然而夜色太黑，她连自己的双脚都很难看清。她一边道歉一边在人群中行进，摩肩接踵，七弯八拐。她不知道走向何方，直到出现在通往太阳岩的上桥处。

她犹豫不决地眺望着前方。她看到太阳岩上正在发生什么事情。黑暗，比周围的夜色更黑的黑暗在台地上翻腾，犹如活物。她似乎听到了尖叫，隐约从远处传来。在歌声和喊声之中，她不敢断言。露台上的女人说信使会带着火把过桥，于是她眯起眼睛，寻找黑暗中靠拢的星星之火。

有东西过来了。巨大而汹涌，桥梁在摇晃。粗大的绳索震颤着，在基石上绷得很紧。尖叫声——现在她确认了——更加响亮。

洪水般的人流突然出现。几十，不，上百个人迎面跑来，争先恐后地过桥。她惊恐地目睹桥面剧烈倾斜，一个身着亮蓝色裙子的女人翻了下去。另一个人跟着掉落，黑得看不清样子。

夏拉眨着眼睛。一切发生得太快，她难分真假。阴影渐浓，她的超强视力也不管用，而且没有人停步或者喊叫。面对汹涌的人流，她躲到一边，看着他们源源不断地过桥。他们身上的节庆华服都被扯烂了，血迹斑斑，眼睛不是惊慌地大睁着，就是因为恐惧而目光涣散。

她尽可能地理解眼前的场面，试着捋清其中的问题。

"塞拉皮欧。"她低呼一声，确信这些人是在逃离他。

她冲进人群，拼尽全力逆流而上。然而人实在太多了。她没走多远就被推了回去，距离太阳岩越来越远，来到了提提迪那一边。

不！她不能认输。她召唤自己的歌，歌来了，狂野而凶猛地来到唇边。她猛地释放，歌如锐器，在人群中为她开路。

她周围的人忽然驻足，仿佛当场冻结，但她的歌传不到更远的地方，不能覆盖所有逃亡的人，那些听不见歌的人不顾一切地践踏过去。前面的人一声不吭地倒地，被踩得惨不忍睹。

她吓呆了，随即调整歌声，软化命令，把音调降低为安抚，而非伤害。她想象着水波徐徐和繁星满天的夜晚。她想象着沙滩上的欢笑和美食。她想象着对一个着迷的听众讲述童年故事。有效果了。人流变慢了，平静了。她竭力提高音量，所到之处，人们纷纷安静下来。

她不停地歌唱，挤过温驯的人群，终于再次来到桥头，上了桥。她微笑着，唱出轻快的音符。这样就行了。

忽然，空气有了变化。一股狂风，夹杂着玻璃碴似的碎冰，凶猛地刮过桥面。风抽打她的头发，刮过她的脸庞，她感到刺痛。风如黑曜石一般锋利，割破了皮肤。她从里到外冻成了湖上的冰晶，神经和思绪都麻痹了。

她的歌逐渐弱化，没了声息。

在她周围，人们纷纷栽倒在地，脚步踉跄，惨遭同样的妖风蹂躏。她双膝跪地，抓着桥上的粗大绳子，被狂风吹落峡谷的命运已是在所难免。

风忽然止息，她却只能靠着栏杆缩成一团，气喘吁吁，痛得头晕目眩，呼吸困难。恐慌在人群中蔓延，犹如汹涌的海浪，她此前歌唱带来的平静被新一波的恐慌淹没。人们涌过她身边，带着她起身，返回上桥处。有人踢了她一脚，纯属意外，然后又有胳膊肘撞在她脸上。她又挨了一下，这次是后背，她摔了个跟头。一个男人把她拉了起来，她所能做的只有不被冷漠的人群活活踩死。

她再次回到地面，无数双鞋靴踩过的地面湿滑泥泞。她被推搡着、拉扯着，漫无方向地在提提迪的街道上游荡。人们一边叫喊，一边指指点点。她听不懂他们的话，但可以抬头循着他们的目光张望。

太阳岩上方的天空，悬着那轮太阳。它犹如地平线上的巨大圆盘，不升也不落。月亮也停止了移动。月亮的阴影遮挡了太阳，完全覆盖其上。此时，太阳所在的位置是一颗黑色的球体，唯有边缘渗出微光。

其余的一切皆是黑暗。

CHAPTER 41

托瓦城（郊狼之喉）

太阳历 325 年

（连珠日）

  今天萨娅在一本禁书里发现了一种手法，可以起死回生。她迫不及待地拿来给我看，就像发现了一条流浪狗想要收养的孩子。我读了内容，不以为然。我鼓励她专注于更有前景的神移理论，丢开那些复活死人的想法。将神的潜力收在一个人类容器里。这种至高魔法势必令高塔里的太阳祭司嫉妒到崩溃。

  ——摘自七大家族之巴拉姆大人的笔记，其为奎科拉的商贾领主，新月海的主事，白豹的继承者

  扎塔娅拿一根长杆，就是河畔僧侣使用的那种，从托瓦谢希河里打捞尸体。

  "愚蠢的女人，"她一边嘟囔，一边涉过缓慢流淌的河水，把娜兰帕拖了出来，"你干吗死在河里？"

  女巫招手示意两个十几岁的女孩，三人一同抓住曾经的太阳祭司的腋窝，将其拖上了河岸。她们把湿漉漉的赤裸尸身扔到荒芜而泥泞的岸上。她们藏身于一块凸出的巨石底下，以免被渡河的人看到。其实没人会看见。时间在接近日食那一刻，冬至日的庆典活动还在持续；所有的眼睛都盯着天上，不会向下观察大地

的裂缝。

娜兰帕看样子活生生的。她五官松弛，但皮肤尚未出现蜡色，也没有长久泡在水里导致的肿胀。扎塔娅判断她在水里的时间仅仅几个钟头，也许落水时还没有死。她粗糙的双手摸过娜兰帕的身体，检查前胸后背，又插进头发里寻找脑袋上的伤口。没有伤口。这个女人不是被抛尸入河的，而是完好无损地、活着坠河的。

"还算走运。"女巫咕哝道，将娜兰帕的头轻柔地放在石地上。

扎塔娅的两个学徒挖了个小洞，生起了火。她们缩在火堆边，想要烤热涉水后冰凉的身体，扎塔娅却闷哼一声，把她们推开。她们身处深深的峡谷，远离崖顶的寒风和霜冻的空气；扎塔娅认为这里说得上暖和。

她扯着脖子上的挂绳，拽出一个草药袋子。她把手伸进去，掏了一把扔进火里。草药烧得嘶嘶作响，冒出香味馥郁的白烟。她把白烟扇向娜兰帕，然后示意两个女孩过去接手。

等她觉得可以了，便回到尸体边。她从腰间抽出一把黑曜石刀，熟练地划了一刀，在胳膊上割出一条长长的伤口。涌出来的鲜血是殷红的。她将伤口悬在娜兰帕上方，让鲜血滴落在胸脯和腹部，甚至滴满面庞。她对女孩们打了个手势，她们跪在边上，用双手将鲜血均匀地涂抹在娜兰帕冰冷的皮肤上，扎塔娅则包扎自己的伤口。扎塔娅满意地看着祭司浑身都抹上了血。然后她抖掉肩上的斗篷，盖住了尸体。

她正准备盖上娜兰帕的脸，忽然停止动作。

"撬开她的嘴。"女巫吩咐，一个女孩照做了。扎塔娅把一块光滑的白色盐块压在娜兰帕的舌头底下，然后用斗篷盖住了她的

黑日 BLACK SUN

脑袋。她绕着尸体打转,确保边边角角都掖好了,空气出不来也进不去。完成后,她一屁股坐在地上欣赏自己的作品。

"现在会发生什么?"一个女孩问。

老实说,扎塔娅没有把握。她通常施展的是土魔法——寻找失物,卜算吉凶,治婴儿肚痛和一些小病。但她的外祖母去过不少地方,学了一些南方巫师的血魔法。外祖母传授给女儿,又传到了扎塔娅。但是,身为旱地女巫,她从来没有机会施展这种巫术,而且她是经过几次转手才学来的,很有可能什么都不会发生。但她答应过丹纳欧奇,倾尽全力救他姐姐的命,所以她要试上一试。

狼喉深处太黑了,太阳没有用武之地。阳光永远照不进谷底。然而当阴影在城里蔓延,暗淡的天光完全消失的时候,她同样浑身颤抖。她听见上头隐隐传来喊声,回荡在峡谷的岩壁间。日食开始了。

"现在,"女巫对那个女孩说,"我们拭目以待。"

CHAPTER 42

托瓦城
乌鸦历 1 年

  今天我观察了一场乌鸦的葬礼。一只雏鸟从鸟巢摔落，脑袋着地。一整天，奥多所有的乌鸦都来看望雏鸟的尸体，相互大声交谈，见证同伴的逝去。我问过舅舅，他说乌鸦是在将致命的危险告知同伴，这样它们就不会重蹈覆辙了。但他没有听到乌鸦哭泣，我听到了。他没有看见它们那么悲伤。

        ——摘自《乌鸦观察》，萨娅著，时十三岁

  奥括骑在贝伦达的背上飞过太阳岩，满心绝望。举办仪式的场地化作一片废墟。竞技场内遍布死尸，应该说是遗骸。很多尸体都不剩什么了，只有红色石地上黑色的污迹。其余的呈扇形展开，整齐得令人不安，仿佛这样的排布背后隐藏着更深的含义。

  他学习过战争，但从未见过这种情况。看到奥多·塞都造成的巨大破坏，他胃里翻江倒海。他相信此人就是奥多·塞都。当贝伦达回到鸟舍催促他骑上来，然后带他来到这里时，整件事情已经没有怀疑的余地了。

  但奥括不清楚奥多·塞都存在的意义。奥多黑全都提到一个重生的神和复仇，他从未想过会成为现实。复仇似乎一直都是那么遥远，是一场崇高的战斗，发生在顽固不化、力有不逮的狂信徒与残忍的刀兵和太阳祭司之间。然而如今下面都是人——只有人——他不知道如何接受这一切。

贝伦达大叫着飞向竞技场中央。他勒紧缰绳，要求它转向飞升，离开太阳岩。他不知道降落是否安全，对它也一样。但它晃着脑袋，反抗他的命令，转头又回到竞技场。这一次他顺其自然，它在场中央的上空盘旋两圈，以一种他前所未闻的声音大叫。叫声充满原始的野性，震颤着他的脊梁骨，提醒他贝伦达是魔法生物。

就在他的下方，死者形成一个圆圈，正中央有一个身影。从高空鸟瞰，那个身影很小，仰面躺着。贝伦达又叫了一声，他知道那就是要找的人。

"好吧，"他对坐骑说道，把手放在它肩上以示安慰，"我去看看。"

它立即下落，一个俯冲，来到竞技场的边沿。奥括滑下鞍座，观察眼前的场景。恶臭扑面而来。恶臭来自死亡，来自挖出来的内脏和肠子，更甚的是甜腻且带有铜味的血腥气，还有熟悉的乌鸦身上的潮气。

他不愿下到里面，但又别无选择。他张嘴做了一次深呼吸，挺起胸膛，抽出刀子，然后走下台阶。两周前他来这里出席过母亲的葬礼，那之前还参加过无数次庆典和仪式，但如今这里完全变样了，陌生而阴森。

他小心地在尸山血海中行进。他认出了这里的尸体。有几个人身上是天创氏族的服色，可能是氏族卫兵，不过他看到的大多数尸体都是祭司的。一群红袍辅祭横七竖八地躺在地上，他知道是受训的希悠，他们肢体扭曲，残缺不全，犹如败落的花瓣。他不寒而栗。如果不是亲眼所见，他根本不敢想象谁有这等威力。

他早就知道守望者的刀兵不可冒犯，他们是每个乌鸦孩子噩梦中的恶魔。而且不久前，他们还教训过他和他的护盾。但他们死在这里，就像田间的杂草被收割殆尽。

等他接近场中央，他发现了戴着面具的祭司的尸体。他们四个被摆成一排，似是肩并肩地献祭。第一个是年轻的女人，光洁的长发因为血污纠结成团，她的头上挨了一击，曙光色的面具碎成两半，很可能当场死亡。他伸出手，小心地拉起她的下半截面具，露出一张年轻的面孔，柔美俊俏，即便她的喉咙上有一道红色的裂口。他纠正了她的死因。

他从未见过摘下面具的祭司，此刻不禁发呆，原来一个祭司的真面目是年轻女人，如此……普通。

她身边是一个年迈的男人，头顶有一绺绺白发。他的面部整个儿凹陷进去，仿佛融化了一半，皮肤、骨头和肉凝结为怪异的一大块。他的黑色面具被精心放置在大大的肚子上，空洞的双眼无神地望着天空。

再往前是一具无头男尸。捧在手中的肯定是死者的脑袋，依然戴着太阳祭司的华美面具。奥括俯身摘下面具，却导致头颅滚落到地上。他强忍呕吐的冲动。

他盯着那人的脸，思索着。这是否意味着他在母亲葬礼上遇到的女太阳祭司今天不在场？他揪紧的心有所放松。他也不知道自己是否希望她死。忽然之间，那张纸条的来由变得明朗，以及他的请求为何没有收到回复。背叛……他想知道天空塔里发生了什么事。想知道他是否拥有过改变现状的机会。想知道那个女人到底是生是死。

左边突然有动静，奥括大吃一惊，差点失去平衡，惊叫声即将脱口而出。他举起刀子准备自卫。是戴红色面具的祭司。奥括警惕地接近对方，但祭司显然已是奄奄一息，一道深深的致命伤横贯她的腹部，流出来的鲜血浸湿了红袍，将其染成黑色。她的手压着伤口，拼命不让内脏外流。她此刻还活着，但也坚持不了太久。

奥括轻轻地摘下面具。

这个女人面相陌生，不像是在葬礼上割伤他下巴的那个祭司。她的生命所剩无几，呼吸变成短促的喘息，既急又快。她松散的长发湿漉漉的，一绺一绺地粘在宽阔的额头上。她灰色的眸子恳求地望着奥括的眼睛。

奥括盯着对方，百感交集，不知所措。他面前是一个骇人的刀兵。不仅仅是刀兵，而且是刀兵祭司。正如他看到红袍辅祭时产生奇怪的感觉，看到他们的首领，他同样心潮起伏。

"终究只是凡人。"奥括轻声说道，做了他唯一能做的事——给了刀兵一个痛快。

他找到了被乌鸦环绕的奥多·塞都。它们应该是在奥括走过太阳岩，检视守望者的情况时飞上来的。鸟群围着那个身影，以独特的鸣叫和响声彼此呼唤。奥括认出了一些生活在鸟舍和大宅周围巢穴的小体型居民，不过其余的无论块头还是形态都不一样——鸟喙更小，羽毛黑中泛蓝，胸围完全不同。天空有叫声回荡，他抬头一看，来自鸟舍的巨鸦在头顶盘旋，刺耳的叫声加入了合唱。

乌鸦的仪式，他心里想着，让它们道别。

过了一会儿，他小心翼翼地走过环绕的乌鸦，忽然瞪大眼睛，停下脚步。他刚才只注意到外围和天上的乌鸦。原来里面还有一群乌鸦依偎着那人的身体。起初他以为它们在睡觉，看起来那么平静，然而真相逐渐明朗，令奥括大为惊骇的是，它们刚死

不久。每只鸟儿都贴着男人血迹斑斑的赤裸胸膛,翅膀展开,形似毯子。他一时间无法呼吸,他意识到乌鸦为了这个男人做出了自我牺牲,可是目的何在?它们是跟他一起参加了战斗,还是在他倒下之后才过来的呢?

奥括一向不是特别虔诚的人,但他此时在祷告,以简单的话语感谢死去的乌鸦献出生命,然后他俯身推开它们张着黑色翅膀的尸体。

奥多·塞都的块头不大。以托瓦人的标准,他的个子算高的,比他的大多数同胞都要精瘦和纤弱,当然远不如奥括这般魁梧强健,但他的宽脸和嘴巴与奥括有几分相似。他的脸颊上有干涸的血流,双目紧闭,似乎睡着了,头发沾满血污,纠结成团。驳船主说他是盲人,奥括无从判断。他上身所文的图案谈不上精巧,但也不错,看得出文身师经验不足,热情有余。一切都表明,这个男人多半是他的表亲。

奥括决定不把奥多·塞都留在这里,留在敌人之中,于是弯腰抱起他。他很轻,仿佛是鸟骨做成的。奥括把耳朵贴在他胸口。有那么一刻,他好像听到了心跳,颤抖着一掠而过,但他不敢确定。尽管此人的头发凝着血块,赤裸的皮肤遍布污血,但他身上的伤口似乎很浅;腹部的伤口较深,但远远算不上致命伤。很难相信他能掀起血雨腥风,杀人如麻,自己却逃过一死。不过当奥括再次望向脚边和盘旋在头顶的几十只乌鸦,他不得不重新判断应该相信什么和不该相信什么。

奥括绕过鸦群的同时,它们振翅起飞,响亮的叫声在山谷里回荡。他回到贝伦达所在的地方。它焦躁不安,冲着他呱呱直叫,或者说,是因为它看到了奥多·塞都?他想起昨晚它为此人遮风挡雨,强烈的嫉妒直刺他的心脏。然而,嫉妒是愚蠢的。贝伦达和他有多年的交情，再说，此人已死，至少一条腿迈进了鬼门关。

贝伦达的脑袋狠狠地撞向奥括的肩膀，他差点摔了跟头。

"你干什么？"他问道，它又撞了一下他，似有责骂之意。

"你要亲眼看看他吗？"他问。它竖起羽毛以示肯定，于是他把那人抱起来，让他的乌鸦检视。它啄了啄奥多·塞都，冲着浴血的身体喷了几口气，似乎终于满意了。它展开翅膀，示意奥括坐上来。

他把那人放到它宽阔的背部，然后爬上去坐在后面。等坐好了，他把那人拉起来，靠在自己怀里，他的双腿跨在贝伦达粗壮的脖子上。他一只手紧紧箍着那人的胸膛，另一只手抓着缰绳。很难保持平衡，但他知道贝伦达会小心的。

巨鸦飞到空中，穿过了在天上绕飞的鸦群。刚才奥括过于关注地面的战场，没有留意天空。时间似乎停止了，世界是一片深蓝的暮色，介于昼与夜之间，在膨胀的月亮背后，黯然失色的太阳颤抖着，唯余几缕勉强可见的红光。

他浑身打战，心神不宁。起初是黎明时分的三轮太阳，如今定格在日食。其中有何意味？

贝伦达掉头向西，远离鸟舍，他一直拽着缰绳，但它抗命不从，非要带他们去西边。西边的栖息地，对乌鸦而言是最安全的地方。他背后涌起一股寒流。他从未见过栖息地，没有任何人类见过。但他相信，它知道怎样才是最好的选择。

他把奥多·塞都紧紧抱在胸前，生怕滑了下去。那人的头无力地靠回奥括肩上。一开始奥括以为是风的缘故，不过随即意识到他是有意把头埋在奥括颈沟处的。当他的眼皮扑闪着睁开时，

奥括猛吸一口气。

"坚持住!"奥括逆风大喊,"如果你能听见我的话,坚持住。我们回家。"